凶人馆谜案

兇人邸の殺人

〔日〕今村昌弘……著　　吕灵芝……译

Imamura
Masahiro

今村昌弘

北京联合出版公司
Beijing United Publishing Co., Ltd.

图书在版编目（CIP）数据

凶人馆谜案 /（日）今村昌弘著；吕灵芝译 . -- 北
京：北京联合出版公司，2022.9（2025.10 重印）
ISBN 978-7-5596-6403-7

Ⅰ . ①凶… Ⅱ . ①今… ②吕… Ⅲ . ①长篇小说 – 日
本 – 现代 Ⅳ . ① I313.45

中国版本图书馆 CIP 数据核字（2022）第 130138 号

KYOJINTEI NO SATSUJIN
Copyright © Imamura Masahiro 2021
Chinese translation rights in simplified characters arranged with TOKYO SOGENSHA
CO., LTD.
through Japan UNI Agency, Inc., Tokyo

北京市版权局著作权合同登记 图字：01-2022-2235 号

凶人馆谜案

作　　者 :（日）今村昌弘
译　　者 : 吕灵芝
出 品 人 : 赵红仕
责任编辑 : 龚　将

北京联合出版公司出版
（北京市西城区德外大街 83 号楼 9 层　100088）
河北鹏润印刷有限公司印刷　新华书店经销
字数 260 千字　880 毫米 × 1230 毫米　1/32　印张 11.75
2022 年 9 月第 1 版　2025 年 10 月第 5 次印刷
ISBN 978-7-5596-6403-7
定价 : 52.00 元

目录

4   凶人馆平面图

5   首冢内部

6   登场人物

Contents

13   第一章   Unlucky Girl アンラッキー・ガール

47   回忆 I

57   第二章   凶人馆 兇人邸

93   回忆 II

103   第三章   意外之死 予期せぬ死

141   第四章   被隔离的侦探 隔離された探偵

177   第五章   慧眼 慧眼

220   回忆 III

231   第六章   惨剧之夜，再临 惨劇の夜、再び

245   第七章   生还者 生き残り

308   回忆 IV

317   第八章   背叛 裏切り

347   第九章   最后的诡计 最後の仕掛け

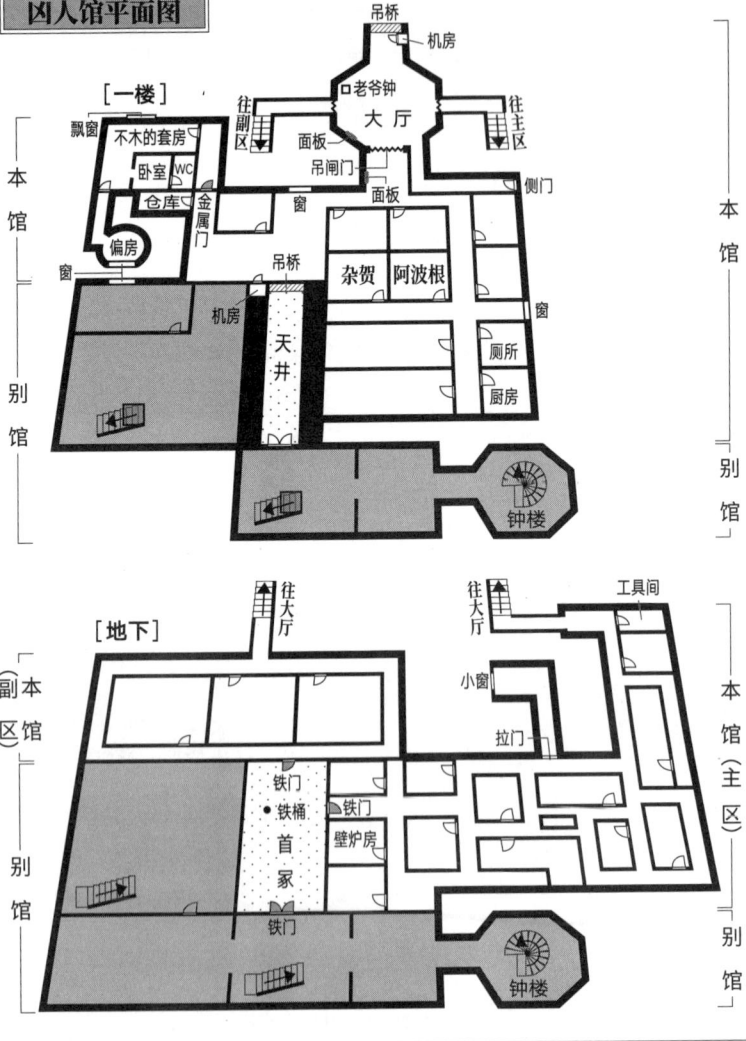

凶人馆平面图

[一楼]

吊桥
机房
□老爷钟
大厅
往副区
往主区
飘窗
不木的套房
卧室 WC
面板
吊闸门
面板
仓库 金属门
侧门
窗
偏房
窗
本馆
别馆
吊桥
机房
天井
杂贺 阿波根
窗
厕所
厨房
钟楼
本馆
别馆

[地下]

往大厅
往大厅
工具间
副区 本馆
小窗
拉门
铁门
铁桶 首冢
铁门
壁炉房
本馆（主区）
别馆
铁门
钟楼
别馆

首冢内部

登 场 人 物

叶村让：

神红大学经济系一年级。推理爱好会会长。

剑崎比留子：

神红大学文学系二年级。推理爱好会会员。

成岛陶次：

成岛 IMS 西日本公司社长。

里井：

成岛的秘书。

老大：佣兵。

猫头鹰：佣兵。

阿里：佣兵。

科奇曼：佣兵。

查理：佣兵。

玛丽亚：佣兵。

阮文山：
马越梦幻城的工作人员。

不木玄助：
研究家。昭岛兴业会长。

杂贺务：
凶人馆的用人。

阿波根令实：
凶人馆的用人。

刚力京：
自由撰稿人。

凶人馆谜案

兇人邸の殺人

这里就像真正的监狱。

看着眼前这栋用作监禁的建筑物，这是我最坦诚的感想。

四下无人的深夜。周围只有喧嚣风声，以及大山散发的干燥泥土气息。

我面前的铁栏向左右延伸出数十米，足有二人高，内侧是茂密的树林。树林另一端耸立着一座怪异的宅邸，沐浴在皓月的清辉中。

我突然回忆起小时候上国语课学到的场景。眼前的光景与我的心情相呼应，也许这么称呼恰如其分。我始终无法逃离的、名为后悔的黑暗中，总算亮起了希望之光。

然而，此刻我的心底却没有欣喜。如果可以的话，我希望时间就此停止。这种丑恶的懦弱，填满了我的心。

没错，我真心希望这一天不要到来。

我有预感，一旦来到这里，自己一直依赖的脆弱可能性就会消失。真相大白。这种说法固然好听，但我一定会被真相彻底击垮，从此沉沦于一辈子挥之不去的憎恨之中。

换句话说，我即将要做的，只不过是自我惩罚式的确认工作。

此时此刻，我依旧想闭上双眼，捂住耳朵，背过身去。

但是，我必须前行。

那个人在等着我。

那是我唯一的、宝贵的家人。

Chap· I

第一章

Unlucky Girl

アンラッキー・ガール

"叶村，你那边不搞点活动吗？"

这里是大学车站附近的家庭餐馆。

坐在我对面的小山明喝干了杯里的姜汁汽水，发出一阵哧溜哧溜的粗俗响动后，对我如是说。

"迎新啊。现在都三月了。你那个推理什么会，虽然没有正式登记，好歹也是个社团，应该招招新人吧？"

他之所以露出关怀的神情，想必是知道这个话题会让人联想到我曾经的社团前辈。那位学长离开后，我有段时间一直沉浸在连自己都能感觉到的失魂落魄中，而且直到现在，我都很少在别人面前提起他的名字。

我一时半会儿想不到如何回答，便含混地"哼"了一声。

"你太蠢了，小山。如果是我，就不招新。"

这个语气跟小山截然相反、显得大大咧咧的人，就是刚打完饮料走回来的矢口高志。他为了照顾我的心情，反而在努力不制造严肃的气氛。

这两人都是我在神红大学经济系的同学，也是私底下有来往的少数几个朋友。昨天我们还结伴去买了换季的新衣。

"为什么不招新啊？"

小山接过了矢口的话题。

"想想不就知道了。好不容易跟美女学姐有个单独相处的空间，有什么必要找人来打扰呢。肯定没有嘛。"

"有道理！矢口，脑筋转得挺快嘛。"

"对吧。叶村心里在想什么，我早就看透了。"

"没有那回事。"我反驳道。

小山是那种课余时间几乎都用来打工的行动派。他没有参加社团，我俩不知何时就混熟了。与之相反，矢口则是纯粹的游戏宅。他一个人的时间基本泡在车站旁的游戏厅里，凭借自称"半职业级别"的本领打格斗游戏。

我跟这两个人一起上了将近一年的课，心里知道反驳也没有用。暗自叹息时咬扁的吸管变成了奇怪的形状，不太好吸了。

"剑崎学姐真不错啊，太漂亮了。"

"叶村只跟我们这样的混在一起，凭什么能得到跟那位大美女独处的机会？真是太难以置信了。肯定是上帝调配人格时弄错了配方量。"

矢口说着，一口气喝完了刚打来的蔬菜汁。据他本人说，他只靠蔬菜汁来摄取人体所需的全部维生素。

"我说会长大人，不如招我们进去吧。"

"我们是推理爱好会，只要爱好推理的人。你们不准进。"

其实此前也有好几个学生申请入会。然而，如果他们只想找推理小说同好，大可以去参加学校正式批准的推理研究会。然而那些人偏偏要来参加这个没有经过正式批准，也没搞过什么活动的推理爱好会，说白了就是想接近除我以外唯一的会员——剑崎比留子。

如此这般，我对所有申请者都用一句话打发了："哎呀，我这边也不是什么能称得上社团的组织。"目前，我一直维持着这个状态。

"要不这样吧，只要能让你认可我们的推理能力，你就批准如何？"

听到矢口出人意料的提议，我皱起了眉："推理能力？"

"你出个题，什么都行。我跟小山要是能解开，就介绍剑崎学姐给我们认识。"

"嗯，这主意不错。"

连小山都跟着起哄了。

"顺便入个会。"

我觉得这很扯淡，然而标榜着爱好推理又拒绝别人的挑战，未免有点不诚实，结果只好接受了挑战。问题是，我该出什么题？思索片刻后，我开口道：

"我们在今天下午的特别讲座上碰了面，但你们俩都知道我上午也去过学校，对吧？"

"嗯，去听诸见里教授的退休讲座。"

正因为这样，我们才会在课程已经结束的三月去学校。

神红大学有个惯例，即将退休的教师都会在期末之后安排一场退休讲座。今天，经济系诸见里教授的退休讲座安排在上午第二节课的时间。一年级学生照理说都要参加，但是这两个人听说可以请别人代交点名卡签到，就把事情推给我，只有我一个人出席。

午休过后，下午还有一个校外讲师搞的特别讲座。这次请来的是常在电视信息节目上露脸的经济评论家，但是由于对方的工作安排，讲座无法在学期内举办，只好延期到这个时候。这两个人对讲座有兴趣，所以下午在学校跟我碰头了。

"叶村快上课了才跑进来，刚坐下就抱怨'倒霉死了'，我就问他怎么回事，结果他说啊……

"我真是的，竟然身不由己地在学校食堂吃饭了。"

不愧是小山，记得一字不差。他虽然是不做思考就行动的类型，不过平时做着多份兼职，因此日常生活中总能观察到细微的地方。当然，我正是知道这一点，才想出了这个问题。

"请你们根据这句话推理我午休的行动。"

"搞什么啊，太难了吧。这东西能推理出来吗？"

小山立刻提出异议。

"既然叶村这么说了，证明能推理出来。总之先想想吧。"

矢口说完，摸了摸下巴。

"嗯，你说了'身不由己'，证明你不想在食堂吃饭。"

哦，一上来就说到重点了。

"我有个想法。其实我今天早上给叶村发了信息，提醒他去听诸见里教授的退休讲座。因为放假好几天了，我猜他可能会忘记。这家伙果然忘了，应该是着急忙慌出的门，很有可能没吃早饭。"

听到这里，小山点了点头。

"所以他中午想吃点饱腹的东西。食堂的饭味道是不错，但有时候就算多花点钱，也想尝尝外面的味道。但怎么才能猜到这家伙想去哪家店呢？"

"等等。"矢口摇摇头，指着我的杯子，"叶村在这里已经喝了三杯蜜瓜汽水。也就是说，这家伙不容易对新事物产生兴趣，而倾向于选择自己熟悉的东西。因此，他不可能一个人去尝试新的店铺，肯定会选我们都知道而且经常去的地方。"

嗯，这家伙的推理还挺准确嘛。

"问题在于，他到头来没吃成，只能回学校食堂吃饭。原因是什么呢？"

"应该有很多可能，比如没带够钱，想吃的卖完了，饭店临时歇业。"

"叶村说了'我真是的'，那么失败的原因应该在他自己身上。哎，我问个问题。"

矢口看着我说。

"什么？"

"我可以认为你是根据常识展开思考，并采取了有效率的行动吧？没有毫无意义地绕路，或者改变心意吧？"

原来如此，他要确定推理的前提啊。不愧是半职业玩家，滴水不漏。

"嗯，我保证，我为了达到目的，在常识的范围内计划了有效率的行动。"

矢口从包里拿出笔记本，开始制作时间表。

"首先想想叶村制订了什么计划吧。午休时间为一个小时，但今天是诸见里教授最后的讲座，课后还要问候几句，接受学生送花，也许会拖堂。"

为了保证公平公正，我如实回答了。

"没错，拖了十分钟。"

"那么午休时间就剩下五十分钟。离开校园可以走正门和南门，从教室出发单程都在五分钟左右，往返就是十分钟。在店里下单到出菜要花五分钟。叶村吃饭速度不快，假设就算紧赶慢赶也要吃十分钟。剩余时间就是……二十五分钟。"

"这就是可供往返店铺的时间。"

小山看着笔记本补充道。与此同时，矢口继续推理。

"叶村为人比较慎重，做计划会留出宽裕的时间，所以再算入五分钟，剩余二十分钟。"

"二十分钟内可实现往返，并且是经常去的餐饮店。那就是BLTQ、肉果树和黑河了。"

小山流畅地列出店铺名称，矢口补充了每家店的特征。

BLTQ是距离南门徒步十分钟的西餐店，性价比极高，因此午休时间客流量很大，往往需要排队十分钟。

肉果树距离正门徒步五分钟，是肉铺开的餐饮店，因此肉质一流，但是餐品售价都在一千日元左右，有点昂贵。每天仅限二十份的烤肉套餐很快卖完，需要注意。

黑河距离正门徒步十分钟，经过肉果树再走五分钟即可到达。店主是一对老夫妻，开店不是为了赚钱，而是为了"让年轻人吃饱肚子"，最著名的餐品就是六百日元的超大份套餐。许多大学教授都会感叹："那里跟以前一模一样啊。"

"BLTQ 应该能排除。因为那里往返需要二十分钟，并且肯定要排队，这样就超过时间了。"

听了小山的话，矢口摇头否定。

•"可以骑自行车啊。"

"叶村平时都是乘两站电车来上学的。"

"那也可以租车嘛。"

小山"啊"了一声。大学每个校门口都有常在大车站和景点看见的租车点，一个小时内归还只需一百日元租车费。

"如果徒步只需五分钟，肯定不会花一百日元租自行车。但是徒步十分钟，完全有可能租车。"

"如果使用了自行车，移动时间可以缩短到一半以下。也就是说，无论去哪家店，往返的时间都很宽裕。"

我渐渐坐不住了。正确答案就在他们列出的店铺之中。如果真的让这两个人推理出真相，我就得批准他们加入推理爱好会。

比留子同学会做何感想？她会高兴地欢迎新伙伴，还是……

二人并未察觉我的不安，继续往下推理。

"不管叶村想去哪家店，最后都因为自己犯的错而吃不上饭，只能'身不由己'地去吃食堂，还差点赶不上讲座。他犯了什么错？"

小山想了想，然后说：

"可能是没带够钱吧。我只能想到这个。因为食堂便宜，他最后才吃上饭了。"

"……不。"矢口再次否定，"食堂吃一顿饭也要五百日元，而且他还在喝四百日元的免费续杯饮料，因此身上应该有钱。"

"肉果树的套餐基本要一千日元，如果他身上只有九百日元，那就只能回去吃食堂了。"

"你想想啊，肉果树离学校最近，走路只要五分钟，就算白跑一趟也浪费不了多少时间。假设他从教室到店里花了二十分钟，那午休还剩下三十分钟呢。"

"有三十分钟，就算吃食堂也不用着急了。虽然正门和南门最近的食堂不一样，但到教室顶多只要五分钟。"

即使在肉果树发生了没带够钱的失误，时间也很宽裕。那么只剩下黑河或 BLTQ。但是如果身上有九百日元，在这两家店都能吃上饭。

小山百思不得其解，起身到饮料台添了一杯可乐。

"不过早上慌慌张张出门，下午也差点赶不上讲座，叶村也真够粗心的……嗯？"

小山瞥到了我放在座椅上的托特包。我暗道不好。

"叶村，昨天咱们去买衣服时，你背的是个小挎包吧？然后你今早急匆匆地出了门，也就是说……"

"难道！"矢口大声接过话头，"你把钱包落在昨天的挎包里，忘带了吗？！"

这两个人怎么回事，竟然发现了重点。

"可是，等等。如果没带钱包，连食堂都吃不了啊。"

"没错。现在虽然有很多手机付费的方法，但叶村不谙此道，我也没见他用过。而我们的学生证内含 IC 卡，可以在校内充值使用。"

"一般人都把学生证放钱包里吧？而且假设如此，那他这杯饮料怎么付的钱？这里可没法用学生证支付。你该不会想要我们请客吧？没门儿！"

小山这番话虽然小气得很，但是放心吧，我刚才说了是在常识范围内采取行动，没有骗人。

最先发现问题的是矢口。

"不对，叶村绝对拥有的卡还有一种，那就是交通卡，而且交通卡也能租自行车。我猜，他肯定把学生证和交通卡跟钱包分开放了。"

答得漂亮。我平时乘两站电车上学，一般把交通卡和钱包分开，放在另一个口袋里。有了它，不仅是现在的普通餐饮店，连学校食堂也能支付。

这下，引导他们得出正确答案的要素都集齐了。

"叶村走到店里正要坐下，发现没带钱包。他身上有学生证，但是在店里不能用。而他的交通卡里可能只剩下在这里喝饮料的余额。叶村意识到自己吃不起饭，只好沮丧地去了学校食堂。肉果树单程徒步要五分钟，BLTQ 与黑河单程骑自行车要五分钟。移动时间都一样，但是只有 BLTQ 需要排队等候十分钟。从教室走到南门，再从南门走到学校要十分钟。往返 BLTQ 的时间加上排队时间一共三十分钟。在食堂点餐到吃完需要十五分钟，剩下五分钟用于赶回教室，的确很不宽裕。"

"叶村去的是 BLTQ。'我真是的'那句话后面应该是'竟然忘带钱包'。如果他一开始去的是黑河或肉果树，应该马上就能回来。叶村，我们的推理怎么样啊？"

小山与矢口满脸自信地看着我。

我对他们细致入微的推理表达了最大的敬意。

"很遗憾，BLTQ 不算本格推理。"

我与他们分开后，去了经常光顾的旧书店。

今天我要找的是阿加莎·克里斯蒂的马普尔小姐系列和艾萨克·阿西莫夫的黑鳏夫俱乐部系列。两者都是推理迷很熟悉的安乐椅侦探作品。我想从中挑选一种，作为推理爱好会近期的课题。安乐椅侦探从不亲自踏足案发现场，而是通过他人的叙述和手头的线索推理真相。这种读物与经常出现在案发现场的比留子同学的遭遇正好相反，她可能会觉得新鲜。

路上，我一直在思考那两个人刚才的推理。

作为推理小白，他们的行动已经超过了及格线。不仅发现和处理信息的能力都很强，而且对待谜题格外认真。身为推理爱好会的会长，能看到这样的表现自然很高兴。从这一点来说，我认可他们对推理的热情。

但是，既然入会条件是"解开谜题"，这次只能让他们放弃。

那两个人犯了几个错误。他们推测我的学生证和交通卡都与钱包分开放，但是我的学生证实际就在钱包里，因此今天没带来。相对地，我身上确实带了交通卡，里面还有大约九百日元余额。于是他们认为我的余额只够喝饮料的推理也错了。

他们漏掉了一个线索。

那就是我跑进教室时说的第一句话——"倒霉死了"。

我之所以说"倒霉死了"，是因为犯的错误不止一个。

午休时间，我去的是距离正门步行五分钟的肉果树。

一到店里，我就发现了第一个错误——忘带钱包了。身上虽然有交通卡，但是肉果树的套餐都要一千日元左右，我的余额不足。到此为止，都与那两个人的推理相符。

但是，我没有直接回学校吃食堂，而是去了黑河。从肉果树走过去只要五分钟，我认为去那里也能及时回到学校。讽刺的是，由于一开始去的是肉果树，我没有在校门口租自行车。如果本来就打算去黑河，我肯定会租车。

总而言之，我又步行五分钟到达黑河，然后发现了第二个错误。

黑河是一对老夫妻闲着没事开的店，连大学教授都说"那里跟以前一模一样"。

没错，那里只收现金。

现在回忆起当时的无奈，我都忍不住叹气。他们两个跟我一样，在学校外面习惯使用现金，所以没发现这个线索。

最后，我浪费了从教室走到正门的五分钟，还有往返店铺的二十分钟，又花五分钟从正门走到食堂，花十五分钟点餐吃饭，只剩下五分钟返回教室。这就是我差点迟到的真相。

我揭晓答案时，那两个人都暴跳如雷，大喊："这谁能猜出来啊？！"

虽然没有得到学校批准，但推理爱好会毕竟是个社团，不能一直只有我跟比留子同学两个成员。

即便如此，我还是希望再过一段时间，才给推理爱好会输送新鲜血液。

一旦来了新鲜血液，曾经的气氛就会改变。到时候，我所熟悉的推理爱好会，就只能留在我的记忆中。

实在是没办法。就算拒绝新鲜血液，也无法回到从前。

即便如此，我还是想等到夏天再度来临。

现在，哪怕一丝一缕也好，且让我抓住一些推理爱好会曾经的气息。

嗡——嗡——

塞在裤子后袋里的手机振动起来，将我拉回现实。

拿出来一看，屏幕上显示着比留子同学的名字。她平时只给我发信息，这是怎么了？

"叶村君，是我。"

听筒里传来嘈杂的声音，像是电子音乐衬托的明快宣传声。也许是游戏机室，或者是卡拉 OK 包间。

跟那些热闹的声响相比，比留子同学的语气显得格外严肃。

"突然联系你真不好意思，我想请你马上出来。"

"出什么事了？"

"我正在跟人谈论班目机构的事情。"

突如其来的话让我的心跳猛然加速。

既然关系到那个组织，肯定不是什么好事。

"我给你发定位，你快过来吧。当然，我不会强迫你。"

听到最后那句话，我突然有点生气，一口气答应下来，然后挂了电话。等到定位信息后，我拔腿就跑。

那个定位地点跟我回家的方向相反，是两站外的卡拉 OK 包房。刚才听见的噪声，果然是卡拉 OK。

这地方不是咖啡厅或餐厅，而是隔音的包间。我顿时提高了警惕。

班目机构是冈山资产家班目荣龙战后成立的组织。这个机构对外的名目是药品研究，真正的目的好像是进行各种不顾伦理与道德的研究，并且对人们噎为"超自然"的领域也十分投入。这个机构的存在属于机密事项，一般人很难有机会了解到。

事实上，我们这半年来被卷入的两个案子，都与班目机构的研究有关，而且两者都没有得到公开报道。

据我所知，能够知晓并谈论班目机构的人，只有经常跟比留子同学合作的侦探——KAIDO。可是，如果这次的谈话对象是 KAIDO，比留子同学应该不会像刚才那样说话。

她似乎知会了店员，我报上房间号后，马上被带到了二楼。

那是个角落的大包间。我刚停在玻璃门外，就有人从里面打开了门。一个黑发的美女探出头来——是比留子同学。

"谢谢你赶过来。快进来吧。"

比留子同学穿着正装风格的白衬衫和黑裙子，套着一件柔软的米白色针织衫，跟整齐叠好的大衣一块儿挤在沙发座的角落里。我在她旁边坐了下来。桌子另一头坐着两个男人，右边的人看起来四十岁上下，左边的人则年轻一些，可能三十出头。

"太好了。她一直坚持要等你到场才开始。"

右边的人露出游刃有余的笑容。他也穿着白衬衫，套着一件连我都能看出是高档货的西装外套。而且此人长得还算英俊，精心打理的刘海儿强调了形状好看的前额，给人一种锃光瓦亮的高级跑车的感觉。

"这边已经下好单了。"

坐在"高级跑车"旁边的瘦男人推给我一杯貌似蜜瓜汽水的饮料。也许是比留子同学替我选的。

这是为了防止谈话过程中有店员开门进来吧。

跟"高级跑车"不一样，这个瘦男人穿着大众化的西装，长相说好听点是稳重，难听点就是缺乏气势，尖嘴猴腮，扁平的脸上只有鼻尖稍微突起。这人看起来更适合穿白大褂。

"这位就是我的学弟，叶村让。"

比留子同学为我做完介绍，右边的人微微探出身子，道明了身份。

"我叫成岛陶次，是成岛 IMS 西日本公司的社长。这位是我的秘书里井。IMS 是医疗科学研究所的缩写，这家公司隶属于成岛集团，专门从事以新药为主的科技研发。"

那个叫里井的人马上站起来，给我递了他们二人的名片。与此同时，比留子同学则给我看了手机上查到的公司主页。照片上的人的确就是眼前这位。

成岛集团是日本无人不知的医疗制药企业，虽说是子公司，但这位太子社长找比留子同学能有什么事呢？

里井接过了成岛的话头：

"听剑崎同学说，叶村同学也接触过班目机构。请容我略过详情不谈，其实成岛集团曾经给班目机构的研究投入过资金。"

这个重磅消息来得过于突然，我一时反应不过来。

"你应该知道，班目机构于一九八五年解散，其研究资料全部被公安没收。但是其中很小一部分资料被秘密取出，交到了给予资助的主体手中。以当时的科学水平来看，即便是尚未完成的研究，那些资料也可谓无价之宝。"

"也就是说，成岛集团的发展壮大，少不了班目机构的研究贡献吗？"

我在混乱中问了一句，里井点点头承认了。

去年夏天发生在娑可安湖周边的集体感染袭击事件中使用的病毒，就是根据班目机构留下的试验资料研发出来的东西。没想到，除此之外，还有别的资料也被泄露出去了。

比留子同学似乎察觉到了我不经意间散发的怒气，在桌子底下按住我的手臂说：

"班目机构并不是出于危险的思想展开研究，他们也有被用于正道的研究成果。"

"剑崎同学果然聪明，这样说起话来就快多了。"

成岛满意地点点头，往下说道：

"优秀的技术能够促进世界发展，同时也隐含着破灭的危机。因此，必须由观念正确的人承袭技术。娑可安湖的事件，可以说是一场悲剧。"

"你调查了那件事吗？"

成岛眨眨眼睛表示肯定，然后故作姿态地张开了双臂。

"那种事绝不能发生第二次。所以我彻底查阅了留在公司的旧资料，想掌握其他流出技术的线索。在几个巧合的作用之下，我发现某个人藏匿了非常重要的东西。"

"非常重要的东西？"

我问了一句，成岛只是摇摇头。

"接下来的话，要等你们接受这边提出的条件才能说。"

比留子同学也许是不喜欢他油腔滑调的态度，转头告诉我：

"他希望我们一起去回收那个重要的东西。"

"回收？直接报警叫他们入室搜查不就好了。"

成岛闻言，露出暗含嘲讽的假笑看了过来。

"公权力不一定值得信任。日本的情报管理漏洞百出，此事一旦由他们来处理，必定会泄露到别国情报机构那里，到头来遭人利用。事实上，娑可安湖事件中使用的病毒已经通过各种渠道传播到了世界各地，完全无法查清有什么人在拿它做研究。为了避免这种情况，我们必须先把东西拿到手，正确判断其价值。"

他这番话无比傲慢，不过就算指出这点，成岛也不会改变主意。于是我选择继续推进话题。

"我们跟过去能派上什么用场？"

"别误会了，我只希望剑崎同学跟我去，你不过是顺便而已。"

比留子同学一听就生气了，正要开口反驳，却被里井抢了先。

"很抱歉，我们当初联系剑崎同学，是打算只请她同行。因为我们需要的并非情报，而是剑崎同学的体质。"

比留子同学的……体质？

我惊讶地看过去，她却面目淡然。看来她已经听过这番话了。

"娑可安湖事件，以及旧真雁地区的事件。我们早已证实这两件事与班目机构有关系。不过，当我们得知两起事件都有剑崎家的千金参与其中时，还是大吃一惊。虽然我对剑崎家千金的事迹早有耳闻，但始终无法相信世上真的存在吸引事件的体质。"

于是成岛又调查了比留子同学的经历，得知她以前也遇到过众多事件，最后才确信这种体质并非谎言。

"你们需要这种体质是什么意思？"

里井先看了一眼包间大门，然后飞快地说：

"实不相瞒，我们一开始怀疑持有班目机构研究资料的人有三个，并对其中两人进行了彻底调查，全都一无所获。现在只剩下一个人，这次绝不能出差错。就在我们最为难的时候，得知了剑崎同学的存在。"

"原来如此。"

比留子同学叹了口气，似乎总算理解了他们的意图。

"你们要反过来利用我的体质。我所在的地方必然有事发生，只要有事发生，就不可能彻底落空。"

"什么?! "

我忍不住拔高了音量。作为接连两次被卷入凄惨凶案的人来说，这种思考也太不正常了。

"要是这么做，谁的安全都无法保障。你们真的明白吗？"

成岛收起了轻浮的笑容，对我点了点头。

"不入虎穴，焉得虎子？这次的目的具有冒险的价值，我不想错过良机。保险起见，我会安排人手保护剑崎同学，而且我和里井都会同去。剑崎同学大可以袖手旁观，什么都不做。"

"那也不能……"

我还想反驳，却被里井殷勤的声音打断了。

"其实，剑崎同学已经同意了。"

比留子同学不好意思地看着我。

怎么会这样。她应该很害怕被卷入事件，所以才让我当了华生，好让自己多一份力量啊。

"你真的这么想调查班目机构吗？"

"不只是这样。叶村君也发现了吧——时间快到了。"

我倒吸了一口气。平时我们故意不提起，但是比留子同学被卷入大案其实存在一个周期。娑可安湖事件发生在八月，旧真雁地区的事件发生在十一月底，那么，下一个事件也许真的快发生了。

"与其不知道何时何地会发生什么事，倒不如带着心理准备主动插足。他们还愿意安排人手保护我，那就更求之不得了。"

她表情僵硬地说。

"放心吧，叶村君并不是非得跟过来的。"

我心中顿时充满了愤怒和无力。

"那你叫我来干什么？"

"我要是一言不发地消失了，你可能会打草惊蛇。再像上次那样被你在楼下埋伏，我可受不了。"

她又旧事重提了。所以叫我过来并不是要跟我商量，而是提点我别因为失踪这点小事就吵吵嚷嚷吗？这也太见外了。

"……你们准备什么时候行动？"

里井的回答十分简洁。

"今晚。我们直接从这里出发。"

"那要怎么做准备啊。"

"我们必须严防信息泄露，而且必须今晚行动还有另一个理由。"

比留子同学再次看向我。

她的目光既不是求我别来，也不是求我跟去。那是早已料到我的决定，并且放弃挣扎的神情。

果然如此。经过前几次的事情，她已经知道我今后也会主动插足了。而她一直以来都很讨厌自己吸引事件的体质，这次却有意接近，或许也出于同样的原因。

她已经知道我是个怎么拒绝都不愿离开的华生，干脆选择了好整以暇的战略。

回想起来，的确有征兆表明比留子同学会如此决断。上一次，她不仅动用推理能力解开了谜题，还通过制造虚构事件，让事情朝自己希望的方向发展。

她就是如此聪明伶俐，随时都会转守为攻，令我毛骨悚然。

尽管如此，我还是只能说出她早已料到的回答。

"当然，我也要去。"

"就这么定了。"

成岛一拍大腿站起来，轮流跟比留子同学和我握了手。他的手保养得极好，看着令人讨厌。

晚上七点，我们离开卡拉 OK，拦了一辆计程车，在国道旁的便利店下了车。那家店附带很大的停车场，可供大型卡车停留。我还以为要顺便购买物资，没想到刚下车，计程车就开走了。

"我们在这里等车来接。出发之前，先把手机关机，交给里井保管吧。"

"你觉得我们会私下报警吗？"

比留子同学表情淡然地掏出大衣口袋里的手机，成岛反倒阴沉着脸。

"我不想在基站留下移动痕迹。毕竟如果那边情况不妙，我也许会采取强硬手段。你们也不想留下自己参与过麻烦事的证据吧？"

我不清楚他说的"强硬手段"有多强硬，但是既然能带上我们这些普通市民，应该不会随便伤人吧……

我们在便利店等了三十分钟，中间各自解决了生理需求，又做了点别的事情打发时间。然后，一辆大车悄然驶入停车场，停在了门口不容易注意到的角落。那是一辆侧面印有物流公司名称的厢式货车。

"肯定是不存在的公司。"

比留子同学在旁边嘀咕道。看来他们的准备很充分。此时我突然觉得成岛有点可疑，小声对比留子同学说："我们该不会被绑架吧？"

"如果要绑架我们，就不会专门跑到会被店员看见的卡拉 OK，也不会让我联系你呀。"

所以你就答应了？

一个身穿灰色作业服的男人从驾驶座下来，对成岛说：

"这边没问题。"

他戴着针织帽，五官深邃，肩膀宽阔，看着像是外国人，说出来的话却是日语。

那人四下观察了一圈，然后打开货厢，里井朝我们招了招手。

"请上车吧。"

我和比留子同学对视一眼，下定决心后踏上了台阶。走进货厢，我突然感到很多视线，猛地停下了动作。

货厢里没有货物，而是在两侧设置了长凳，并且已经有人坐在里面。右侧坐着三人，左侧坐着两人。这幅光景就像电影里经常看到的军队作战车厢。看来这些人就是成岛说的保镖了。

货厢角落里安了两只灯泡，光线仅够分辨乘客的外貌。他们都穿着跟司机一样的作业服，中间只有一个长得像日本人，其余都是外国人。

"坐在这里吧。"

右侧最靠近我的小麦色皮肤女性用流畅的日语对我说。她看起来像拉丁裔，不仅长得美，还有一脸和善的笑容。从坐高判断，她跟我差不多高，肩膀也很宽厚。

我在她旁边落座，比留子和里井则在对面坐下，接着，货厢门就关了起来。成岛应该坐副驾驶座吧。我这样想着，扣上了长椅上的简易安全带。

货车猛地一抖，开动起来。坐在我这一侧最里面，貌似欧美人的微胖金发男子用日语问道：

"里井，那位女士就是幸运女孩吗？"

比留子同学吸引的不是幸运，反倒是与之相反的事件，也不知这人究竟从哪儿听来的情况。不过对他们来说，只要能找到想要的东西，无论是祸是福，恐怕都不构成什么问题。

"这位是剑崎比留子同学，那位是她的朋友叶村让同学。在两位的要求下，叶村同学也来了。"

五个保镖都露出了然的样子，看来都会说日语。

"比留子，还有让。"

旁边的拉丁美女轮番指着我们，然后微微一笑。比留子同学也对她笑了笑。

"他们是为这次行动请来的佣兵，专门找了会说日语的人。"里井说。

我很是疑惑，他们究竟从哪儿找到了这么多愿意干脏活儿的人，同时逐个打量他们的脸。拉丁美女夸张地朝我挥挥手，刚才说话的微胖男人则对我竖起了大拇指。

虽然他们的态度都很温和，但我已经开始后悔自己的浅薄。成岛说的强硬手段根本不是非法入侵、破坏保险柜这种轻飘飘的东西。眼前这队佣兵一个个镇定自若，身强体壮，散发着习惯了腥风血雨的气息。成岛是真心想要彻底利用比留子同学的体质。究竟是什么东西，让他不惜做到这种地步？

"来做自我介绍吧。"

比留子那边最里面的男人发出低沉的嗓音。我不太会分辨外国人的年龄，他看起来应该在四十岁到五十岁，留着一头棱角分明的银灰色短发，隔着连体服也能看出肌肉结实的肉体。

"根据我们与成岛的合同，彼此之间用代号相称。我是'老大'，七年前从美军退役。已过世的母亲是日本人。"

接着，他旁边那个唯一长得像日本人、看起来三十出头的男人小声嘀咕了什么。

"不好意思，你说什么？"

"我是'猫头鹰'。"这回我听清了，"日裔三代。我把话说在前头，你只准跟过来，不准妨碍工作。"

自称猫头鹰的男人说完这句话就闭上了眼，看来并不愿意跟我们同行。

微胖的金发男子与他正相反，愉快地开口道：

"叫我'查理'吧。我本来就职于英国的私营军事公司，只不过当时比现在轻上二十公斤。另外，我也兼任卫生兵，请多关照。"

"为什么叫查理啊？"

比留子同学问道。他抖着腮帮子大笑起来。

"小时候，妈妈总喜欢给我穿史努比的 T 恤，又因为我长得像里面那个男孩子，所以朋友给我起了这个绰号。"

不知是不是长椅太窄，他不时扭动着硕大的身躯调整坐姿。

接下来是他旁边那个光头的非裔男人。他右手握成沙包大的拳头，朝我伸了过来。

"叫我'阿里'吧。这是我偶像的名字，日本人应该也知道。"

"你是说穆罕默德·阿里吧？"

"对！"

他做了个拳打查理大肚腩的动作，查理夸张地"嚎"了一声。这两个人就像去春游的学生一样。丝毫没有军队那样的紧张感，但是聚集着战斗经验丰富的人才，坐在这样的货厢里，我越来越担心了。

最后是我旁边的拉丁美女。

"我是'玛丽亚'，请多关照。我在日本出生，五岁以前都生活在东京都港区。"

她跟我握了手，还专门解开安全带跟对面的比留子同学也握了手。我问她代号的来历，她干巴巴地说："这不是很明显吗？"原来，她父母的故乡西班牙有很多人叫玛丽亚。我猜，这搞不好是真名。

"各位以前就认识吗？"

老大回答了我的问题。

"是里井委托猫头鹰，猫头鹰凑的人手。我在部队跟他见过几面，其他人都是头一次合作。"

其他人也用目光肯定了这个说法。猫头鹰没有反应，不过看来他手上有不少干这种事的人脉。

最后，里井补充道，刚才看见的戴针织帽的司机称作"科奇曼"。

"科奇曼，就是车夫的意思啊。[1]"

比留子同学兀自点了点头。因为负责开车，所以叫科奇曼？见她又像平时那样开始处理每个人员的名称信息，我也赶忙在脑中复习起来。

佣兵首领代号老大，猫头鹰人如其名，沉默寡言。身宽体胖性格开朗的是史努比的主人查理，非裔男子是崇拜传说级拳击手的阿里。唯一的女性是拉丁裔的玛丽亚。

尽管对成岛的计划还是心怀不安，但我觉得这些都不是坏人。

---

1. 科奇曼在日语中的读音大致是 *ka gi man*，此发音与英语 *car man*（车夫）较为接近。

比留子同学似乎也不那么紧张了，扯着嗓子压过货车行驶的声音问道：

"应该可以告诉我，这是要去什么地方了吧？"

里井点点头。

"马越梦幻城，H县马越市郊外的地区主题公园。"

他说的目的地实在出人意料，我和比留子同学都瞪大了眼睛。

"这个主题公园目前在社交网络上很火，你不知道吗？"

我连迪士尼公园都只是跟家人去过一次，听他这么说才想起来了。

"莫非是号称'活的废墟'那个地方？"

里井点头称是，然后开始详细说明。

马越梦幻城，其前身是马越欧洲王国，大约三十年前，在连通马越市与H县南部大城市的高速公路通车的同时建设完成。正如其名，那里充满了西欧风格的建筑，又随处可见民族服饰和当地特产，让人分不清究竟是马越还是欧洲。除此之外，还有现在回想起来商标权和著作权都很成问题的吉祥物在里面昂首阔步，是个典型的乡下主题公园。

欧洲王国本来被市民寄予厚望，但是从大城市吸引游客的目的堪称豪爽地落了个空。从开张那天起，营业情况就一路下滑，终于在十五年前，主题公园的运营公司破产，场地被拿来拍卖，最后被唯一举牌的企业买下了。那家企业名为昭岛兴业，只用了不到一年时间就把凋零的王国改造成马越梦幻城，重新对外开放。

"那些长得很像不良债权的游乐设施和糟糕的地理位置都保持原样，所有人都以为马越梦幻城即使开张了也没有前途。可是昭岛兴业却靠一个惊人的创意，大肆宣传了这个乐园。"

昭岛兴业只对陈旧的游乐设施进行了最低限度的修缮，故意将其陈旧作为卖点，打出了"走向破灭的主题公园"这个招牌。

被舍弃的梦幻乐园，制造欢乐的场所散发的矛盾孤寂感。由于年久失修、不再安全，游乐设施一个又一个被停用，如今场内还能动的设施反倒少得可怜。尽管如此，吉祥物们还是假装听不见破灭的脚步声，欢快地载歌载舞。

欢迎来到马越梦幻城。

昭岛兴业的宣传一炮走红。华丽与空虚保持着危险的平衡共存，散发着昭和余韵的颓废表演深受一部分人的喜爱。几乎同时兴起的废墟热潮也起到了推波助澜的作用。迎来不景气的时代，生活在资产不断减少的国家的人，也许必然地会倾向于怀旧与乡愁。

不管怎么说，这个梦幻城的炒作很彻底。在炒热"活的废墟"这个说法后，又进一步突出了颓废的气氛，一旦被列为灵异场所，就主动出击制造热搜，每一个策略都干脆利落。现在，马越梦幻城已经吸引了全国各地的废墟爱好者和摄影爱好者，再加上发现话题专程来看的年轻人，虽然称不上多么火爆，但也因为独一无二的特色实现了稳定的经营。

"班目机构跟那个梦幻城有什么关系？"

"昭岛兴业的老板是斋藤玄助。这人四十多年前还叫不木玄助，是隶属于班目机构的研究者。"

听到这个惊人的信息，我和比留子同学忍不住对视一眼。

"他现在已经不参与任何直接经营活动，而是跟几个用人住在园区内被称作'凶人馆'的地方，过着等同于隐居的生活。我们这次的目标，应该就被藏在那里。"

"凶人馆？"

"那是网上的说法。据说园区内有一座形同废墟的建筑物，已经害死了好几个游客。这个都市传说一传出去，就有了现在的称呼。"

"这次的目标究竟是什么？"

里井摇了摇头，看来不打算告诉我。

"我只能说，我方人员从梦幻城某个工作人员口中得到了重要的情报——有一个伙伴进入凶人馆后，再也没有出来。"

货车行驶的声音里突然多出了不知什么人忍俊不禁的声音。我反问道：

"再也没有出来？什么意思……"

"就是字面意思。每隔几个月，不木就会叫一个工作人员过去。那些人进入凶人馆后，就再也没有出现过。我们推测，不木应该在馆内进行某种严重犯罪行为。这次之所以请来佣兵，主要是防着那一手。"

里井冷静地说。

我们去的地方竟这么危险吗？

综合刚才这些话，我怎么想都觉得这次的目标跟失踪的工作人员肯定有关系。再看老大那几个人，也许是早就知道了任务详情，个个都面不改色。玛丽亚还露出了微笑。

"别担心。你有很多地方不清楚，心里一定会害怕，但我们这次是正义的一方。你们就好好看着吧。"

·

"玛丽亚，少说废话。"

难得开口的猫头鹰冷冷地瞪了她一眼。

"无关正义与邪恶，我们只需要完成工作，别夹带私情。"

"知道啦，对不起。"

"透露消息的工作人员会领我们到凶人馆。再过二十分钟就能接到他，后面就交给他本人来说明吧。"

里井结束了话题，车内陷入安静。

由于手机被收走了，我只能盯着腕表发呆。就在这时，货厢里响起了掺杂噪声的人声。只见老大拔出卡在后腰的对讲机，短促地回了一句：

"即将到达领路人上车点。"

货车停了下来，我们纷纷起身松动筋骨，不一会儿，货厢门就开了。这里似乎是山路途中的自助加油站，一片明晃晃的灯光中，只能看见孤零零的加油机。

很快，科奇曼就领来了一个身穿旧牛仔裤和风衣，长相貌似东南亚人的矮个子青年。

他落座后，货车又上路了。

"我叫阮文山，是梦幻城的机修员。"

阮文山坐在我旁边，这一刻也许终于体会到了情况的严重性，特别紧张地看着我们。在里井的催促下，他频频低头，道出了决心泄露信息的缘由。

三年前，阮文山没瞒住留居资格已经过期的事情，被单位辞退，后来一个共同做过技能实习的越南人找到他："我知道一个地方在招人，像我们这种条件的也能拿到很好的待遇，只不过地方比较偏。"就这样，他来到了梦幻城。

一开始他只是半信半疑，但是工作落实得很顺利。雇佣方式是全职，虽然给的休息时间很少，但工资比以前干过的兼职高很多。关键在于，很多员工都跟他一样是非法滞留人员，或是背了前科的日本人，不会让他感到特别自卑。

"但是过了两个月，当初给我介绍工作的那个人不见了。真的很突然，毫无征兆。"

他坐立不安地抖着腿，继续说道：

"刚开始我还以为他因为什么事逃跑了，但是不对。因为再过几个月，又有人消失了。而且同样是跟我一样有难言之隐的人。我猜，他们挑的就是这种人。"

阮文山怀疑起来，便秘密调查了工作人员消失的事情，最后发现那些人都有个共同点。

"所有人在消失的前一天晚上，都被叫去了凶人馆，说会长有很重要的事情吩咐。第二天，那些人就再也没有出现过。我害怕极了，不敢对任何人说这件事。"

他努力想忘掉这一切。

日本是个安全的国家，不可能存在有组织犯罪的黑社会。而且他也不能把这事闹大，以免被遣返回国。于是，他只好不去想这件可怕的事情，封存了对消失的伙伴的记忆。

"渐渐地，我发现了，其他工作人员其实心里都有数，只是不说出来。因为一旦被注意到，下一个说不定就是自己了。所以，大家都只能自欺欺人，缄口不言。"

　　所有工作人员都压抑着心里的疑虑，试图融入梦幻城，成为其中一员。同时也不断为自己洗脑：我身在人造的幻觉中，是严格按照设定好的程序完成工作的娱乐设施。然而，破灭的脚步声开始逼近阮文山。

　　"三个月前，带我的前辈消失了。我再也无法忍耐，很想从那里逃走。可是一想到梦幻城可能随时有人监视着自己，我就怕得不敢跑。"

　　就在这个时候，里井恰好来到梦幻城调查不木的事情，与他发生了接触。里井当时假装成酷爱都市传说的游客，四处找工作人员打听。阮文山被问到时，也强装镇定回答了问题。但是里井一问到凶人馆，他还是忍不住露出了惊恐的表情。他当然没有马上开口，但是那推三阻四的态度反倒引起了里井的注意。经过一番死缠烂打的追问，阮文山终于忍不住和盘托出，并答应成为内应。

　　其他看似已经知道内情的人，也都一脸严肃地听了阮文山的叙述。

　　里井轮流看了看我和比留子同学。

　　"工作人员失踪的时间集中在满月之前，所以我们也照着下次满月的时间对凶人馆展开监视，推进揭开真相的工作。然而昨天，阮先生突然联系我，说一个他从未见过的高管叫他今天下班后去凶人馆一趟。我没想到阮先生会在这种时候联系我，但也不能错过这次潜入凶人馆的机会，于是紧急将监视计划改成了潜入计划。"

　　比留子同学用手指绕着刘海儿，垂下了目光。她想事情的时候向来习惯把玩头发。

"看来工作人员失踪涉及一个庞大的计划。只要挑选身边没有家人和亲密朋友，又出于某些缘由不能报警的人，就很难被人察觉。"

"可是比留子小姐，现在这个时代，就算不能报警，也可以在网上匿名揭发吧。"

当今世界，匿名揭发引起大新闻的事情已经不罕见了，然而比留子摇摇头否定了我的说法。

"对方可能早就考虑到这点了。他们平时炒作的形象就是可疑场所，出几个奇怪的传言根本不痛不痒。"

"我在网上也见过好几个了。"

查理插嘴道。

"比如，检修娱乐设施时被机器夹死的工作人员变成幽灵出没，游乐园建成前曾是一片坟地，甚至有朋友结伴去游玩，走散后再也没见过的传闻。现在就算在网上宣扬工作人员失踪，警方恐怕也不会出动。"

原来如此，剑走偏锋的宣传活动反而成了犯罪的掩体。

"姑且对你们三位也说明一下作战计划吧。"

许久没有说话的老大开始了说明。

阮文山被要求前往凶人馆的时间，是游乐园关闭、所有工作人员退场后的深夜十一点。我们在他的带领下，借助夜色掩护，从后门的货运入口整车开进梦幻城，以速度制胜。

潜入之后，首先制服不木和用人，然后获取研究资料。一旦发现其中存在犯罪痕迹，就根据成岛的指示做回收处理。

"你们知道凶人馆的布局吗？"比留子同学问道。

里井摇了摇头。

"很遗憾。凶人馆的前身是模仿监狱的娱乐设施，但是自从游乐园更名为梦幻城后，就成了不木的私人宅邸。现在不木很少出门，也没有工作人员看见过里面的情况。"

"没问题。"老大继续道，"经过调查，凶人馆平时使用的出入口只有一个。只要控制了那里，就不用担心里面的人逃脱。更何况对方就算是犯罪人员，也不是熟练作战的老手。虽然由于计划提前，我们能搞到的装备有限，但足够了。"

说完，他掏出了一把手枪。黑亮的光泽和重量感与真家伙毫无二致。由于这东西出现得过于突然，我非但没有产生好奇，甚至有点抵触。

右边的玛丽亚似乎察觉到了我的不安，笑着说：

"没关系，这东西跟护身符差不多。为了打消对手抵抗的念头，展示火力差距也很重要。"

我现在只能相信她了。

不知不觉，货车开始减速，最后停了下来。

"在此等待十五分钟。下一次货车开动，就进入作战状态。"

老大给所有佣兵分发了手枪、枪套、对讲机和手电筒。

我和比留子同学，还有阮文山两手空空，只能盯着他们的装备。

这与此前我们被卷入的事件，情况明显不太一样。

回忆 I

咻、咻。

令人毛骨悚然的、宛如削肉的声音。

我体内不断传出不成话语的，但是比幼儿的哭泣更尖厉惨痛的声音。

咻、咻。

好痛苦。在看不见的水中沉溺的感觉。焦点模糊的视野中，渐渐没有了色彩。

我不断摆动四肢。肺部就像炼铁炉，充满了焦灼和炽热，身体却像冰冷的铅块，不听使唤。每一个细胞都在惨叫。但我还是忘却了一切人类机能，着了魔似的埋头前进。

失去色彩的意识中，浮现出呆滞的思考。

现在最痛苦。

这种感觉，习以为常。

明明每次都很痛苦。

我为何如此怀念这种感觉？

那个瞬间，耳边响起了尖厉的汽笛声。

"好，到此为止！"

双腿瞬间瘫软，悲惨的体感一瞬间恢复，让我忍不住想哭。我倒在了木地板上，张着嘴，却吸不进空气，像被扔在旱地上的鱼。

助手们飞奔过来，一前一后地扶起我，让我躺在墙角的简易床铺上。但我并没有得到治疗。等候在一旁的女人递来了毛巾和水，动作娴熟地在我身上贴起了连着细线的冰冷电极。我嘴上也多了个氧气面罩。这是要记录我脱离疲劳状态后的恢复情况。

我任由他们摆布，忍受着像异物一般在体内挣扎的肺部反应，耳边传来了熟悉的声音。

"圭[1]（ケイ，Kei），辛苦了。你完成了全部测试项目。"

我勉强抬起眼睑，一个身穿白袍的高大女人倒立着映入眼中。是羽田老师。

"医生，数据呢？"

"比之前好多了。你很努力。"

听到那句话，我总算能全身放松下来。

每月一次的体能测试结束了。今天好像是我的最后一次测试，羽田老师跟我一起走出了体育馆。对生活在这个地方的我们来说，为期三天、多达二十项的体能测试极为重要。我尝试询问自己的排名如何，但医生每次都说"这是秘密"。

"跟别的孩子比较没有意义，重要的是每个孩子成长了多少。"

---

1. 本书日本人名无明确汉字者，皆由译者选用汉字翻译，并注明原文与发音。

　　这句话也许有道理，但我并不满意。反正孩子们过后都会互相比较数据，医生大可以直接告诉我。

　　这是一座建在深山里的研究机构，具体地点我也不知道。

　　简单来说，医生在这座机构里从事提高人类身体机能的研究。我们都是她从全国各地征集来的实验对象。不过，我们的身体已经接受了"处理"，主要工作就是在成长过程中提供身体机能的数据。平时，我们在这里接受跟外面一样的教育，学习国语、算数、理科等知识。放学后可以玩耍，也可以听音乐或看书。极少数情况下，我们还能看看工作人员录下的电视节目。

　　生活在这里的实验对象都是十岁到十三岁的孩子，共有三十人。我六岁那年被人从福利院领养到这里，今年已经是第七年。跟每天都要被打骂的福利院相比，这里的大人都很温柔，饭菜也很好吃，像天堂一样。

　　正因为这样，我很想为医生起到作用，然而我的成绩却总是倒数。医生每次都说不必在意，但是看到助手皱眉或叹息，我都觉得很对不起他们。

　　"只要让我练习，我也能有好成绩。"

　　若是我忍不住这样抱怨，工作人员就会摸着我的头说："那样就没有意义了。"

　　这我知道。如果加入了反复训练这种外部因素，就无法测定实验真正的效果。所以我们平时都被限制活动身体的游戏，也不能离开这座机构。我还知道，善良的医生其实很内疚，觉得剥夺了我们的自由。

"真抱歉啊，你一定很想在外面痛快地玩吧。"

"才没有，我更喜欢看书。"

我撒了一点谎。其实我当然也想出去玩。

但是这样就够了。医生的研究将来能够造福人类。我为此受点委屈，又算什么呢？我已经没有父母了，但是来到这里，我认识了医生，还交到了很多朋友，所以足够了。

羽田老师走在通往办公室的走廊上，回头告诉我：

"昨天让治（ジョウジ，Jouji）被关进反省室了。"

听到同龄男生的名字，我吃了一惊。反省室是机构的孩子们最害怕的地方。那是个很小的房间，被关进去就一整天不让吃饭，除了上厕所，就要一直跪坐在地上，强制写检讨书。那对我们来说无异于严刑拷打。如果不是闯了很大的祸，一般不会被关进去。

"因为他晚上到女生的房间来打扑克吗？"

"什么？他又溜进女生房间了？"

我意识到自己说漏了嘴，慌忙捂住嘴巴。我们的宿舍连成 L 字形，走进中庭最先看到的就是女生宿舍，最里面的则是男生宿舍。平时严禁前往异性的宿舍，不过让治经常跑到我们的房间来玩。他已经被抓住警告了两次，我以为这次就是因为这个。

好在，羽田老师并没有追究。

"他跟公太（コウタ，Kouta）打架，把公太鼻子打断了。"

听到医生无奈的解释，我更加意外了。让治是个自来熟，有时说话不注意，容易惹人生气。但是我没想到他竟会跟老实的公太打架。

公太不擅长运动，但是学习很好，也经常教我，是个认真的孩子。别说打架，我甚至没见过他大声说话。

据说，打架的原因就是让治嘲笑了公太的体能测试结果。

被别人嘲笑自己不擅长的事情，肯定会生气啊。让治真的太幼稚了。

"让治已经出来了，但不知道那两个人能不能和好如初。如果圭能帮我注意一下他们，那就帮大忙了。"

我正要答应医生，可就在这时——

"这不公平！"

一个大人的吼声突然响彻走廊，吓得我缩了起来。

"凭什么只有羽田受重视？要是有平等的机会，我的研究也能得出显著的成果！你们太高看那个女人了。"

听见那个名字，我忍不住抬头看。医生露出了厌烦的表情。

"我突然想在这里掉头走了。"

大喊大叫的人应该是不木老师。他也是这里的研究人员，跟羽田老师从事着不同方法的研究。但是连我们这些小孩子都能看出，机构给羽田老师的待遇明显更好。另外，我们给不木起的绰号也说明了一切。

"什么啊，原来是猴子博士。"

医生敲了敲我的头。

不木老师个子很矮，加上驼背，长得特别像猴子。加上他主要用猴子做实验，我们私底下都这样叫他。

医生像是为了拖延到达办公室的时间，对我解释道：

"其实他也不是因为喜欢才用猴子做实验。因为跟我用了不同的方法，他的药物效果目前还不可控，无法在人身上做实验。"

"那他讨厌羽田老师不就是乱发脾气吗？"

医生听了我的话，无奈地耸耸肩。

"我就当听别人抱怨也算是我的工作吧。好了，圭，快回宿舍去。"

那天晚上，被放出反省室的让治也跟我们一起吃了晚饭。食堂里有六张餐桌，孩子们三五成群地坐在里面，一边说笑，一边吃饭。这是一天中最吵闹的时候。

让治坐在我旁边，边吃边抱怨。

"倒霉，太倒霉了！说教、写检讨、说教、写检讨……一整天不能吃饭，只能做这个。我都把一辈子的检讨写完了。"

让治看起来很憔悴，仿佛不只是挨了一天的罚，看来在反省室吃了不少苦。连混血儿轮廓分明的五官都皱成了一团。我说他是自作自受，让治听了反而更生气了。

"明明是那家伙先动手的，却只有我被关进反省室，这太不公平了。"

我仔细一问，原来是公太一开始先把自己数据不好的事情怪到了环境头上。然后让治说："自己无能就怪别人吗？"公太当场就气得动手了。

"四个大人听见动静跑过来，一下就把我们俩按住了。可是只有我被送进反省室，这也太不公平了。不是说一个巴掌拍不响吗？"

我理解他的心情，但是身为不擅长运动的人，我也理解公太的心情。

我很想帮到医生，但是大家条件相同，只有自己的数据毫无进步，这种落后的感觉太不好受了。

我突然想起了不木老师在办公室里喊的话。

我说起这件事后，让治并不关心不木老师的实验，反倒关心起了来这里参观的机构的人。

"我觉得不像是参观，可能是视察。"

我没听过这个词。

"就是来亲眼看看羽田老师的研究成果。这证明上面的人认可了医生的研究。"

既然如此，那是否意味着羽田老师的研究马上就能公开了呢？想到这里，我的心顿时沸腾起来。全世界的人都要看到我们奋力得出的研究成果，羽田老师也能声名大振了。

晚饭后，我在中庭一直待到熄灯时间。中庭被宿舍和研究大楼包围，是我们可以自由出入的地方。我每天都要在这里看看星星。

虽然不能离开研究设施，但这里的天空与全世界相连。我很喜欢想象，在这片星空下，都有什么样的城市，住着什么样的人。

不过，今天中庭还有别人。有两个人面对面站在研究大楼门口的灯光照不到的墙角。那是一个大人和一个孩子。若不是我们的五感比大人更敏锐，可能就发现不了他们。

大人正在打着手势说话，背对着我的孩子似乎在默不作声地倾听。

我竖起耳朵，可是对话的内容被清风吹拂草木的声音遮挡，听不清楚。

就在这时，大人停下动作，朝我这边看了过来。

我正好站在宿舍的灯光中，也许被他看到了。

那个大人转过身去，快步走向研究大楼。

我盯着他的背影，在他走进建筑物的前一刻，察觉到了那个人的真实身份。

那是猴子博士——不木老师。

由于对羽田老师怀有敌对意识，他平时对我们这些孩子的态度也很差，甚至打招呼也不怎么应。这样的人，到底在干什么？

我收回目光，发现那个孩子也不见了。那人应该还在中庭，估计是躲起来了。

"圭，你在干什么？"

背后传来让治的声音。

不知为何，我觉得这件事最好别对任何人说，情急之下撒了个谎。

"刚看完星星回来。"

"下次最好早点回来。上回我听助手越中小姐说，这附近在战国时代曾经有一座城池，修建研究机构时，中庭这边挖出了好几百个头盖骨。那些好像都是被砍头的俘虏，越中小姐还看到过到处找头的武士幽灵……"

"别说了，快停下！"

让治总喜欢捉弄我。

他明知道我害怕鬼故事，还是要说出来。

走进宿舍前，我再次回头看向刚才那两个人的地方。

专心倾听不木老师说话的孩子。

我有种很不好的预感。

Chap· 2

第二章

凶人馆

兇人邸

晚上十点五十分，货车抵达梦幻城的货运入口。没有门房上前检查，车子径直开了进去。

"这个时间段的门房是我朋友。我提前跟他说好，把门打开了。"

阮文山对我们解释道。他此时已经不再抖腿，也许是计划正式开始后，反倒镇静下来了。

货车缓缓减速，最后停了下来。佣兵们先后起立。

"我们也要去吗？"

我怀着一丝希望问道。他们要做什么我管不着，但不知能否让我和比留子同学留在这里。然而，里井一脸抱歉地回答道：

"成岛先生的意思是，至少要请剑崎同学一起行动。"

那就没办法了。如果继续抱怨，被单独留在这儿就不好了。

有人从外面打开了货厢门，我们纷纷跳了下去。只有科奇曼还留在驾驶席。我四下一看，发现货车停在了旋转木马背后的隐秘角落里。

虽说已经三月了，晚上还是很冷。山里面气温就更低了。比留子同学回头看了一眼放着外套的座位，但是没回去拿，而是抱着双臂缩起了身子。

"房子距离这里有二百米，万一有人听见汽车的声音就麻烦了，所以我们要步行靠近。先别打开手电筒。猫头鹰打头阵，成岛先生一行跟在后面。"

我们听从老大的指示，排成一列快速行动起来。

整个游乐园没什么照明，加上天空没多少云彩，夜色可以用"月明星稀"来形容。

我收回目光，发现四周有不少怪兽一般的巨大阴影。从轮廓判断，前方是摩天轮，右边远处隐约可见的是空中秋千。

"比留子、让，那就是凶人馆。"

前面的查理回过头来，指着相隔两座游乐设施的阴影对我们说。

"怎么说呢……比我想的要光明正大一些。"

我可以理解比留子同学的无奈。

因为那座宅邸坐落在白天肯定有很多游客来往交错的游乐园中央。宽广的庭院周围竖着高高的栅栏，茂密的树丛深处高耸着巨大的黑影。枝叶间透出了微弱的光亮，像是从哪个房间里散发出来的。

"好有感觉啊。"

前面传来成岛先生的声音。他听起来一点都不紧张，似乎毫不在意自己正在私闯民宅的事实。老大他们已经靠近了疑似宅邸正面的铁门。

门没有上锁，发出尖厉的响声打开了。所有人屏息静气地等了一会儿，确定屋里没有反应后便走了进去。这里是杂草丛生的前庭，建筑物还在十米开外的地方。

近距离观察凶人馆，它的诡异超出了我的想象。这座建筑物的正面就像缩小版的石砌城门，背后连着学校体育馆大小的陈旧房屋，毫无美感的外墙让这座宅邸看起来更像监狱，或者更应该称作病房。嵌着铁栏的窗户更是助长了这个印象。所有窗户都装了磨砂玻璃，看不见里面的情况。建筑物看上去有三层，每一层都有一定高度，因此总体高度足有普通楼房的五层之高。

我们眼前是一道约有五米高，宽度也足有两米的厚重木墙。本以为那是向两面开的大门，但是我猜错了。

"那是吊桥。"

里井小声说。

"吊桥？这种地方有吊桥？"

"我看过以前的照片，宅邸周围挖了一圈小水沟，只有放下吊桥才能进去。现在如你所见，水沟被填埋了，吊桥也不再使用。"

那我们要从哪里进去？我正想着，阮文山开口了。

"上头叫我去敲房子的侧门。"

于是一行人按照他的话语，向左走向宅邸侧面。

队伍由阮文山打头，后面跟着老大、沉默寡言的日裔猫头鹰、拉丁美女玛丽亚、话痨胖子查理，然后是弓着腰的成岛、里井、比留子同学和我。崇拜传说级拳击运动员的阿里负责殿后。

刚转到侧面，队伍就停了下来，老大首次打开了手电筒。

前面是一扇银色的金属门，显得与废墟一般的建筑物格格不入。

"阮先生，请你按照计划行事。"

阮文山走到门前，按了墙上的门铃。因为门口可能装有摄像头，我们都站在稍远处观望。通话器里传出男人的声音，二者交谈几句后，阮文山朝这边使了个眼色。看来是门开了。

老大他们快步上前，打开门冲进宅邸内部。与此同时，里面传出了不成话语的怒吼。等我们走进去时，声音已经平息了。

老大把一个男人按倒在走廊地上——那是一个看上去起码有七十岁的老人。他个子矮小，袖口和裤脚露出的四肢枯瘦得吓人，整个脑袋只剩下侧面还能看到一些打卷的白发，身上的厚重袍子散发出浓重的麝香味。

猫头鹰跑到前面确认情况，玛丽亚则用对讲机通知科奇曼把车开到院子里。

"你们要干什么？！"

老人轮番看着我们，最后看到阮文山，停下了动作。

"你小子……恩将仇报！"

沙哑而苍老的声音里满是怨毒。阮文山愣了愣，接着用颤抖的声音反驳道：

"我知道你骗走了很多人！"

成岛走上前去，低头看着老人。

"你就是不木玄助？"

对外声称自己是斋藤玄助的老人被叫到这个名字后，突然安静下来。很显然，他意识到眼前这群人并不是单纯的强盗。

"请你交出私藏的东西。"

"你们不是公安的人吧。鬣狗！你们都是现在才认识到那些研究有多大价值的鬣狗！我才不会把东西交给你们！"

　　老人唾沫横飞地破口大骂，我有点担心他会不会怒火攻心昏死过去。

　　"你不愿说，那我就自己找。"

　　成岛游刃有余地说道。因为他很肯定，不木一定不会报警。

　　就在这时，旁边的比留子同学凑过来悄声说：

　　"情况有点奇怪。我记得这里有常驻的用人，怎么没人出来呢？"

　　确实，这么大年纪的主人亲自应门，未免有点太奇怪了。而且不木骂得如此大声，却没有人循声而来，周围反倒静悄悄的。

　　"是该认栽了吗？"

　　不木突然改变了态度，变得极为顺从。

　　"好吧，我指路就是。"

　　此时，科奇曼也从敞开的侧门走了进来，汇报货车已经移动完毕。

　　不木竟然放弃了抵抗，我也稍微放下心来。

　　"我要上锁，钥匙在哪儿？"

　　成岛发现门上没有可以转动的把手，便回头问了一句。不木摊开左手掌心，把银色的小钥匙交给老大。

　　那把钥匙并非普通的形状，而是一根细圆棒上布满了形状各异的凸起。

　　"特制的？"

　　"侧门和大厅的机关只能用这把钥匙打开。"

　　侧门内侧也有钥匙孔，只能用这把钥匙开锁。一旦关上，就没有人能进出。

"大厅的机关是什么？"

里井似乎有点在意不木说的这句话。

"去了就知道了。"

凶人馆的主人龇起稀疏的牙齿，第一次露出了笑容。

拐过走廊，便是一个八边形的开阔空间。这里就是所谓的大厅吧。

挑高的天花板上挂着古色古香的吊灯，投下了光线。曾经应该在灯光中莹莹发亮的白色墙壁已经布满了污渍，地毯也完全失去了原本的颜色。这个异常煞风景的空间里，唯一称得上装饰品的东西，就是我们正对面的古董老爷钟。但是，它的钟摆已经不再摆动，仿佛也在昭示着宅邸的荒废。表盘的指针停在四点半。

环视四周，我一下就明白了不木说的"机关"。

大厅连着五个通道，从位置来看，较宽的通道应该通往刚才看见的吊桥，我们则站在另一个通道的入口处，另外三条通道呈现扭曲的放射形状。

其中一条走廊明亮宽敞，似乎通往宅邸深处。

然后是两条比较狭窄、入口被纵横交错的铁格封锁的通道。

"好像真正的监狱啊。"

玛丽亚惊讶地说。

两扇格子门都散发着寒光，后面的通道一片漆黑，不知通往何处。

成岛看向老人。

"你藏起来的宝贝在哪儿？"

"你说什么呢？"

"别装傻了，就是你的研究成果。"

"资料在我房间。然而外行就算拿到了——"

成岛烦躁地大吼一声。

"非要我严刑拷打你才承认吗？！我要的是你四十年前趁着研究所的事故带出来的实验对象！"

听到那句话，我和比留子同学都吓了一跳。里井则长叹一声，仿佛早有预料他会说出来。

成岛找的是人！

那么，戒备森严的侧门和这些金属铁栏，都是防止实验对象逃跑的措施吗？

玛丽亚似乎察觉到了我们的动摇，回过头来小声说：

"别担心，我们是来救人的。你们可能觉得手段有些残暴，但这也是维护人权的任务。"

原来车上说的"正义"，是这个意思吗？我倒是很想知道成岛带走实验对象后打算怎么办，然而现在不是问这种问题的时候。

"原来如此，那就没必要隐瞒了。"

看到成岛发火，不木似乎很满意，继而抬手指着一条被铁栏挡住的通道说：

"那边有通往地下室的楼梯。那孩子就在底下。"

"铁栏挡路了。"

"那东西可以吊起来。只要在墙上的操作面板插进刚才的钥匙接通电源，就可以操作升降。"

老大并没有马上行动，而是看向了通往建筑物深处的最宽敞的走廊。抬头一看，天花板露出了铁栏的下端边缘，看来那里也设置了同样的机关。

"这条路通向哪里？"

不木抬起浑浊的双眼看着老大，嘀嘀咕咕地回答道：

"……私人房间。还有用人起居的房间。"

"这里有几个用人？"

"一男一女，两个人。"

老大想了想，转头对科奇曼发出指示。

"科奇曼，你用钥匙升起地下室的通道门。"

他抬手指着刚才不木说的那条通道，其入口正好与我们走过的通道相邻。科奇曼接过钥匙，插进面板的锁孔一转，上面的电源指示灯就亮起了绿灯。面板上有三根对应铁门的操作杆。

"最左边的。"

不木开口道。科奇曼回头看了一眼老人，推起他说的操作杆。一阵铁链卷起的动静过后，通道口的铁栏缓缓升起。

"科奇曼拿着钥匙出去，锁好侧门后把风，发现异常就用对讲机联络。"

我小声问旁边的查理。

"为什么把钥匙交给科奇曼？老大拿着更方便吧。"

"科奇曼要在外面防备意外情况。要是真的有事，他进不来就没有意义了。而且把钥匙给他，老头子也不会突发奇想去抢。"

他说完，拽了一把挂在大肚子上的腰带。

科奇曼带着钥匙离开后，老大看着其他人说。

"下去之前先控制用人。不木，你带路。成岛先生，你跟剑崎小姐和阮文山他们在这里稍等。可以吗？"

成岛见行动顺利，满意地点了点头。

不到五分钟，老大他们就回来了，看来没出什么意外。就是唯独不见玛丽亚。

"两个用人都是五十多岁的中年人。男的多少做了些抵抗，但很快就安静下来了。现在他们都在女人的房间里，由玛丽亚监视。"

老大汇报道。

"他们没跟外部联系吧？"成岛问。

"不用担心。他们平时就接触不到任何通信手段，也没有侧门的钥匙。"

听到这个，不木吃吃笑了起来。

"他们那种人，就算有通信手段，也不会跟外面联系。"

看来这里的用人跟园区的工作人员一样，都有着不可告人的背景。

接下来，我们就要去找关在地下室的实验对象了。

"社长，不如把工作交给队员，您在这里等候吧。"

里井提了一句，但是被成岛否决了。

"既然已经来到了这里，身为领导就该落实到最后。"

里井没有再坚持。

一行人在不木的带领下，排成一列穿过敞开的通道，没走几步就看见了通往地下室的楼梯。

"好黑啊。"

猫头鹰探头看了一眼，说道。

"你这猫头鹰还怕黑吗？"

阿里调侃道。猫头鹰只是不屑地"哼"了一声。

刚踏上楼梯，我就感到空气突然变凉了。这道楼梯仿佛通向被废弃了几百年的遗迹，周围连电灯都没有，老大他们都打开了手电筒。

下完楼梯，眼前是一面破烂的墙壁。虽然形状还算完整，但曾经的白漆已经斑驳不堪，到处都能看到裸露的水泥。天花板上残留着相隔一定间距安装过电灯的痕迹。

"什么味道啊？"

走在我前面的成岛闷哼一声。越往前走，那股刺鼻的臭味就越浓郁。这不是发霉的气味，也不是单纯的腐臭。有点像动物园的野兽气味，里面混着刺激性的氨水味……

阿里恶狠狠地骂了一句。

刚才还胸有成竹的人明显提高了戒备。比留子同学道出了众人的心情。

"尸体的臭味……"

"你能闻出来啊，比留子？"

难怪查理会惊讶，毕竟没有几个日本的大学生真正闻过尸臭。反过来看，查理他们想必是真的有实战经验。

那股尸臭里还混着一丝香气——走在前头的不木身上散发的麝

香。这个老人也许是为了盖过渗进衣服里的尸臭，才喷了如此浓郁的香水。

不木在不规则分岔的路上左拐右拐，这里的构造简直跟迷宫一样。走着走着，就能看见一扇门，有的门半掩着，能看见里面的房间，但是那些房间都空荡荡的，貌似只用来储物，看不出有人居住的气息。

"老大，停一下。"

猫头鹰把手电筒的灯光转向旁边的通道，突然厉声喊道。我顺着灯光看过去，发现那里有一堆剥落的墙皮，底下赫然是没有完全被掩盖的褐色污迹。

"是血，而且过了很久。"

老大说道。那摊污迹在我看来跟咖啡渍差不多，但他们显然能认出来。再往旁边一照，墙上也飞溅着同样的痕迹。

"这血是怎么回事？"

老大质问不木。

"也许是老鼠自相残杀吧。"

老人笑着回答道。

听到这里，一直没有说话的阮文山细声问道：

"不木……先生，之前被叫到这里来的工作人员去哪儿了？"

"你说什么呢？"

"请你别装傻。有好几个人像我一样被叫过来了。"

"是吗？看到长相我或许能想起来吧。"

冰冷的走廊上响起了痉挛般的笑声。

这个曾经在班目机构做研究的老人究竟在想什么？如今用人被扣押，自己隐瞒了几十年的秘密马上就要曝光，他的平静生活不可避免地走到了尽头。这种时候的这般态度究竟是什么意思？他不像是自暴自弃，也没有丧失理性。莫非他还有什么打算？

众人回到原来的路上，再次由不木打头，走到尽头后见到了一扇陈旧的铁门。

铁门的合页已经生锈。推开吱嘎作响的大门后，一股强烈的恶臭扑鼻而来，每个人都不由自主地停下了脚步。

门后面是一个貌似中庭的空间。

我借着照向左右两侧的手电筒光芒，看见地上散落着许多小石块。再看前方，是一道石砌的墙壁。

"石室……"

里井低声说道。仔细打量过后，我发现这里像是个比网球场稍小的长方形空间，对面的墙边有个铁桶。

"地下竟然有这样的地方。"

"这里好臭啊。"

听了查理和阿里的对话，我发现了不自然之处。这里明明是个封闭的空间，却不会产生回响。

"看上面。"

我听见比留子同学的声音，举起手电筒照向头顶，一下就明白了。这里的天花板特别高。走廊的层高只有三米左右，这座石室的高度则相当于贯通了所有楼层，相当于六层楼高的屋顶上覆盖着长方形玻璃天花板。从光照的强度判断，那应该是磨砂玻璃。

"啊啊！"

我猛地转向突如其来的惨叫，只见阮文山一屁股坐在地上，死命往后退。

"人……人！人头！"

拿着手电筒的人朝他指的方向照过去，土地上只有石块。

不，不对！

石块上有很不自然的空洞，还有规则的凹凸。

所有人瞬间察觉了那是什么。

"头盖骨！"

"为什么……"

惊恐的声音就此断绝。我们周围应该还有不少同样的物体。

集中在一点的手电光猛然散开。

人头、人头、人头——

只是匆匆扫过一眼，我已经发现了十几个化作白骨的人头。

"操，这到底是什么？"

慌乱的声音伴随着右侧肩膀的冲击。原来成岛险些踩到一个头盖骨，躲闪时撞到我身上来了。

那一刻，突然响起了掺杂噪声的说话声。

"这里是科奇曼，老大，听到请回答。"

是对讲机。老大伸手拿起了腰间的机器。

"怎么了？"

"有人跑到院子里看见了货车，现在被我抓住了。"

意料之外的汇报让我们瞬间紧张起来。既然抓住了，那么对方应该也发现了我们是非法侵入。

"什么人？"

"看起来不像工作人员。她说自己是自由撰稿人，姓刚力，是个女的。"

"等等，我跟委托人商量商量。"

老大放下对讲机，为难地看着成岛。就算准备得再周全，他们恐怕也没想到会有别人在同一时间潜入这座宅邸。

"怎么办？"

"怎么办啊……"

面对突如其来的变故，成岛烦躁地咬起了指甲。

里井在旁边提议道：

"自由撰稿人应该不可能握有班目机构的线索，也许只是想偷拍灵异地点。不管怎么说，既然已经控制住了，就有必要跟对方交涉，大事化小。"

"她可能还有同伴，不如我们也暂时返回大厅吧。"

老大话音未落，成岛就否决了。

"不，要优先解救实验对象。让科奇曼把那个人带进来。"

"让她看这个？"

老大照亮了头盖骨。

"说什么蠢话？让他们在一楼大厅等着。"

老大闻言耸了耸肩，仿佛想说后果自负。然后，他对科奇曼做出了指示。在此期间，有人走到一个头盖骨旁蹲了下来。

是比留子同学。

"喂，最好别碰那东西吧。"

她不顾查理的劝阻，还是拿起了头盖骨，像鉴定古董一样仔细观察起来，然后用白皙的手指示意头顶部位，说道：

"这里，裂开了。而且裂缝很大，怀疑是被很长的利器敲击所致。可以肯定是他杀。"

听了比留子同学的话，我大吃一惊。

莫非，其他头盖骨也是被害者？

阮文山惨叫一声。

"这些都是被叫过来的工作人员！你把他们都杀了！"

"哦，你刚才说的原来是这些人啊。"

不木露出了假惺惺的笑容。

"但是不好意思，脸变成这样了，我可认不出来。"

阮文山已经发不出声音了。他猛地扑向不木，但很快就被猫头鹰和阿里拉开。

"监禁，杀人，毁坏遗体。你已经疯了。"

成岛恶狠狠地骂道。

"少给我不懂装懂！"

不木突然抬高了音量。

"你们这帮人跟那个无知的研究者一样，只知道给无法理解的事物贴上异端的标签，瞧不起别人！就是因为无知被你们伪装成了正义和常理，人类才无法进步！"

"杀人的不叫疯子叫什么？"

"不是因为疯了才杀人。正因为疯狂中的理智，才把这帮人杀了！他们不是人！杀猴子不正是理智的证据吗——"

老人嘶吼着支离破碎的话语，在两个人的手下挣扎。

"够了！快带我去实验对象那里。"

成岛忍无可忍，一脚把不木踢倒在地。接着，老人又被拽起来，不情不愿地向前走去。从我们进门的角度看，这片空地两侧都安了旧铁门。不木走向了右边那扇门。

"这边。"

再次吱吱嘎嘎地打开锈蚀的铁门，一行人走了进去。

事后回想起来，若动作再慢上几步，在场所有人可能都要死于非命。

* 外部·侧门前（刚力京）

"刚力，你跟我到里面等着，老实点，不然有你好受。"

抓住我的外国男人这样说完，把对讲机放回了胸前的口袋。另一头的人管他叫科奇曼。

突如其来的事态让我至今仍未摆脱混乱。

太倒霉了。我花了这么多时间收集梦幻城的情报，好不容易躲过门卫的眼睛潜入进来，凶人馆竟然已经被捷足先登。

而且来的人不止一个。另一头的人被称作老大，可见这是个有组织的团队。再看科奇曼腰上的枪，显然不是普通人。

不过，这场遭遇不算彻头彻尾的倒霉。

托他们的福，我得以顺利进入宅邸。事前的调查显示，凶人馆守卫森严，最大的难关就是怎么溜进去。

"你后面的名字怎么念，Kyo 还是 Kei？"

科奇曼把我的驾照递回来，同时问道。

"Miyako。不过很少人能一开口就说出正确的发音。"

"你说你是自由撰稿人，但是都私闯民宅了，我怎么看都不像来采访的。"

你不也差不多嘛。我心里这样想，但没有说出来。

"我承认手段不正规。但是这座梦幻城涉嫌雇用非法劳工，除此之外，还有很多问题。我就是为了辨明真伪，才来调查会长居住的这座宅邸。"

因为早就打好腹稿，我无比流畅地回答了问题。

"你们是什么人？"

"恕不奉告。"

"来干什么？"

"恕不奉告。"

真是软硬不吃。

不过从他的言行判断，这伙人应该不是穷凶极恶的强盗。否则我早就没命了。

科奇曼用钥匙打开了侧门，让我先进去，又在我背后锁上了门。穿过一条狭窄的走廊，我们来到了貌似大厅的地方。

此时，我的心情已经稍微松懈下来，开始观察四周。灯光照亮的墙壁上满是污渍，地毯中间已经被磨秃了。除了墙边那座不会走动的老爷钟，大厅里没有任何装饰。

大厅四周都有通道，其中一条通道被铁栏封闭。不愧是曾经模仿监狱修建的迷宫型娱乐设施，整个地方散发着恐怖的气息。

他肯定在这里。

"让我看看你背包里的东西吧。"

见科奇曼指着我的后背，我不禁暗自咂舌。一开始被没收手机时，我还偷偷期待他能放过背包。看来是太天真了。

我刚要卸下背包，就听见左侧通道深处传来了脚步声。

科奇曼的同伴回来了吗？

情况有点奇怪。

那条通道没亮灯，黑乎乎的，看不清楚。而发出脚步声的人竟没有使用照明工具。

而且，脚步声的间隔有点太大了。

就好像是……

科奇曼也警惕起来，朝那边喊了一句："是老大吗？"

对方没有回答，而是直接从黑暗中现出身形。

看到那怪异的形象，我和科奇曼都愣住了。

"不准……"

科奇曼没来得及说完那句话。

"那东西"猛地朝他扑过去，我眼前顿时鲜血飞溅。

* 地下（叶村让）

我们在不木的带领下，来到了与石室相连的第二个空间。

这段路程走下来，我意识到这里的走廊应该在长方形的地下大厅四周绕了一圈，中间有几个房间。但是正因为察觉到了这个结构，在不木带着我们拐过第二个弯道时，我有点怀疑他是不是在拖延时间。

成岛见怎么走都走不到头，张嘴就要质问老人。

那一刻，手电筒的灯光照亮了一个没有门的空洞。那是一条短小的走廊，连接几米之外的狭窄楼梯。

"这条路通向哪里？"

老大问道。

"啊啊啊啊啊啊——"

眼前那条楼梯上传来了惨叫声。

由于早已习惯了安静，我条件反射地缩起身子。此时，猫头鹰嘀咕了一句。

"那不是科奇曼吗？怎么在前面？"

"科奇曼，怎么了？"

老大拿起对讲机呼叫，但是没有回应。

"我猜……"比留子同学飞快地说，"大厅不是还有一条被铁栏封锁的通道吗？也许跟这条楼梯相连。"

"什么？"老大皱起眉，"跟我们下来的楼梯位置相反的通道，就是这里？"

这时，对讲机有回应了。是负责监视用人的玛丽亚的声音。

"老大，我这边也听见惨叫了，要不要去看看？"

"操，等等。"

老大高喊一声，冲上了楼梯。我们也跟了上去。

果然如比留子同学所料，那就是还被铁栏封闭着的大厅通道。老大跑过去试图抬起铁栏，但是那东西似乎并非人力所能撼动。他透过铁栏缝隙观察大厅的情况，但视野所及之处看不到科奇曼和那个私自闯入的女人。

不过，大厅中央的地上倒是有很多痕迹。

大量鲜血。

还有——包在连体服袖子里的、疑似手臂的物体。

"搞什么鬼，究竟怎么回事……"

砰！

情况本来已经很诡异，此时宅邸深处又传来了枪声。

"是科奇曼开的枪吗？难道他跟自由撰稿人打起来了？"

接踵而至的意外事态让在场的人陷入了混乱。

老大为了平息众人的慌乱，拿起对讲机冷静地说道。

"玛丽亚原地待命，在我们到达之前，务必不要离开房间。"

不等玛丽亚回答，我们就开始原路返回。

"成岛，我们绕远路返回大厅。"

"这道门打不开吗？"

听了成岛的疑问，不木饶有兴致地插嘴道：

"不行，只有大厅有操作面板。"

成岛瞪了他一眼，但再怎么瞪也解决不了问题。

"现在情况不明，大家准备好枪。"

老大一声令下，周围响起了拔枪的动静。接着，他又尝试跟科奇曼取得联系，还是没有回应。

"这边是玛丽亚。用人情况异常，刚才突然害怕起来了，叫我赶紧堵住通道，不然会没命。"

对讲机里除了玛丽亚的声音，还有貌似女用人的喊声。

下一刻，所有人的对讲机里都传出了撕心裂肺的尖叫。

"救命！"

是一直没有回应的科奇曼。

"我不想死！"

"冷静点，科奇曼！"

"那东西追过来了！"

科奇曼已经彻底失去了冷静。

他的呼吸很急促，像是在拼命逃跑。

背景里还掺杂着"咣咣"的刺耳声响。

"你在哪里？"

"不知道。手电筒丢了……过了几道门，正在上旋梯。然后……喂，不是吧。啊……"

响动停了下来，科奇曼的声音也失去了力量。

"是死胡同。妈的，这下……"

话音落下的瞬间。

咚——咚——咚——

不仅是对讲机，宅邸内部也传来了钟声。

"我在这里，快过来！"

敲钟的人是科奇曼吗？

我们完全搞不清情况，不木却了然地摸了摸尖细的下巴。

"是钟楼。"

"钟楼在哪里？"

"刚才的'首冢'不是还有一扇门吗？从那里进入别馆，向左转就到了。"

原来满地都是头盖骨的石室叫"首冢"。

成岛一把揪住老人的前襟，用力摇晃起来。

"别馆？我就说怎么走来走去都走不到头，实验对象在别馆对不对？不让你吃点苦头，你还意识不到自己的立场啊！"

被揪起来的老人开始咳嗽，老大在旁边劝道：

"还是先去找科奇曼吧。"

成岛并不同意。

"我们去别馆，但是要先找到实验对象。雇你们过来就是为了做这个，别搞错了。"

老大眼中浮现出怒意，但似乎不想浪费时间争吵，而是说道：

"知道了，反正方向相同，赶紧完事吧。科奇曼可能被自由撰稿人袭击了，大家提高警惕。"

说完，他就去前面开路了。

我们返回首冢，灯光打向对面墙壁，照亮了另一扇锈蚀的铁门。

一行人穿过首冢，老大伸手要去开门时——

门的另一头传来了脚步声。

"科奇曼？"

无人回应。

老大察觉情况有异，把老人推到身后，双手端起手枪。

猫头鹰、查理、阿里各自采取了掩护我们的行动，枪口和手电光芒对准了铁门。

吱——铁门朝着我们这边打开了。

是科奇曼的脸。

远远低于我们的视线高度，脖子以下不复存在的科奇曼的脸。

"呜哇啊啊啊！"

我惨叫起来。其他人应该也喊了几声，但很快便安静下来。因为下一个映入眼帘的物体也无比怪异，我们的脑子都转不过弯来。

攥着人头的手足有棒球手套那么大。手的主人弯下身子穿过了铁门。

巨人。

除此之外，我想不到合适的叫法。

粗粗一看，他绝对超过两米，老大和阿里在他面前都成了小矮人。而且这个巨人不仅高，就算隔着衣服也能看出他肌肉极其发达，头部相比之下成了不值一提的附件。更让人害怕的是，他脑袋上套着一个布袋，眼睛位置开了两个大洞。

光是这样已经够诡异了，但他还有两个引人注目的特征。首先，巨人身上穿着灰色连体服，左肩之下缺失，袖笼被缝死了。他只有一只手。其次，他的腰带上挂着一把大刀。

"哈哈哈哈哈！"

一片死寂中，不木发出了疯狂的笑声。

"愣着干什么，你们不是在找他吗？"

这就是，实验对象？

我、老大和比留子同学都像好莱坞恐怖电影里的人物，愣在那里动弹不得，因此造成了致命的时间差。

巨人猛地挥动右臂。

他把手上科奇曼的头扔了过来。头颅像球一样划过空中，落在地上滚出去两米左右，碰到举着枪一动不动的查理，在他脚边停了下来。

只剩下脑袋的科奇曼定定地看着查理。

"呜哇啊啊啊啊！"

查理尖叫着向巨人开枪。

接连不断的闪光迷了众人的眼睛。

打偏的子弹在铁门和石墙上弹动。

一发子弹命中巨人腹部，溅起一片血花。

成岛回过神来，大吼一声。

"别杀了他！先确认这家伙的价值……"

话音未落，巨人消失了。

不。

他跳到了光圈之外。当我意识到这一点时，已经听见骨肉撕裂的声音，还有一阵带着血腥味的气流扑面而来。

反应慢了半拍的手电光芒再次打在巨人身上，他那宛如圆木的膝盖已经将查理压制在地，右手的大刀朝着脖颈落下——

查理的脑袋和身体就这样流着血泪分开了。

老大吼道：

"避开要害！开枪！"

枪声盖过了惨叫和怒号。

石室顿时成了一片闪光的海洋。

"比留子同学！"

我在突然爆发的战斗中向她跑去。那一刻，巨人再次消失。

"上面！"

猫头鹰刚喊出声，漆黑的巨体已经轰然落在老大身旁。

何等可怕的弹跳力。

老大被他撞飞，从我和比留子同学之间掠过，狠狠撞在墙壁上。

"只能干掉了！"

"不行，住手！"

"不木不见了！"

片刻之后，铁门开启的声音响彻室内。那是我们第一次来的方向。看来不木趁乱跑了。

紧接着又是枪声和吼叫。

不知谁的手电筒灯光扫过地面，我发现不远处掉落了一部对讲机，马上捡了起来。玛丽亚听见枪声，正在询问情况，但是谁也顾不上应答。

"你们快跑！"

阿里大喊道。

我在黑暗中摸索不木离开的那扇门。顺着墙壁一路敲过去，不一会儿就摸到了冰冷的铁门。

"比留子同学！"

我又喊了一声，但是周围光影凌乱，分不清谁是谁。

远处传来了声音。

"叶村君，你快走！"

声音正好来自相反方向。

"可是……"

"够了，快走！"

我又试图寻找比留子同学的身影，此时已经有好几个人跑了过来。

"躲开！"

我刚听见成岛的声音，就被一个人推开了。后面的人接连踩了我两下。对方似乎是里井，他扶着我，用不容拒绝的语气说：

"现在只能先跑了。赶快！"

流弹击中了头上的墙壁，我心意已决。

下一刻，我便摸索着墙壁，跑出了漆黑的走廊。

＊一楼·侧门（刚力京）

快跑，快跑，快跑……

我拼命拉扯侧门。

可是门把岿然不动，丝毫没有打开的迹象。想解开反锁，门上却没有开锁的机关。

"怎么办啊？"

情急之下的声音，显然在颤抖。

这扇门的钥匙应该在科奇曼身上。可是他被那东西打伤，不知逃去哪里了。

独臂巨人。

科奇曼遇袭的瞬间，我吓得瘫软在地，动弹不得。

好在，巨人追着他离开了。

莫非，那个巨人就是……

咚——咚——咚——

不知何处传来钟声，我瞬间回过神来。

此前我已经对宅邸做过调查，并未听说这里传出过钟声。

虽然这里充满未知，但是待着不动也不是个办法。

我下定决心，悄无声息地回到了大厅。

没有人。

于是，我选择了与大厅相连的最宽的通道，因为只有那里透出了亮光。

没走多久，通道就向两边分岔了。我向右拐弯，继续前进。

走到通道尽头，我看见一扇坚固的金属门。

门没有上锁。我轻轻转动门把，厚重的门扉缓缓开启。这里应该能供我躲藏一阵。

一口气还没松懈下来，走廊上就传来了脚步声，而且在向这边靠近。

没时间犹豫了！

我顺着门缝溜进去，发现那是一条短廊，尽头还有一扇门，门后是个房间。空气中弥漫着浓重的麝香，这里似乎有人居住。房间谈不上豪华，摆放着复古风格的柜子和书桌，像是起居室。

桌上有个电子屏幕，显示着疑似监控的画面。

有没有可以躲藏的地方？

我最先注意到起居室墙上悬挂的短窗帘。那后面有窗户吗？

掀开窗帘一看，那是一个飘窗，上面摆着红眼的黑猫摆件，还有闪闪发光的玻璃烟灰缸和造型奇怪的半兽人金像。

我把那些东西推到一边，蜷缩到了窗帘后面。

紧接着，就有人走进了房间。

那个人喘着粗气。从声音的高度判断，应该是个小个子。得知这至少不是那个巨人，我放心了不少。

那人并未发现我躲在飘窗上，径直走了过去。

我顺着窗帘缝隙小心窥视，发现那是个披着袍子的老人。

那一定是宅邸的主人斋藤玄助了。

他双手撑在桌上，肩膀剧烈起伏，像在拼命喘气，接着竟嘿嘿笑了起来。

"一群蠢货，现在来抢我的研究成果已经晚了，老老实实变成那孩子的祭品吧。"

他像要转过身来，我赶紧向后退去。

房间里突然响起硬物砸在地上的声音。接着，同样的声音又重复了好几遍。

过了一会儿，粗重的呼吸声平复下来，我又听见老人呆滞的说话声。

"对了，难道那家伙……"

我又凑近窗帘的缝隙，看见老人走进里屋，接着传出一阵翻找的声音，又过了一会儿，他拿着一个文件夹走了回来。

他先飞快地翻动文件，找到东西后发出一阵沉吟，继而点燃壁炉，开始焚烧。

房间地上满是刚才被他砸坏的显示器和电话机碎片。

老人背对着我坐到书桌旁，专心致志地写起了什么东西。

我逐渐恢复了冷静。

此时此刻，房间里只有我和一个老人。这种情况求之不得。

要想知道一切真相，只能趁现在。

我猛地拉开了窗帘。老人转过来，露出惊愕的表情。

只有飘窗上的黑猫摆件，目睹了其后的一切。

* 地下（叶村让）

哈啊——哈啊——

确定周围不再有声音后，我停下脚步，开始调整呼吸。

虽然逃出了首冢，但我跟其他人走散了。

由于身上没有手电筒，我什么都看不见。若是带着手机还能应付过去，只可惜天不遂人愿。我逃出来时不知拐过了多少转角，早已迷失方向，不知该如何找到楼梯。

总而言之，枪声已经平息了。要么是巨人被打倒，要么是——

我正想着，对讲机突然发出了声音。

"这边是玛丽亚，听到请回答！有人吗？听到请回答！"

经过一段时间后，玛丽亚又发来了联络。我担心她的声音被巨人听见，慌忙捂住了扩音部位。

紧接着，又响起了老大充满杀气的声音。

"这边是老大，科奇曼和查理被干掉了。"

"查理也被干掉了？出什么事了！"

"被关在这里的是个怪物，枪都制止不了他。不木也跑了。"

"这边是猫头鹰。巨人追着阿里跑了。那东西在黑暗中也能视物。"

"玛丽亚，你赶紧回车上拿备用武器。"

"侧门钥匙在科奇曼手上啊！"

"该死！"

"那你暂时别离开用人的房间，跟那东西硬扛没有用。"

现在想来，大厅的铁栏之所以如此坚固，恐怕不是为了囚禁工作人员，而是防止巨人从地下跑上来吧。

对讲机恢复沉默，周围再也感觉不到任何动静。我害怕得定在原地，不敢发出声音。

其间，我抬手看了好几次手表，大约过了十五分钟，远处的黑暗中传来了动静。

大咧咧的脚步声顺着附近的通道渐渐逼近。

我很想悄无声息地关掉对讲机，但是黑暗中摸索不到电源开关，只好把它整个按在肚子上。恐惧和焦灼混杂在一起，我几乎要陷入疯狂。

顺着墙壁向前摸索，没一会儿就摸到了门把手。这里有个房间。我毫不犹豫地开门走了进去。

接着，我又小心翼翼地在房间里摸索了一会儿，发现这里没有家具，也没有可以躲藏的地方。

必须尽快找到别的地方。

可是刚走出房间，我又听见了刚才的脚步声。

我想起巨人能在黑暗中视物，一旦被他看见，我就没命了。于是我慌忙走向脚步声的反方向，拐过一个弯。

此时，我发现自己犯了个严重的错误。

指尖传来铁门冰凉的触感，一阵熟悉的恶臭扑鼻而来。

我又转回了首冢。

从那里出去，说不定能跟比留子同学会合。

但是脑中的记忆制止了我的动作。

这扇门打开时会发出响声。

我不得不放弃进入首冢，摸着墙壁原路返回，转过了刚才的拐角。

顺利摸索到刚才的房间后，我又一次进去寻找躲藏的地方，发现墙壁靠近中间的位置有个凸起的边缘，底下是个洞。

好像是壁炉。这是以前作为娱乐设施留下的东西吗？

原以为这只是装饰物，但是钻进去一看，我发现烟囱部分也有能供一个人躲藏的空间。

"该死！！"

我吓得心脏一阵抽动。

有人在对讲机另一端吼叫。

"真不走运，竟然是个死胡同。死到临头了吗？混账东西！"

是阿里。房间外面也隐约传来了"真实的吼声"。看来阿里就在这附近。

"哟,大怪物,捉迷藏你赢了,过来吧!"

他确实站在死亡的悬崖边上。

我得去救他,但是恐惧让身体无法动弹。

装备了手枪的佣兵都不能拿他怎么样,我一个人能派上什么用场?

我正诅咒自己的行为,颤抖的双手间传来的阿里的声音却变得柔和起来。

"如果有人听见,拜托帮我做一件事。把拿到的报酬交给我妹妹吧。"

紧接着,屋外就传来了痛苦的惨叫。片刻之后,是硬物相撞的声音。

阿里死了。

但我无暇谴责无能为力的自己。

巨人的脚步声又开始逼近。

我慌忙踩住壁炉内部微微凸起的边缘往上一蹬,双手撑住两侧,藏进了烟囱里。

隔着墙壁传来了隔壁房间的开门声。

巨人已经走到隔壁了。过了一会儿,他离开房间,脚步声转移到走廊。

来了。他已经在门前了。

我只能祈祷他径直离开。

脚步声停了下来。

吱。

门开了。

咔嗒、咔嗒，脚踩在地板上的声音。

那家伙在房间中央停了下来。

我满手是汗，渐渐没有了支撑的体力。

一旦脚滑，就完蛋了。

对讲机一响，就完蛋了。

被他听见呼吸声，就完蛋了。

撑住撑住撑住撑住——

嚓——转身的动静。

脚步声回到走廊上。几秒之后，传来铁门的吱呀声。他走进首家了。

身体松懈下来，我软绵绵地坐倒在炉膛里。这时我才发现自己屏住了呼吸，于是一边喘着粗气，一边抬腕看表。

蓄光发亮的指针指向凌晨两点。

巨人也许还会来。下次还能躲过去吗？光是想象，我就觉得自己要疯了。

后悔跟过来了吗？

我脑中闪过比留子同学的声音，当即摇了摇头。

怎么可能？如果不跟过来，我一定会后悔。

比留子同学没事吧?

希望她能找到安全的藏身之处。

如果没有……

不行,不能想负面的东西。

现在去找她太鲁莽了。

要相信她,然后等待时机。

我蜷缩在壁炉里,压抑着呼吸。

时刻警惕巨人的返回。

回忆II

咔嗒咔嗒——我感到轻微的晃动，周围的喧嚣猛然聚拢过来，将我拉回现实。

糟糕，我又在课上睡觉了。我慌忙抬起头环视教室，旁边的人好像都发现我睡着了，一个人拍拍我的肩膀，另一个人开玩笑说："早啊，圭。"然后拿着教科书走出去了。对啊，刚才那是最后一节课。

我好像做了个很可怕的梦。

一定是因为让治昨晚一直逼我听鬼故事。

以前在附近被杀的落魄武士变成幽灵，每晚四处寻找自己的首级。深夜走进宿舍的女厕所，一抬头看见有个人头盯着自己……

让治怎么可能知道女厕所的情况。我心里虽然清楚，但还是很害怕。他怎么不再被关一天反省室呢？

我努力平复突突直跳的心脏，拿起橡皮擦擦去歪歪扭扭的铅笔痕迹。看来我刚上课没多久就睡着了。

因为我总是打瞌睡，以前每次都来叫醒我的老师现在都视若无睹了。我不知道该高兴还是内疚，只希望老师能通过我每科都及格的成绩感受到我的努力。其他孩子都说，老师之所以不教训我，是因为这可能是羽田老师做研究导致的副作用。

我逆着离开教室的人潮，拿着教科书走向一个人的座位。

那个男生——公太似乎知道我要来，面无表情地抬起了头。

"不好意思，能教教我刚才的内容吗？"

"四十页，如何用比值求面积。"

他也许想速战速决，说的话都很简洁。我慌忙在旁边坐下，翻开了教科书。

每次上课睡着，我都会找他补课，这已经是我们俩的习惯了。公太在同龄人中最聪明，不仅教得好，他的笔记也很好理解。我之所以能保持每科考试都及格，还是托了他的福。

他开始讲解笔记本上的图形，我一边点头，一边偷看他的表情。

那次害让治被送进反省室的打架已经过去了四天。我听说公太的鼻子被打断了，但是他的伤已经恢复到近看都看不出来。

"干什么？"

公太莫名其妙地看着我。

我慌忙做起教科书上的例题，同时换了个话题。

"今天你也没跟让治说话，对不对？你还在躲着他吗？"

"没有啊。"

公太虽然不爱说话，但是声音很容易暴露感情。短促的回答证明他还很在意这件事。其实他不是坏孩子，但是跟坦率的让治不一样，感情比较内敛，所以很容易被其他人误解。

"要是你心里不舒服，就说出来吧。也许说出来就会好受很多。"

"真的没什么，你别不懂装懂。"

正如我所料。就照现在这个样子说出来吧。

"我懂啊，因为一直生活在一起。"

"那又如何。"

"我是姐姐。"

"为什么啊？！"

"因为我是巨蟹座，公太是天秤座啊。我比你早出生。"

"哪有姐姐要弟弟教学习的？当然是我当哥哥才对。"

"好啦好啦，我很理解哥哥的心情。我们只要能练习，说不定就能拿到更好的体测成绩，让其他人大吃一惊了。可那样就成了外部因素影响，研究就泡汤啦。"

公太听完，露出了呆滞的表情。

"外部因素？什么意思？"

"你和让治吵架的原因啊。我听到的是这样。"

公太想了想，然后点点头，似乎理解了。

"我确实说了，但让治不是因为这个生气。我说的是：'你根本不明白我的心情。出不了成果的孩子在这里毫无价值。'结果让治就扑过来了。"

我也出不了成果，但是说自己没有价值实在太悲观了，而且不正确。只不过，我怎么想都不明白让治为什么因为这句话冲上去打人。

"他是不是想鼓励你，叫你别说蠢话啊？"

公太听完，无奈地笑了。

"圭，你真的太迟钝了。"

我不明所以，傻傻地"嗯？"了一声。

"让治喜欢你啊。圭虽然没有我那么差劲，但成绩也不算好，对不对？所以他感觉我在说你没价值，一下就生气了。当然，我那时完全没有这个意思。"

公太毫无保留地说出了自己的想法，而我几乎没有听见后半部分。

让治，喜欢我？

"你没发现吗？其实一看让治就知道了。"

我想都没想过，因为他对我来说，是理所当然一直在身边的人。

"他肯定不会坦白，所以应该是对你撒谎了……你怎么了？"

我甩了甩滚烫的脸。

"公太想太多了，为什么出不了成果的孩子就没有价值呢？医生不是经常说，跟别的孩子比较没有意义吗？"

"那也只是在这里而已。"

不知什么时候，我已经扔下了正在做的题，公太则有点烦躁地用铅笔屁股敲打笔记本。

"机构那边马上就要派人来视察了，你也知道吧？只要顺利，羽田老师的研究成果就能被更多人知道。"

"那当然啊，因为她的研究可以帮到很多人。"

公太叹了口气，似乎想说我一点都不懂。

"圭，你这次跑一百米用了多久？"

"……十一秒八九。但是比上次快了。"

我羞愧地压低了声音，公太也安静地对我说。

"上次我碰巧听见这里的工作人员讲，在外面的世界，你是这个年龄段跑得最快的孩子。"

我怀疑自己听错了，因为我从来没听过普通孩子的数据。

"他们跑得这么慢吗？"

外面竟然都是跑得比我还慢的人，简直难以想象。

"大人为了减少我们的烦恼，平时不让外面的信息传进来，所以我们都不知道自己跟常人不一样。但是你仔细想想，为了阻止我和让治打架，需要四个大人把我们拉开。我被打断了鼻子，但是三天就好了，而当时受了伤的大人现在还贴着膏药呢。所以说，我们的力量已经超出了寻常。"

两个十二岁的孩子打架，都要四个"普通的"大人才能拉开。原来这就是我们的实验成果吗？

"你说，我们在外面的人眼中是什么样子？你从来没受过田径训练，就已经能打破同龄人纪录了。他们会觉得我们是同类吗？"

我一直以为自己是落后生。

可是，努力成为日本第一的人，连从来没有努力过的我都胜不过。外面的人看到这样的我们，会觉得"好棒""好羡慕"吗？

我很清楚。他们只会把我们当成怪物。

"羽田老师也说，这个研究还要很长时间才能适用于所有人。在此之前，我们恐怕都不会被看作'普通人'。说到底，最吃亏的就是我这种没什么能力的实验对象。因为我既不是普通人，又拖了实验的后腿。"

公太说完就用力合上教科书，转身走出了教室，似乎并不想听我的想法。

教室里只剩下我和公太的笔记本。我被他说得脑子一片混乱，刚刚学的东西也忘光了。此刻我深深意识到，我比自己想象的还要无知。

我迈着沉重的脚步走出教室，旁边突然传来了声音。

"怎么这么慢？"

我抬头一看，发现让治一脸不高兴地站在走廊上。他好像在等我。

让治喜欢你啊。

公太刚才说的话闪过脑海，脸上的滚烫似乎又要重演。我慌忙移开目光，举起了公太的笔记本。

"刚才上课睡着了，所以我在自习。这不是常有的事吗？"

"那你也不一定非得让公太教啊。"

我以前从来没觉得有什么，可是一旦有了那个意识，就觉得让治果真在吃醋。难道让治真的对我有那种感情吗？

真没用。别说外面的人，我连近在咫尺的伙伴心里想什么都不知道。

"你们在里面说了什么啊？"

回宿舍的路上，让治一直跟在我身后。

刚才公太说的话好像对我造成了出乎意料的打击。我知道这种事情问让治也没有意义，但还是为了缓和对未来的不安，忍不住开了口。

"离开这个地方后，我们是不是就无法像现在这样了？"

"你突然说这个干什么？"

"我觉得羽田老师的研究很厉害，可是外面的人看到我们，会觉得很厉害吗？对那些千辛万苦付出努力，一点点获得力量的人来说，我们也许是很讨厌的存在。"

没有人告诉我们何时能离开这里，或是离开后应该怎么生活。有可能是所有人一起搬到别的地方，也有可能被养父母领走。

不管怎么说，我都觉得自己无法过上"普通"的生活。去了外面的世界，我们恐怕要面对很多恐惧和忌妒的感情。

等待我们的未来，是永无止境的孤独。

突然要让治回答这种问题，他一定很为难吧？但是他说出了我意想不到的话语。

"就算是那样，我们也是一家人啊。"

那句话在我沉重的心情中央打穿了一个大洞。

"我们今后会怎么样，医生的研究会给世界带来多大的影响，这些都太难了，我也不懂。可是无论遇到什么困难，我们都在一起，对不对？我不会让你一个人受苦的。"

……是吗？我们都在一起啊。

那应该不用害怕了。

"谢谢你。"

"谢什么谢，这是理所当然的啊。"

让治害羞地挠了挠鼻子，把头转开了。

家人。我们一起度过了同样的时间，分享了同样的苦与乐，这也许是最合适的称呼吧。我也下定了决心，如果让治和公太，或者羽田老师和其他孩子遇到了困难，一定要去帮助他们，因为我要守护家人。

走出中庭，宿舍那边飘来了晚饭的香味，肯定是炖牛肉。

我突然感到饥饿，便加快了脚步。就在那时，让治突然小声说道：

"哎，那边在烧什么？"

他盯着的是中庭角落的小焚化炉。宿舍里的可燃垃圾平时都在这里处理，但现在不是烧垃圾的时间，焚化炉的烟囱却冒着烟。

我们慢悠悠地朝焚化炉走过去，聚集在研究大楼屋顶的乌鸦同时飞了起来。

走近之后，一股难以形容的臭味扑面而来，我们不禁面面相觑。

"要不要叫人来？"

"还是先看看里面是什么吧。"

让治拿起焚化炉旁边的烧火棍，钩住炉口打开，我则躲在他背后观察。

火烧得不算旺，但是炉里猛地窜出了黑黑的浓烟，把我们俩都呛到了。

黑烟散去之后，我们看见了。

两只浑浊的眼睛对着我们，下面是大张的嘴巴。那个没有身体的球形物体被火苗舔舐着，冒出阵阵黑烟。

"啊啊啊啊——"

我发出了惨叫。

脑袋，是脑袋。

小孩子的脑袋。

好可怕，怎么会这样。

我几乎要瘫倒在地，让治慌忙撑住了我的身体。

然而我的意识还是脱离了身体，在空中回旋，继而是一片黑暗。

"喂，你们两个在干什么？！"

我听到背后传来声音，下一个瞬间，意识就断绝了。

Chap · 3

第三章

意外之死

予期せぬ死

* 地下（叶村让）第二天

本以为永无止境的黑夜，被突如其来的对讲机声音打破了。

"这边是玛丽亚，听到请回答。"

在炉膛里坐了一夜的我慌忙拿起按在肚子上的对讲机，凑到耳边。

"太阳出来了。阿波根——这里的女用人说，那个巨人讨厌光亮，一到早上，就会回去睡觉。我现在已经离开房间走到大厅了。平安无事的人请回答。"

现在是早上将近七点。巨人再没有靠近过这里。

真的能出去走动了吗？我正在犹豫，对讲机又发出了别人的声音。

"这边是老大。我还在地下。"

太好了，他也活着。对讲机好像按住按钮就能说话，我试着开了口。

"我是叶村，昨天晚上捡到了对讲机。"

"没事就好。你在哪里？"

"我也在地下，靠近第一次走进首冢时路过的那扇门。"

"我去跟你会合，然后一起上去吧。"

大约一分钟后，走廊出现灯光，接着是老大的脸。我被强光晃到了，但连这种感觉都让我万分高兴。

老大身上溅了不少血，但不像受了重伤。昨晚我亲眼看见他被巨人打飞，不愧是强壮的佣兵。

我跟在老大后面走了几步，很快就看见地上有新鲜血迹。应该是昨晚那场战斗之后出现的。应该是有人流着血跑过了这里，每隔一段距离都能看见一摊血。

"也许是科奇曼的。"

老大说完，向我展示了他在路上捡到的手枪。我不禁想象科奇曼失落了武器，一边流血一边逃离巨人的场景。昨晚的恐惧猛然复苏，我一言不发地点了点头。查理死了，阿里也被杀了。接下来还有多少死亡等待着我们？

我和老大一边寻找别的生还者，一边走向昨天下楼的楼梯。

就在那时，附近传来了模糊的声音。

"喂，有人吗？"

灯光转向楼梯旁边的通道，那里有一扇小门。

打开门一看，躲在里面的是成岛。他躲在工具间里，周围都是布满灰尘的拖把和水桶，身上那件高级外套已经脏得不成样子。老大把他拉了出来。

成岛没有对讲机，听老大说完现在暂时安全的情况后，开口第一句话就是抱怨。

"里井那家伙竟然把我推进这地方，一个人跑了。"

也就是说，里井把这个只能供一个人藏身的地方让给了成岛。在那种紧急情况下，他的行为应该得到赞赏，而不是抱怨。

"成岛先生，我怎么没听说任务目标是那样的怪物？要是早知道，这边也会准备更像样的装备。"

听了老大带着怒气的质问，成岛不耐烦地"哼"了一声，抓了抓头发。

"我怎么可能知道？我还想发牢骚呢。好不容易召集来的战斗力白白浪费了。剑崎小姐也是的，干吗招来这么大的麻烦？"

这番不负责任的言辞让我难以控制轻蔑的情绪。这本来就是你自己计划的。老大似乎也无可奈何，默默地走上了楼梯。

到达大厅后，玛丽亚一脸释然地迎了过来。

"你们还活着，太好了。"

她身后那两个老人应该就是这里的用人，猫头鹰和里井也已经到了。

除了科奇曼、查理和阿里，还有几个人没在这里。

逃走的不木，带路的阮文山，擅自闯入的女人，以及——

"比留子同学呢？"

玛丽亚回答了我的问题。

"不知道，正准备去找。"

成岛走向里井，推了他一把。

"昨晚把我推开，现在又不来接，你可真够无情啊。"

"我也是刚刚才到……"

里井叽叽咕咕地应了一句，成岛已经转移了注意力。

他正凝视着大厅中央，掉落在一片血泊中的科奇曼的手臂。那就是我们昨晚在另一侧通道隔着铁栏看见的东西。血迹一路向着地下延伸，可见科奇曼是在这里遭到巨人袭击，然后逃到地下，穿过首冢后跑到了钟楼，最后被杀害了。

"什么人？"

猫头鹰突然大喊一声，举起了枪。

顺着他的视线看过去，只见一个陌生女人从通往侧门的通道口探出头来。

"等等，我不是敌人。"

那个人穿着深蓝色风衣和修身长裤，蹬着一双轻便运动鞋，背上还有个小背包。看起来应该有三十岁左右。她表情僵硬地举着双手，长长的刘海儿下隐约可见一双微微吊起的凤眼，紧紧抿着的嘴唇给人难以接近的印象。

"你就是那个擅闯进来的人吗？"

"我叫刚力京，是自由撰稿人。"

老大让猫头鹰放下手枪，那个人也放下了双手。

"你也见到那个巨人了吧？竟然还能活下来。"

"巨人追着跟我在一起那个人跑开时，我趁机溜走了，后来一直藏在通道另一头。那怪物究竟是怎么回事？！"

刚力看起来比老大小了两圈，但丝毫没有被他的气势压倒。

"你来这里干什么？"

"我一直在调查这个主题公园非法雇用劳工的事情。昨天本来不打算进来，但是在外面拍照时被抓住了。"

"你觉得擅闯别人的私有地叫作调查吗？"

"你想跟我讲正义吗？看看你们手上的枪，我还想问你是何方神圣呢。那怪物究竟是怎么回事？"

"知道了，知道了，你等等。"

老大摆摆手打断刚力机关枪似的质问，转头问其他成员。

"能出去吗？"

猫头鹰依旧用扁平的声音回答：

"不行。没有钥匙，从哪边都开不了侧门。正门就像昨天看到的那样，是以前作为娱乐设施时修建的吊桥。这里的用人都没见过那座吊桥放下来，刚才我也试过了，电机完全不工作。"

"有别的出口吗？"

这回问的是两个用人。

那两个人看上去都有五六十岁，但不是夫妻。

"没有。而且我们只有得到老爷的批准才能外出。"

扎着发髻的女用人尖声回答道。她自称阿波根令实，鼻子、嘴巴都很扁平，眼距很宽，眼神飘忽不定。

她旁边那个戴眼镜、一脸胡楂儿的大个子男人也点头道：

"老爷为了不让外人看见'那孩子'，平时一直很小心。我来这里七年了，从来没听过还有别的出口。"

这个人自称杂贺务，与阿波根截然相反，看起来泰然自若。他平时还负责保养房屋，身材高大，削肩，面色红润，目光柔和，给人圆融的印象。我总觉得在哪儿见过他，但是怎么都想不起来，内心疑惑万分。

"对了，昨天放我们进来的阮文山的朋友怎么样？他会不会发现我们没有离开？"

猫头鹰提出了一个可能性，但里井的回答并不理想。

"那个人只是默许了我们的行动，恐怕指望不了他来救援。毕竟中间隔着阮文山先生，那边并不清楚我们的身份。"

老大看向刚力。

"就是这样。我猜你有很多问题，但为了保证我们能活下去，当务之急是找到其他成员，然后再次抓获不木。"

此时，玛丽亚开口了。

"等等，老大。我还有事要说。"

她接下来说的话，让所有人都大吃一惊。

"不木玄助死在自己的房间了。是他杀。"

刚才玛丽亚呼叫我们之前，先让用人带她去了不木的套房。

"这两个人都说，如果不木逃了，一定是回到了自己的套房。为了防止他再做多余的事，我决定先控制住他，然后再召集大家。"

玛丽亚边说边带队走向不木的套房。我们走到连接大厅的 T 字岔路，向右拐弯，来到走廊尽头时，看见了一扇与老房子极不搭调，并且牢不可破的金属门。那扇门敞开着，仿佛放弃了门的职责。

"我来到这里时，房门就是这个状态。"

金属门表面有几条撞击的痕迹，内侧安装着足有成年人手臂粗的门闩。

众人跟在玛丽亚后面穿过金属门，里面还是走廊。走到尽头，左手边有一扇普通房门，里面应该就是起居空间。两个用人可能已经见过里面的场景，都不太愿意进屋，在走廊上停下了脚步。

一走进去就能闻到浓烈的麝香，门口胡乱摆放着不木脱下的鞋子。看来他在室内是光脚走路的。

天花板上挂着有点古风的照明，屋里也有窗户，但是拉着窗帘。

"他在那里。"

即使玛丽亚不开口，我们也能一眼看到。

地上掉落着貌似电话机和屏幕的残骸，不木的尸体就瘫在旁边，面朝向天花板。

最引人注目的，是尸体的状态。

"没有脑袋……"

刚力呆滞地说。

老人的尸体上还披着我昨晚见到的那件长袍，看似没有外伤，唯独脑袋不见踪影，也没有掉落在房间里。断面下方有一摊大号蛋糕大小的积血，血污中间还有一道切割的痕迹。我脑中浮现出巨人举起大刀的模样。难道他砍了科奇曼的胳膊，又在这里砍了不木的脑袋吗？

成岛开始咒骂。

"浑蛋，竟然被自己的宠物杀了！我还指望这家伙交代信息呢。"

宠物。真的吗？从昨天的骚动判断，巨人似乎不会区分敌我。也许正因为这样，不木才在客厅和套房入口安装了重重阻碍。可是，不木为什么会放巨人进来呢？

"喂，这到底是怎么回事？"

似乎只有刚力不能理解眼前的情况，轮番看着我们。

"就是你看到的样子。我们藏起来的时候，巨人到这里来杀了他。既然已经死了，那也没办法。我们不是还得找其他人吗？"

猫头鹰淡淡地说完，老大也重新振作起来，点了点头。

"没错，先从这间屋子开始吧。"

"如果发现研究资料，千万不要动，先向我汇报。"

成岛提醒了一句，显然更关心这个。

我们所在的起居空间还算整齐，只有书桌上散乱地扔着各种文件，还有一根可能连接着屏幕的电缆从背面伸了出来。

我在屋里转了一圈，看见不木的卧室，里面有扇半开的门，通过门缝可以看出那是个整体卫浴。起居室角落还有一扇矮小的木门，老大叫上阿波根一起进去了。

确认工作只消一两分钟便告结束。

套房里既没有生存者，也没有别的遗体。

我们正要开始查找整座宅邸，成岛趁机开口道：

"我们把这间屋子当作据点吧。老大和……你叫杂贺是吗？你在这里收拾不木的尸体，剩下的成员仔细搜索整座房子。还有刚力小姐，请你留下，我有话要问你。"

一听就知他并不关心剩下的人，只想知道房间里是否留有班目机构的信息，但那不重要。我无条件接受了搜索整座房子的任务。

"这座房子地上有三层，地下一层，大家肯定藏在什么地方。"

里井为我们打气道。

"不，上面上不去。"

一直在房间门口看成岛他们交谈的杂贺纠正道。

"以前还是迷宫设施时，楼上还能上去，但是老爷住进来后，就用水泥封住了上去的楼梯。"

也就是说，能躲藏的地方只剩下一楼和地下。虽说省了不少事，但那意味着不在场者的生存概率也下降了。屋里的气氛顿时凝重了许多。

要是能找到整座宅邸的平面图还好，然而用人都没见过那样的东西，于是杂贺开始口头说明这里的布局。

"我们现在所处的地方是本馆，虽然是地上三层、地下一层的建筑，但是刚才也说了，本馆二楼以上无法进入。顺带一提，本馆地下以首冢为界，分为两个区域。各位之前顺着楼梯下去的地方叫主区，占了地下的大部分面积。另一边的楼梯通往副区，现在被铁栏挡住，只能从主区穿过首冢进入。"

这正是不木昨晚带我们走过的路线。

如此说来，听到科奇曼的枪声和钟声时，我们所在的地方是副区。后来我躲藏的地方则是主区。

"与本馆相连的是别馆，也就是'那孩子'——各位口中的巨人生活的地方。听说那里是地上一层、地下一层的结构，并且带有钟楼。只有穿过首冢，才能进入别馆。"

"巨人提着科奇曼的脑袋走出来的地方就是别馆吧？你们说现在这个时间巨人会回去睡觉，他真的不会跑出来吗？"里井问。

"刚才也说了，那孩子很讨厌阳光，确切地说是讨厌紫外线。现在光线很充足，他应该不会走出别馆。"

"为什么会讨厌紫外线？"

两个用人同时摇了摇头。

"我们不太懂这些复杂的事情。不过老爷说，那是以前做实验导致的症状。说是什么后天性色素异常，怀疑是免疫系统对紫外线的不良反应……"

杂贺快要说不下去时，阿波根补充道：

"那孩子平时别说阴天了，连下雨天的白天都不会离开别馆。之所以在头上套个口袋，好像也是因为讨厌紫外线。"

"只要没有光照，他完全有可能躲在本馆的某个房间里吧？"

"我从来没听过这种事，否则谁会待在这里呀？"

我想起来，玛丽亚昨晚说用人特别害怕。现在这两个用人若无其事地离开了房间，还能保持冷静，看来巨人是真的回到别馆了。

也就是说，现在无法进入别馆调查。

总之，我们还是开始了行动。

短暂商量过后，猫头鹰、玛丽亚和熟悉内部情况的阿波根负责地下层，我和里井负责在一楼搜索。这座宅邸比普通民房大得多，但只要分头行动，应该花不了多少时间。一定能找到比留子同学。

我和里井一起走向大厅，同时交换彼此掌握的信息。

"里井先生藏在哪里了？"

"一楼厕所。昨晚巨人好像没有到这边来。"

来到大厅，我发现除了昨天用过的控制面板，通往不木套房的走廊墙上也有一个控制面板。为了防止巨人进入，走廊上必须有一个操作空间。至于大厅那个，应该是不木外出时将用人关在房子里用的。

大厅通往正门的走道尽头是充当了墙壁的巨大吊桥，面朝吊桥的右边有个小房间，那是控制吊桥升降的机房。

机房很小，目测面积不到五平方米，一进去就能看见猫头鹰说的电机。我试着按电源，没有反应。看来想把吊桥放下来，只能砍断铁链了。这桥这么大，将它吊起的铁链恐怕强度非常惊人。

回到大厅时，里井发现了什么东西。

"叶村同学，你觉得这是什么？"

他指着我们昨天下楼的方向，楼梯口两侧的墙面有几条十厘米长的白色横线，都在我抬手可及的高度。

"这是什么东西的划痕吧？"

划痕的位置正好在铁栏的内侧，再加上伸手才能摸到的高度——大约是巨人的头部位置。

"难道是身高记录？"

我与里井对视一眼。

墙上有好几条横线——巨人还在长高？

巨人是四十多年前的实验对象，那么年龄肯定不止四十多岁，搞不好已经是足以称为老人的年纪了。但是十四年前搬到这里来，他竟然还在长高。

"……里井先生，去别的地方看看吧。"

我们带着毛骨悚然的想象，逃也似的离开了大厅。

走到宅邸深处的分岔路，里井选择了通往不木套房的右侧通道，我则走向左侧通道。

通道两旁有好几个房间，但是都没有使用痕迹。

地板的角落堆满灰尘，头顶的照明设备坏掉了好几个，一看就知道平时只做了最低限度的保养。

唯一有生活痕迹的，就是疑似杂贺和阿波根的房间。二人的房间里分别只有一张床和一套小小的桌椅，似乎还保持着玛丽亚他们闯进去时的状态，房门都没有上锁，地上散落着衣服和几本杂志。

通道尽头是里井昨晚躲藏的厕所，旁边还有厨房。两个房间都很简陋，应该是不木住进来后临时改造的。

我呼喊着没有集中到大厅的那几个人的名字，继续寻找了一会儿，始终没有人回应。

回到分岔路口，里井已经站在那里了。

"找到人了吗？"

我迫不及待地询问，里井则不好意思地摇了摇头。

看来只能寄希望于去了地下的那几个人了。

我们回到不木的套房汇报情况，地上的尸体已经被搬走，只剩下那摊血迹。满地的电话机和显示器残骸都被他们扔在了旁边的垃圾桶里。杂贺和刚力没在屋里，成岛和老大正忙着搬出卧室衣柜里的文件逐一检查。看来那些都是不木藏起来的班目机构的研究资料。

我觉得乱翻死者遗物的行为异常丑恶，下意识地移开了目光。

成岛听了一楼的搜索报告，只是短促地应了一声，连检查文件的动作都没停下来。反倒是旁边的老大道了声谢。

"辛苦了，那就等地下的汇报吧。"

"杂贺先生和刚力小姐呢？"

"杂贺想用干净床单安置尸体，我就交给他办了。刚力跟我谈过之后，出去参与搜索了。"

"让她自由行动没问题吗？"

里井担心地问了一句。成岛不耐烦地挥了挥手。

"我用钱封她的口，她很快就答应了。过后别忘了跟她签保密协议。"

说话间，走廊上传来了人声，应该是猫头鹰他们回来了。我走到金属门外，发现猫头鹰和玛丽亚一前一后地抬着包在被单里的东西，走进了隔壁房间。被单上还有血迹。

是遗体。

难道……我突然万分恐惧。

玛丽亚看见我，连忙躲开了视线。

"让，对不起……我们没找到比留子。"

杂贺与刚力回来后，我们再次汇报了搜索结果。

玛丽亚说，她在地下主区发现了阿里的遗体，然后在副区发现了带路人阮文山的遗体。刚才他们抬回来的那个是阮文山。遗体和首级都暂时放在了那个平时被用作仓库的房间。

"两个人都被砍掉了脑袋。那个巨人为什么要把脑袋砍下来扔到首冢去？"

杂贺含混地摇了摇头："我也不清楚，但他总是这样。"

"不木的脑袋在里面吗？"

成岛突然问。

"是的。我本来以为不木的脑袋恐怕很难找到，没想到就被扔在铁桶里。那说不定是特殊待遇吧。你问这个干什么？"

"没什么，我只是想那地方又脏又臭，会不会有老鼠跑进去啃尸体？"

说到这里，阿波根道出了意外的事实。

"不用担心，我在这里从来没见过小动物。"

"真的吗？"猫头鹰皱起眉头。

这有点令人难以置信。再怎么降低标准，凶人馆也算不上干净的地方，应该很容易闹老鼠。

"这是真的。不知是不是动物有第六感，总之'那孩子'周围不会有任何生物靠近。多亏了他，食材都用不着怎么管理。"

目前已经丧命的人共五个，分别是科奇曼、查理、阿里、带路人阮文山，还有凶人馆主人不木。沉重的现实让现场气氛格外阴郁。

这一切都因为成岛没有掌握到关于实验对象的情报。我本以为他多少会感到内疚，没想到成岛竟抱着胳膊，狠狠踹了地面一脚。

倒是旁边的里井开口保证，所有牺牲者的报酬都会送到家属手上。

"可是没找到剑崎啊。"老大嘀咕道。

"还没有找过的地方……"

玛丽亚没有把话说完，也许知道后面的话意味着绝望。

我补上了那半句话。

"只剩下巨人所在的别馆了。"

昨晚发生混乱时，比留子同学极有可能趁机逃走了。

可是现在，凶人馆的别馆是最接近死亡的地方。

我脑中闪过昨晚提着科奇曼脑袋的巨人。科奇曼的脸险些跟比留子同学的脸重叠在一起，我慌忙甩了甩头。

"去别馆搜索吧。"

"开什么玩笑。"猫头鹰冷冷地说，"那可是怪物睡觉的地方。万一她真的跑进了别馆，肯定早就死了。"

"难道找也不找就直接放弃她吗？不是说好了你们负责保卫吗？！"

"你跟委托人说去。我才不要为一个死人冒生命危险。"

我暴跳如雷，朝猫头鹰扑了过去，里井慌忙过来阻拦。

"冷静点。剑崎同学对我们来说非常重要，只要她有一线生机，我们都不会扔下她。叶村同学，请相信我。"

"没错，我们不能让她死了。"

成岛脸上满是担忧。

虽然几乎断绝了关系，但比留子同学毕竟出身于横滨的大家族，听说那个家族还在财政界拥有极大的影响力，足以压住她被卷入的所有案件的报道。若是闹出剑崎家千金失踪的事态，成岛恐怕很难隐瞒自己参与其中的事实。

一阵紧张的沉默中，老大开口了。

"我检查了不木的尸体，从僵硬程度和体温丧失情况判断，死亡已经超过了三个小时。结合尸斑情况，这个时间应该没错。"

看来他有一定的医学基础知识。

也就是说，在我们分别躲藏起来的时候，不木遭到了杀害。

"我能问个问题吗？"

一直沉默不语的刚力开口了。

"刚才听老大说明了情况，那个巨人是不木研究出来的怪物，对吧？不木竟然无法控制他吗？巨人敌我不分？"

杂贺表情微妙地回答道：

"所以老爷才会用客厅的装置封住通道，不让那孩子上一楼。"

昨晚我们看见通往地下的两条通道都被铁栏封住，是为了防止巨人上楼。但不木隐瞒了信息，把我们领到地下，肯定是打算借巨人之手杀人灭口。直到现在才明白不木当初为何如此顺从，我不由得痛恨自己的大意。

成岛恶狠狠地骂道：

"别管他叫'那孩子'了！明明是个怪物！"

阿波根面无血色地尖叫道：

"不准说他是怪物！老爷会生气的！"

最后是杂贺出来打圆场。

"请你放过她吧。在对待那孩子的问题上，老爷平时都很神经质。他何止不准我们叫他怪物？哪怕我们露出一点害怕的样子，他都会大发雷霆，对我们又是扔东西，又是打骂。阿波根也是，事情都这样了，咱们也得尽量配合呀。"

我反倒无法信任这个积极配合的杂贺。

"我猜测，不木意识到自己无法继续以往的恶行，为了拽几个人下水，故意引导我们遭到巨人袭击，并且试图烧毁研究资料。这里的壁炉有焚烧文件的痕迹，电话机和显示器也被砸碎了。"

听到这里，我看了一眼垃圾桶里的碎片。

"我一直想问，那台显示器是用来干什么的？"

"哦，不木在地下安装了夜视监控摄像头，在这里监视巨人的情况。昨天没怎么注意，今天我发现地下安装着几个摄像头。"

玛丽亚又说，这些都是阿波根在搜索时告诉她的。

接着，老大开始询问两名用人。

"这里没有别的电话机和电子设备了吧？"

"没有了。老爷还吩咐我拆掉了警报装置。"

"我再确定一点，实验对象只有那个巨人，对吧？"

"只有一个，不会有错。"

"那怪物如此凶残，你们平时怎么照顾他？他白天不是一直躲在别馆，没法靠近吗？"

杂贺摇摇头，否定了他的说法。

"根本没有照顾。他不是只有现在才这样，平时也很凶残。倒是还记得曾经是人类时的生活习惯，白天从首冢的小门送饭菜进去，他自己会吃，放衣服进去也会换。而且好像还会使用别馆的水和厕所，有一定的智力。"

"很难想象昨天那个大开杀戒的怪物竟然有生活自理能力啊。"

"那孩子的精神情况跟月相有很大关系，老爷说那是生物节律。接近满月时，他会越来越凶残，经常发疯。据说以前只要过了满月之夜就会好很多，但是自从我来到这里，他每一年的情况都更不稳定，现在满月前后的三天都会一直发疯。"

如果相信杂贺的话，昨天正好进入巨人最凶残的时间段。换言之，我们选了个最糟糕的时机。

"不木每逢满月都会叫一个工作人员过来，让他成为安抚巨人的'生祭'——给巨人狩猎，对吧？"

听了我的话，所有人都阴沉着脸默不作声，恐怕在想同样的事情。

杂贺平静地承认了。

"正是如此。然而生祭是否有效，那就很难说了。那孩子昨晚杀了好几个人，依旧没有停止发疯。那也许只是老爷诱骗我们协助的借口。"

"你们因为一个借口就连续杀人？"老大问。

"老爷刚搬进来那几年，也曾设置过小规模的研究设施寻找解决办法，但是好像一点成果都没有，所以他每天都很失望，乱发脾气。"

最后，不木再也无法忍耐，亲手砸坏了机器，让杂贺处理掉。

几天后的满月之夜，不木第一次叫来了工作人员。

"老爷分析不出那孩子的生物特性，也无法掌控他，只能提供生祭让那孩子发散'能力'，并通过监控器观察。这就是老爷最后的研究方法。"

阿波根听了，看叛徒似的盯着他。

"怎么回事？杂贺，你这样说对老爷太过分了！"

"不，阿波根，我就是要说。老爷一直不肯放弃研究者的尊严。他明知道这个研究已经超出了自己的能力范围，还是把那孩子关在这里，像是要独占什么宝藏，甚至让工作人员当生祭，继续做他的春秋大梦。最近虽然是每三个月叫一个人，但他其实每个月都想叫人来。"

工作人员——

在空无一人的园区，被凶人馆的主人叫去，莫名其妙地被送入地下室，只要踏上那昏暗的楼梯，他的退路就被铁栏阻挡，无论怎么恳求，老人都只是哈哈大笑。工作人员拼了命地逃跑，最后还是被黑暗中伸出的独臂剥夺了性命。只有老人和用人清楚那些噩梦般的杀戮。天亮以后，游客还是会笑容满面地经过凶人馆门前。

"简直要疯了。这根本不是非法劳工的问题。他究竟把人命当成什么了？"

刚力震惊过度，紧紧搂着自己，像是在压抑颤抖。

"你们放任他这么做，所以也是帮凶。"

听了成岛那句话，阿波根涨红了脸。

"跟我没有关系！每次有人过来都是老爷自己去接的，我从头到尾待在房间里，什么都不知道。"

"骗人。"

玛丽亚反驳道。

"昨晚老大在地下第一次联系时，你们一直说'要死了''快堵住通道'。这不就证明你们两个都知道那些人去了地下是什么下场吗？"

阿波根无言以对，像金鱼一样，嘴巴一开一合。

一直默不作声的猫头鹰疑惑地问道：

"玛丽亚，你说你来的时候，这里的金属门是敞开的？"

玛丽亚点点头。

"不木在室内被巨人杀了。他特意装了一扇这么牢固的门，却忘记关上，这也太奇怪了吧。"

所有人移动到了金属门边。

老大当着我们的面关上了门。

"大门外侧有很多破坏痕迹。也许是巨人砸门时，门闩恰好滑开了。或者不木试图关门时，被巨人撞进来了……"

"这扇门昨天白天还没有痕迹。"

阿波根惊恐地说。

猫头鹰似乎没被说服。这时刚力插嘴道：

"请容我这个外人插一句嘴。这件事很重要吗？现在不是还有没找到的同伴吗？"

话题意想不到地回到了我希望的方向，于是我铆足了力气。

"有没有办法确认比留子同学是否在别馆呢？"

"刚才也说了，就算我们冒险进去，也会变成跟昨天一样的结局。"

猫头鹰的态度还是很消极。就在这时，我又得到了意想不到的帮助。

"倒不能说没有办法……"

杂贺见所有人的眼光都集中在他身上，顿时不好意思地缩起了脖子。

"不过应该不太行，大家都会死的。"

杂贺带领我们来到不木的套房通往大厅的通道上。

这里有大约三米宽的墙壁被截断，替换成了大块的木板。

"这里面是吊桥的桥板，结构跟正门的吊桥一样，放下来就能通行。"

杂贺扶着墙壁说。

"这是以前留下来的娱乐设施，放下之后直通对面别馆的一楼。"

"哦，原来是这样的机关啊。"

里井说。

发现这条出人意料的密道，我有点按捺不住兴奋。

这吊桥和首冢。如果有两条路能通向别馆，也许能尝试在其中一边牵制巨人，趁机从另一边进去寻找比留子同学。

但是我的想法很快就被否定了。

"机房就在旁边，但是跟正门一样，收放吊桥的电机坏了，不会动。"

"我也猜到了。"

猫头鹰双手交叠在后脑勺上闷声说道。但我还没有完全放弃。

"切断固定吊桥的铁链不就可以了吗？"

"可是切断了铁链，这吊桥可就抬不起来了。而且，吊桥位于首冢正上方，桥一旦放下去，相当于给首冢加了盖子。"

杂贺竖起右手掌，做了个缓缓放平的动作。

"这样就会挡住照射首冢的太阳光。也就是说，首冢会陷入一片黑暗，那孩子即使在白天也能到本馆来了。"

我只能闭上嘴巴。

如果为了寻找比留子同学，连我们都要大白天也不得不逃避巨人的追杀，那就没有意义了。

老大开口道：

"先想想除了进入别馆，我们还能做什么吧。要么寻找离开这里的方法，要么想办法向外面的人求助。"

如果仅凭我们救不出比留子同学，只能仰仗外力了。

可是，一旦向外部求救，我们十有八九要被警察拘留。最不希望看到那个结局的成岛首先提出了反驳。

"等等，那巨人怎么抓？"

"你没病吧？已经死了这么多人。"玛丽亚瞪了他一眼。

"昨天被打了个措手不及，所以才会损失惨重。对方只有一个人，而且智商不高，不过是出现在现代社会的巨猿罢了。"

巨猿是有史以来最大的灵长类，身高可达三米。成岛虽然还很乐观，但老大已经难以掩饰怒容。

"你也看见了，那家伙不仅力气大，都被打成筛子了还毫无反应，根本就是个怪物。"

"照着头打就好了。"

"你以为我没试过吗？！"

老大提高了音量。

"但是打不中。那家伙的瞬间爆发力比顶级运动员都厉害。"

"那也不至于能躲过子弹吧？"

"不需要躲子弹。他夜间视力很强，没等我们瞄准就能躲开。你忘了查理在首冢是怎么被袭击的吗？"

那一刻，巨人只是纵身跃起，却给人以突然消失的错觉。他仅凭超群的身体能力，就把如此多战斗人员玩弄于股掌之中，显然超出了人类的范畴。再加上一副被子弹打中也毫无影响的强壮身躯，我们不可能打赢。

"捕捉是不可能的，除非有机关枪。"

"好了，冷静点。"

猫头鹰插进来安抚道。

"这是工作，理应尽量满足委托人的要求。而且，一旦向外部求援，我们所有人都要被逮捕。你肯定也不希望这样吧。"

老大听完沉默了。

"如果想神不知鬼不觉地离开，就不能使用正门的吊桥。如此一来，就只剩下侧门。然而钥匙还在科奇曼身上，那家伙的尸体在什么地方？"

猫头鹰的发言逻辑清晰，就像引导学生得出答案的老师。

科奇曼发起通信时，我们听到了钟声。巨人走出别馆时，手上提着他的脑袋……

科奇曼应该是在钟楼遇害的。想去钟楼，就只有穿过别馆。

也就是说，不管是寻找比留子同学还是获取钥匙，我们都不能绕过别馆。然而巨人白天一直待在别馆，我们束手无策……

最后，我们不得不放下了这个讨论。

老大、猫头鹰和成岛回到不木的套房，玛丽亚则一脸难以释然的表情往大厅那边去了。两个用人也许觉得尴尬，也都快步离开了，里井叫住刚力，好像要商量事情。看到他们分散行动，我不禁有点焦急。

要让老大他们去找比留子同学，我必须先找到打探别馆情况的方法。

吊桥是不能放下来了，但说不定还有别的密道。

要调查密道，必须先掌握这座复杂宅邸的整体结构，制作平面图后，再寻找通往别馆的道路。

我走进不木的套房，打算拿点纸笔，老大他们三个猛地停止了谈话，直直地看着我。

我心里觉得奇怪，就解释了一句：

"我想借点纸笔。"

但他们还是没有恢复谈话。

我拉开了不木书桌的抽屉。乱翻死者的东西很不好，但也没办法。里面放着看起来很贵的钢笔，但我选择了旁边的铅笔，再拿起一本崭新的笔记本，转身走向大门。这时，老大叫住了我。

"叶村，昨晚你一直躲在地下那个有壁炉的房间里吗？"

他现在问这个做什么？

"我一开始在地下到处乱撞，后来发现壁炉，就一直躲在那里了。"

"没有上过一楼吗？"

我困惑不已，否定了他的提问。

"老大和猫头鹰都藏在哪里了？里井先生说他在一楼。"

"猫头鹰躲在正门吊桥的机房里。我在主区转了一会儿，后来躲进了其中一个房间。"

说话时，老大和另外两个人的表情都很僵硬。后来就没有人再说话，我愈发觉得这几个人有点奇怪，正好碰到里井回来，我就趁机离开了房间。

我已经基本掌握了一楼的布局，所以决定制作地下室的平面图。但是刚走到与大厅相连的楼梯，我就意识到了自己的错误。

我没有手电筒。由于我不属于战斗力，连最基本的装备都没拿到手。

他们应该回收了死去同伴的装备。我正准备回头去借，又被人叫住了。

"你如果要去地下室，我陪你去吧。而且我刚从地下上来，能派上用场。"

玛丽亚极其自然地朝我抛了个媚眼，拿出手电筒走下了通往主区的楼梯。

"你不用去帮老大他们吗？"

"用不着。真搞不懂他们在这紧要关头究竟怎么想的，人命肯定更重要啊。"

她丝毫没有掩饰心中的不满。

"现在应该尽快找到比留子。而且我接这个活儿不是为了放跑那种怪物，赶紧杀了他才是真正地造福人类。可是老大和猫头鹰光顾着讨成岛的欢心，真没意思。你说对吧？"

玛丽亚一副自说自话的样子，并不关心我的反应，或者说并不怀疑我会做出她意料之外的反应。巨人固然是个威胁，但我觉得她对拯救对象和抹杀对象的定义过于简单了。

尽管如此，我还是决定老实接受玛丽亚的帮助。

她带领我走遍了主区。我按照步数边走边起草平面图。

除却几间弃置着资材的储藏室，地下的房间几乎都是空的。

走廊上安装了好几个用于监控巨人的摄像头。

地面布满细碎的白色残片，都是墙壁和天花板剥落的涂料。

"昨晚我审问了杂贺和阿波根。"

走在前面的玛丽亚开口道。

"自从不木搬进来，宅邸的修缮和改造都由杂贺负责。"

"改造？"

"就是按照不木的指示堵塞通道，安装房门，总之挺多的。杂贺也不清楚他为什么要做那些改造，当然他一个人也做不了大规模的工程。"

原来如此，难怪地下室总能看见奇怪的修缮痕迹。有些房门直接安在实心墙壁上，通道不时出现很不自然的死胡同。我本以为这些都是以前留下的迷宫装饰，可是，不木为何要做这些奇怪的改造呢？

"这里也有个奇怪的地方。"

玛丽亚说着，带我走到离楼梯有一段距离，看起来还很新的拉门前停了下来。

"你说，地下室……不对，这种房子里为什么会有拉门？"

"是杂贺先生安上去的吧。你没问他吗？"

玛丽亚摇了摇头。

拉门里面是一段长长的走廊，拐过弯有个小房间。里面没有家具，特别煞风景。

但是这里跟别的房间不一样，正面有一扇嵌着铁栏的小窗。

将手电筒对准窗外，相隔三米远的地方是一堵水泥墙。我伸手出去等了一会儿，感觉不到空气流动，看来并非与外部相连。

"是不是以前留下的娱乐设施啊？"

"我听说这里是监狱主题的娱乐设施，实际都有些什么？"

"里井说这里是监狱主题的鬼屋，背景故事是老化废弃的监狱里有个秘密牢房，不老不死的死刑犯至今仍被关在那里。"

也许这里就是秘密牢房吧。现实中虽然没有不老不死的死刑犯，但是多了个每晚四处游荡的巨人怪物，这种奇妙的呼应让我不禁毛骨悚然。

我们从拉门走出来，继续用双脚测量布局，来到走廊尽头时，看见了一片夸张的血迹。

"阿里就是在这里被杀的。"

这里离我昨晚躲藏的房间很近，氧化成黑色的血迹暗示了当时的惨烈。光是想起他最后的哀号，我就浑身发抖。

我朝着疑似倒地的痕迹，合掌默祷了片刻。

"他出来赚钱是为了养活家里的弟弟妹妹，说要把五个弟弟妹妹都送入大学。在家人眼中，他应该是个英雄吧。"

在玛丽亚的带领下，后来的进展都很顺利，就是没找到除首冢以外能够通往别馆，或是窥探那边情况的地方。

我依旧没有寻找比留子同学的办法，心中越来越焦虑。

就在我们打算前往首冢时，玛丽亚的对讲机传出了老大的声音。

"玛丽亚，你在哪里？"

"怎么了？"

"快到不木的套房来，这边需要人帮忙整理资料。"

听到理所当然的命令语气，玛丽亚毫不掩饰脸上的厌烦，回答了一句"明白"。看来她其实不想再跟成岛有什么瓜葛了。见她长叹一声，我安慰道：

"接下来我自己走吧，谢谢你帮忙。"

"不好意思，这手电筒你拿着吧。"

"你没有照明能找到路吗？"

"基本都记得。待会儿见。"

玛丽亚迈着毫不迷茫的步子，消失在漆黑的通道中。

我打开铁门，走进恶臭扑鼻的首冢，一松开手，门就自动关上了。看来是防止门一直敞开的设计。

此刻的首冢跟昨晚截然不同，天光透过磨砂玻璃，把室内照得透亮。刚力也在这里。

她正蹲在地上凝视面前的头盖骨，仿佛想看清嘴巴里的东西。听见动静后，她向我转过来，好奇地瞥了一眼我手上的东西。

"你是叶村君吧，在干什么呢？"

"我在画这里的平面图。刚力小姐在这里干什么？"

"没干什么，只是没想到工作人员莫名消失的都市传说背后竟是独臂巨人的大规模凶杀，我现在还有点反应不过来呢。"

说完，她站了起来。

"而且我有点奇怪，为什么像你这样的小孩子——抱歉，像你这样的年轻人会跟成岛一块儿跑到这里来？你是大学生吗？"

"是的。在其他人眼中，我可能还是个小孩子吧。"

"别生气嘛，我比你大不了多少。"

"啊？"

我一时没忍住，但很快就后悔了。果然，刚力气哼哼地瞪了我一眼。

"别看我这样，其实才二十二岁。怎么，看起来很老吗？"

"不是，我看您落落大方，以为是人生的大前辈。"

老实说，我以为她有三十岁左右。二十二岁不就是大学生的年龄吗？看她这副举止从容的模样，更像是饱经风霜的社会人。

"显老真不好意思啊。你看。"

她从口袋里掏出了驾驶执照，的确只比我大三岁。因为是三月出生，已经快二十三了。

"太不好意思了。"

"知道就好。言归正传，那个剑崎同学为什么会到这里来？"

该怎么回答呢？

我不想透露比留子同学的体质，也不想提起以前的案子。刚力看起来不像坏人，但很难保证她不会走漏消息。于是我开始琢磨该怎么糊弄过去。

"啊，你想骗我，对不对？"

刚力毫不留情地戳穿了我，并直勾勾地看着我说：

"你啊，太好懂了，不适合隐瞒信息。"

"……是因为目光吗？"

"还有表情、手势，等等。"

刚力的表情柔和下来，摊开双手表示没有敌意。

"如果不想说，你可以直接告诉我，但是希望你别说谎。在这种情况下尔虞我诈实在太累了，而且没有意义。"

刚力还是一副游刃有余的样子。我感觉此时应该说出实情，只保留班目机构的信息。

"比留子……剑崎同学虽然是普通市民，但她帮助解决过几个杀人案。有的案子还跟不木那样的特殊研究有关联，成岛看中她的能力，专门把她请过来了。"

"剑崎同学莫非是……"

刚力说起了自己从一个老板那里听来的传闻。剑崎一族有位千金会吸引灾难，她身边总是发生各种怪事和惨剧，那位千金的父亲很忌讳她的体质，把她远远打发到了关西独自居住。

"她就是那位……"

我苦涩地点了点头。

"那你是她的……"

"附属品。"

"附属品？那你刚才说的特殊研究是什么？"

"你自己猜吧。"

"好冷淡啊。"

"我不确定自己能说多少，而且这东西也许不能写出来。"

刚力盯着我看了好几秒，然后点点头。

"原来如此，你没有说谎。也就是说，这里的情况比我想象的还麻烦。"

我抬眼环视首冢。这里是夹在本馆和别馆之间的长方形空间。

抬头看向上方，有了天光照明，我发现上半部分的形状很奇特，两侧是大约三米高的天花板，中间穿透出去，高高的顶部镶嵌着磨砂玻璃。

通往副区的铁门上方是直立状态的吊桥，全长可能有十五米左右，远比正门的吊桥大得多。根据杂贺的介绍，这座吊桥恐怕真的能完全遮住中间的挑高部分。吊桥正下方有一个监控摄像头，将整个首冢尽收眼底。

刚力也抬头看着玻璃天窗，对我说道：

"我在外面调查过凶人馆。以前还是娱乐设施时，这里是一片中庭。不木搬进来之后，才有了现在的磨砂玻璃。"

不木当时应该已经知道巨人讨厌紫外线，所以才会保持这里的光照，并安装了磨砂玻璃，不让外人看到里面。

目光转向地面，生长着稀疏杂草的土地上随处可见骷髅头。

主区另一侧墙边的铁桶带有烧焦的痕迹，可能是充当焚化炉的东西。铁桶没有出烟口，顶上的盖子可以打开。他们就是在这里发现了不木的脑袋吗？我拿起盖子一看，里面倒是挺干净。

刚力很是稀奇地看着我的动作。

"剑崎同学个子那么小，能钻进去吗？"

"她怎么可能在里面……但也许能钻进去。"

我很难适应眼前的情况。发生了如此怪异的事情，刚力这副样子未免太冷静了。对了，成岛刚才吩咐里井跟她交涉保密的事情，他们谈得怎么样了？

我问了一句，她煞有介事地点点头，从口袋里掏出一张卡片在我眼前晃了晃。我也有一样的卡片，那是里井的名片。

"我答应他，不把宅邸里发生的事情和不木的研究报道出来，也不拍照。作为交换，他们会支付我一千万日元的封口费，并提供梦幻城非法雇用劳工的证据。里井先生说出去了就跟我签合同。这么做我也能赚得更多。"

"一千万啊？"

"一千万。有钱人是真有钱啊。"

班目机构的事情本来就很棘手，无论查出来多少都会被施加压力，无法公开出去。现在不仅能用它交换一大笔钱，还能得到一开始盯上的情报，对她来说无疑是赚到了。

就在这时，我突然想到一件事。

"刚力小姐，你身上有数码相机吗？"

"有啊。"

她从背包里拿出两台相机，一台是很专业的单反，另一台则是能塞进口袋里的小型数码相机，上面挂着橡胶螃蟹挂件。

"你随身带两台相机啊。"

"有时候得掩人耳目地拍照。你要用吗？"

我点点头。画平面图时顺便拍摄一点照片，过后说不定有用。

"我们的手机都被扣下，放在外面的车上了。"

"哦，我也是……反正他们没说别的人不能拍照。"

刚力把有螃蟹挂件的数码相机借给了我。我试着拍了首家的整体和三扇门，还有头顶的玻璃天窗。相机操作还挺简单。

"那我去调查副区了。"

我把数码相机塞进裤子后袋，离开了首冢。

* 地下·首冢（刚力京）

目送叶村君走进副区后，我叹了口气。

他似乎一点都没有怀疑我。尽管很对不起他，但这也是我从工作中学到的本领。如果心中有愧，最好想办法掌握对话的主导权。

而且，这里的人不知道我的秘密更好，因为成岛他们的目标与我并不对立。

我再一次拿起骷髅头时，听见主区大门发出了响动——是里井进来了。

他看见我手上的东西，有点惊讶地瞪大了眼睛，随后默默行礼。在这种情况下，他都能保持镇静。

"原来你在这里啊。我已经把刚才商议的内容做成了保密协议，成岛也批准了。虽然只是手写材料……"

"但也比口头约定好一千倍。"

我浏览了一遍里井递过来的两张纸，确定自己提出的条件是否有遗漏。

说实话，以违反法律为前提的协议本身不具备任何效力，就算我违反约定把他们曝光出来，也不会受到法律惩罚。然而，这个说法仅限于法律范畴。离开这里后，成岛杀我灭口的可能性绝不是零。为了自保，我必须持有能够证明双方利害关系的证据。如果是亲笔起草的证据，那就更好了。成岛这种人说的话，不能尽信。

里井应该能猜到我的想法，所以才会听从我的要求起草这份实际上没有意义的协议，缔结相互信任的关系。

为什么他这样的人会跟随成岛，我实在想不通。

"不惜冒这么大的风险独占可疑的研究资料，成岛的处境有这么艰难吗？"

"处境？"

里井一副莫名其妙的模样，但是不巧，我对经济和企业方面还是比较熟悉的，因为我平时常为一家经济周刊撰写政治家和企业相关的八卦新闻。不木的研究也许很有价值，但是据我所知，成岛集团在不景气的大环境下依旧能稳定成长，就算成岛管理的只是底下一家子公司，也不至于亲自出马参与犯罪。这件事一旦曝光出去，反而会严重破坏企业形象，造成巨大打击。那么，成岛的真正目的是……

"成岛集团以前是家族经营，现在则是择优录用，对不对？成岛陶次明明是会长的二儿子，到现在还只能在乡下子公司当社长，说不定快要被挤出升迁梯队了。我说得没错吧？"

我采访过数不清的经营者。其中自然有很多成绩斐然的人，可是凭着时运和环境抓住片刻荣光的人和扬名立万之后依旧坚持钻研的人，气场可以说截然不同。

根据我的感觉，成岛属于前者。他在竞争继承人的战场上落了下风，企图用这次的行动一举逆转。这样才能解释得通。

"事态发展成这样，我也要负很大的责任。"

里井没有否认，但也巧妙地绕开了核心问题。

"封口费你不用担心，成岛能自由支配的钱财完全足够支付。"

"那我就放心了。"

我露出了微笑。其实封口费和非法雇用劳工的问题都不重要。

我只是来找他的。

签好保密协议，把其中一份交给里井后，叶村君也从副区回来了。

"怎么，这么快就结束了？"

"我刚过去就碰到杂贺先生了。跟他提起平面图的事情后，他说可以帮我画副区。"

"杂贺先生在副区干什么？"

"不知道，看他那样子只是在闲逛。"

嗯？怎么感觉他不希望别人在副区四处打探呢？

对于这个杂贺，我也有点想法。

"你们不觉得杂贺先生长得很眼熟吗？"

两人同时惊呼一声。

"我一直觉得他长得好像什么人。"

"是的，但实在想不起来像谁。"

果然如此。我压低了声音。

"我发现杂贺先生很抗拒跟你们对上目光，就注意观察了一会儿。那人会不会是九门俊信啊？你们记不记得那个连续抢劫杀人案的通缉犯，就是杀了演歌歌手名城尤莉的？"

他们似乎不记得九门这个名字，但是对名城尤莉的名字有反应。我之所以记得九门的长相，是因为上周播放的悬案特辑讲到过这个案子，还放出了他的面部照片。

他们也许看过那个节目。里井说道：

"我记得那是八年前的案子吧。以千叶为中心，连续发生了超过五起抢劫杀人案，凶手集团的主犯目前在逃。"

当警方判明其中一名受害者是歌手名城尤莉后，这个案子就连续好几天被各种节目大肆报道。已经逮捕的三名凶犯全部被判处无期徒刑，九门目前在逃，若是抓住了，很可能要判死刑。

"好像是有点像。但他比案发时瘦了很多，我一下没联想到通缉令上的照片。"

叶村君的表情越来越严肃了。

"他来到凶人馆，是为了躲避警方的追查吗？"

"否则谁会在这种地方一待就是好几年啊？"

这下我明白不木为什么说自己的用人是"那种人"了。如此一来，我们逃脱时有可能对他们造成威胁。

"也许我们面临的问题不只是巨人。"

恰好在这时，主区的门开了，阿波根上气不接下气地探头进来。我慌忙闭上了嘴，却无法掩饰现场不自然的沉默。但是阿波根并没有发现，直接开口道：

"叶村同学，你在这里啊？"

"怎么了？"

"找到了！"

叶村君沉默了。阿波根也许意识到他误会了，猛地提高了音量。

"找到剑崎同学了！"

被隔离的侦探

隔離された探偵

* 地下·首冢（叶村让）

比留子同学找到了。听到这个消息，我心中的不安顿时一扫而空。

"她在哪里？"

"这……你见到她就明白了。"

阿波根含糊的应对让我心生疑问，尽管如此，我还是压抑不住兴奋，跟着她离开了。

比留子同学藏在什么地方了？早上大家找了一圈都没找到，最后的有可能的地方只剩下别馆了呀。

阿波根上了一楼，穿过大厅，走向不木的套房。比留子同学在那边等我吗？我迫不及待地推开金属门，里井和刚力也追了上来。

可是，套房里一个人都没有。

我无法理解事态，转头看向阿波根。

"到里面的偏房，就能跟剑崎同学说话了。"

说完，阿波根打开了起居室角落的小门。那是她跟老大查看过的地方。

门后是一条狭长的通道，通道尽头是个圆形小房间。走进去一看，这个房间大约有两个成年人张开双臂那么大。

成岛、老大、猫头鹰都在里面。

我一进门，所有人的视线就转了过来。阿波根指着镶嵌铁栏的小窗户对我说："在那里。"我走过去一看，那竟是意想不到的光景。

相隔两米的地方是一座建筑物的正面外墙，墙上有一扇差不多的小窗户，有个人从那里探出头来——

那人见到我，表情一下明亮起来。

"比留子同……"

我激动得正要大喊，她慌忙摆了摆手。与此同时，一只大手从背后伸出来，捂住了我的嘴。

"冷静点，巨人在别馆，让他听见就麻烦了。"

老大对我耳语了一句。我回望过去，另一头的比留子同学也严肃地点了点头。

那扇小窗虽然能照到日光，但是比留子同学身后的房间一片昏暗，很难谈得上安全。

"我们刚才到这里查看过，并没有看见她。"

没过多久，玛丽亚也走了进来。她手上提着装了饮料的塑料袋，还有用扫帚和拖把柄连起来做的长棍。她把袋子挂在长棍一端，伸出去递给了比留子同学。

"还要什么只管说。"

比留子同学微微点头道谢后，成岛压低声音说起了话。

145

"我这边会尽最大努力，在傍晚之前决定接下来的方案。你要保持冷静，耐心等待。"

然后，其他人就识趣地离开房间，留下我们两个人单独交谈。

"太好了。我真的，真的担心死了。到处找都找不到你，我还以为这次真的不行了，以为我又……"

现在只剩两个人，我顿时松懈下来，控制不住眼角发热。我一直坚信她还活着，其实也是为了掩饰心中强烈的不安。

"让你担心了，真对不起。昨天我慌不择路，跑进了通向这边的大门，又因为没有照明，四处摸索着走到了这里，实在是采取不了什么行动。现在知道你没受伤，我也放心了。"

"你那边不会被巨人发现吧？"

"他还没来过这里，但也可能只是巧合。"

也就是说，并非比留子同学藏得好，有可能只是巨人没有特意找过来。现在还不清楚别馆的详细布局和巨人的行动，考虑到可能会被发现，比留子同学最好不要到处走动。

"房间里有躲藏的地方吗？"

"很遗憾，并没有。这只是个空房间，门也上不了锁。"

见我无言以对，她又继续道：

"不过天亮之后我发现，地面上的灰尘很均匀，可见这里已经很久没人进来过了。"

如果巨人频繁进出，灰尘上肯定会留下脚印。听到这句话，我多少放心了一些。

比留子同学已经听老大他们说了不木的死和巨人的情况。我说完自己的见闻后，双方都不自觉地叹了口气。

"万万没想到事情会变成这样啊。"

"嗯，而且又是封闭空间。"

从她口中听到推理小说术语，我感到心情放松了一些。

"这次并不是封闭空间。虽然正门吊桥的电机坏了无法收放，但是紧急时刻可以打碎玻璃求助。只要成岛愿意放弃抓捕巨人，我们就能出去。"

"我说的不是物理意义上的封闭空间。"

那是什么意思？我用目光催促她继续说下去。

"推理小说常见的封闭空间通常是暴风雪山庄、暴风雨孤岛这种偶然成立的空间，或者人为破坏桥梁、堵塞隧道制造的空间。今年夏天我们被困在紫湛庄，虽然直接原因是恐怖袭击造成的特殊情况，但也可以称之为不可预测的灾害，是偶然性封闭空间。上次去旧真雁地区，因为村民烧毁了唯一与外界相连的吊桥，因此是人为性封闭空间。"

比留子同学侃侃而谈的样子还是跟以前一样，仿佛眼前的生存危机并不存在。

"我们来整理整理这座宅邸的情况吧。

"首先，除了我们两个，这里的人各有背景，不希望跟警方扯上关系。成岛先生拥有一定的社会地位，老大和他的手下都是收巨款办事的佣兵。在凶人馆生活了好几年的杂贺先生和阿波根女士应该也有自己的理由。他们不太可能主动向外部求助，应该会摸索自主逃生的方法。

"其次，假设向外部求助会怎么样？第一个赶过来的肯定是保安和巡警。久经沙场的佣兵队都打不过巨人，难道他们可以吗？"

答案不言自明，最后死掉的人恐怕比这里的总人数还多。

"最后，假设可以强行放下吊桥。我是走不了了，但是叶村君那边的人可以逃离。然而，逃离了之后呢？吊桥无法复原，巨人极有可能在天黑之后跑出去。若是周围还有普通游客，残杀的规模可就比昨晚更可怕了。"

我试着想象霎时间化作阿鼻地狱的游乐园，不禁汗毛直竖。

"那在天黑前想想办法呢？"

"现在已经快十点了，距离日落还有八个小时。在此之前完全封锁凶人馆肯定是不可能的。更何况，我并不认为机动队或者自卫队会马上赶到这种偏僻的地方。到最后，还是保安或巡警被派过来查看情况。"

为了避免无谓的牺牲，只能在关门时间——晚上九点以后放下吊桥。

届时，巨人有可能在馆内四处游走，我们将面临更大的风险。在此之上，万一巨人离开宅邸，如何捕获也是个问题……

我们忙着思考的时候，剩余的时间在一点一点流逝。

"这下你明白了吧？虽然有办法出去，可是一旦动用那个手段，就有可能会使情况恶化。这是我们不得不选择留下来的封闭空间。"

既非偶然成立，也非人为制造的封闭空间。比留子同学在极短的时间内，已经抢先一步把握了所有人身处的事态。

"现阶段最保险的选择，就是闭门不出。不木的套房有坚固的金属门，对不对？装门的人是最了解巨人的不木，因此无须担心被巨人袭击，也不会影响到外界。这样虽然不能改善情况，但能争取到商讨对策的时间，因此不是个糟糕的选择。"

这样也许就能想到办法，明天一早放下正门的吊桥逃离，并在日落前将其重新封锁。

"假设今晚留在这里，那么问题的关键就在于明天日出前能否想到完美的逃脱计划。"

"是的。但我无法移动，帮不了你们。"

只要我代替比留子同学行动就好。

现在最重要的是，成岛和老大之后会如何决断。

我约好还会再来汇报情况，正要离开时，却被比留子同学叫住了。

"叶村君，你已经是第三次因为我被卷进重大案件了。"

"我不认为这是比留子同学的缘故，是我主动跟来的。而且之前那几个案子，都因为有了比留子同学才能解决。"

比留子同学还想说点什么，但是没等她开口，窗外就传来了轻快的音乐。

我看了一眼手表，现在是上午九点四十五分，快到开园时间了。

凶人馆附近的音响设备送来了朝气蓬勃的音乐，还有吉祥物欢快的问候。

欢迎来到梦幻城，这里是现实与梦幻之间的乐园。

大家跟我一起快乐地跳舞吧。直到永夜迎来曙光。

知道比留子同学还活着之后，此前只能检查不木研究资料的成岛等人也采取了不一样的行动。大家都开始调查巨人的动向，以决定是进入别馆救出比留子同学，还是让她自主逃生。

办法很简单，就是在首冢窥视别馆的情况。

"如果可以不惊动巨人，我们不仅能救出剑崎同学，还能到钟楼寻找科奇曼身上的钥匙。问题一下就能解决。"

除了杂贺和阿波根，所有人都集中在了首冢。然而听了成岛的话，在场所有人脸上的表情都不是期待，而是怀疑。玛丽亚第一个开了口。

"万一刺激到巨人，导致情况恶化呢？"

"今日天气晴朗，紫外线充足，只要回到首冢，巨人就不会追过来。"

"巨人讨厌紫外线这件事，可信度究竟有多高？"

老大冷静地解释道：

"根据不木留下的资料，巨人的头发和皮肤白化，并且对紫外线敏感的症状都是后天产生的，也就是实验的副作用。他自己都很意外，没想到巨人会变成特殊的免疫……"

"免疫复合体。"里井接过了话头，"简单来说，巨人具有远远超出一般人的免疫反应，有时甚至会攻击自己的身体。在照射到紫外线的情况下，他的免疫系统会失控，导致发热、发疹、产生强烈倦怠感等症状。不木曾经尝试给他服用肾上腺皮质类固醇等抑制免疫系统的药物，但是没有改善。"

也就是说，巨人对紫外线敏感的原因很严重，连不木都治不好。

成岛傲慢地补充道:

"现在只是去打探巨人的行动,不会有危险。"

我们聚集到通往别馆的铁门前。离铁门两米远的地方有个高十厘米、宽三十厘米的带盖开口,这就是平时阿波根给巨人送饭和换洗衣物的地方。另外,阿波根还告诉我们,从昨天巨人发狂到现在,她一直避免靠近这里,所以没有送过任何东西。现在凶人馆的主人不木已经死了,她恐怕再也不会给巨人准备饭菜了。

"从这里能看见吗?"

"等等,危险啊。"

猫头鹰并不理睬玛丽亚的警告,掀开盖子用手电筒照了照。

"盖子有点碍事,帮我托着。"

老大上前托住了盖子,猫头鹰把手电筒伸进去左右探查。

突然,我听见硬物碰撞的声音,送饭口猛地一震,手电筒被吸进去了。

不对,是被夺走了!

两人惊呼一声,同时往后一跳,一只巨大的手从送饭口伸了过来。

异常粗壮的手臂,关节隆起的五指——那只手抓摸了几把,可能不适应紫外线照射,很快又缩了回去。

紧接着,那边又传来了野兽般的咆哮,继而是猛烈的捶打,让我担心墙会不会塌掉。

我们连忙退避到另一侧墙边,等到周围重归寂静,还是盯着铁门看了好一会儿,连大气都不敢出。

最后，老大终于放松下来，小声嘀咕道：

"……原来他就在对面啊。"

这不就像在守株待兔吗？

巨人守在唯一的出入口，那我们既无法救出比留子同学，也无法靠近死在钟楼的科奇曼。

"看来白天无法进入别馆了，得想想别的办法。"

成岛听到这句话，不耐烦地"啧"了一声，突然大吼道：

"里井，去准备点吃的！我从昨晚到现在都没吃东西，这样下去要撑不住了。"

"那我去找阿波根女士吧。"

"你笨不笨啊！我就是信不过不木的用人，才对你说的！"

啊——

当我意识到问题时，一切都晚了。清脆的声音响彻首冢，成岛一气之下打了里井。

"你住手！"

玛丽亚上前阻拦，成岛猛地转身，走进了主区。

"让你们见笑了。"

等吱嘎作响的铁门完全关闭后，里井抱歉地低下了头。他捂住脸颊的指缝间露出了无奈的苦笑，显然已经不是第一次面对成岛那不讲理的行为。

玛丽亚愤慨地大声说道：

"老大，你还要听他的话吗？不木的研究资料已经找到了，我们的工作应该算完成了吧？"

"还得平安离开这里。如果让外界知道，一切都得打水漂。"

"你也不是人！我本来就是来救人的，要是再死人……"

"冷静点，玛丽亚。"

猫头鹰安抚道。

"我们接这个活儿都有各自的理由。比如我是需要这份报酬。老大不也一样吗？"

老大用沉默表示了赞同。玛丽亚不服气地吐出一句"知道了"，也转身离开了首冢。猫头鹰看着她的背影，低声说道：

"就是因为丧失了冷静，才会无法把握自己所处的情况。"

我觉得，他的语气里带着一丝嘲讽。

到最后我们都没讨论出结果来，于是我也借口要去一楼上厕所，离开了首冢。

不知为何，我一直惦记着猫头鹰刚才说的话。

就是因为丧失了冷静，才会无法把握自己所处的情况。

我会不会也因为过于着急解救比留子同学这件事，无意间忽略了所见所闻中存在的疑点？

我会不会忽略了老大、猫头鹰和玛丽亚刚才那一番对话中透露出的微妙隔阂的根源？如果现在不把它找出来，后果恐怕不堪设想——

所以，我离开了。

我径直走向不木套房旁边的仓库，那里应该存在着被我忽略的疑问之一。

"叶村君。"

我刚碰到门把手，背后就传来了声音。

是刚力。

"厕所在另一头哦。"

看她那一脸得意的表情，想必是又一次发现了我的谎言，并从首家追了过来。我感觉无论说什么都打发不了她，于是看了一眼仓库说：

"我有点事想进去看看。"

打开仓库门，阴凉的空气混合着不木的香水味扑面而来。

我摸索到墙上的开关，打开了电灯。刚力默不作声地走到我旁边，关上了房门。

昨晚遇害的遗体都被盖上床单，安置在这里。床单都已经浸染了血迹。

我对遗体合掌默祷后，翻开了床单。

对我这个陌生人也大方友好的查理，直到最后都想着家人的阿里，还有鼓起勇气揭露不木作恶的阮文山。阿里和阮文山的遗体上满是被大刀砍过的伤口，科奇曼则只有头部和一条手臂。

最后，我走到不木面前。他看起来又瘦又小，让我不禁想象是否失去了灵魂的肉体都会萎缩，而且丝毫没有面对人类尸体的感觉。稍微翻开床单，我发现不木脚底有几道切割伤，整个脚底都沾满了干燥的褐色血迹。两只脚都是。出血情况并不严重，因为出血后反复踩踏地面，血迹看起来很脏。

"你觉得这些伤有问题吗？"

刚力问了一句。我点点头。

"他怎么会受这样的伤？"

"房间里的电话机和显示器不是都砸坏了嘛，一定是踩在碎片上受的伤。"

即便如此，他受伤的数量也多得有点奇怪。

刚力可能觉得我没被说服，又继续道：

"那些碎片上也沾了血迹，肯定没错。"

"你看得真仔细啊。"

"干我这一行的，观察力很重要。"

刚力骄傲地勾起了嘴角。

我完全掀开床单继续观察。不木的尸体跟别人很不一样，没有大面积的伤口。最奇怪的地方，就是被切断摆在一旁的头部的肤色。老人的脸色跟其他人相比明显发紫。

是这个了。

我的预感果然没错。就因为这个，老大他们才会询问我昨晚的行动。

我用刚力的数码相机给每具遗体拍了照。

然后我又发现，阿里和阮文山的遗体上散布着白色细腻的灰尘。我稍微翻动遗体，灰尘主要集中在背部和后脑勺。

"这是什么啊？"

刚力也被吸引过来，蹲在我旁边。

"这应该是地下室墙上剥落的涂料。你看下面的走廊不是到处都有白灰吗？也许是倒在地上，或者被砍头时沾上的。"

所以只有阿里和阮文山身上有白灰。

"先生，都拿……了。"

"全部吗？"

朝向不木套房的墙壁另一头突然传来声音，我和刚力对视了一眼。凑过去细听，我认出那是猫头鹰和杂贺的声音。老大和成岛还没回来吗？不知是墙上有裂缝，还是墙体太薄，我们在仓库里能听见他们说话。

"你的工具中也有能用的东西吧？"

"有线锯和电锯，但恐怕都不能将脑袋一刀两断。"

"巨人的大刀不是你找来的吗？"

"那是老爷找来的，只有一把。"

"要是巨人把刀弄断了，或者用钝了怎么办？"

猫头鹰似乎在找能代替巨人大刀的东西。

这也证实了我的推测。

"之前换过一次，不过那是定做的东西，轻易不会折断，所以宅子里也没有备用的。"

"绝对没有别的吗？"

"以前老爷带来的生祭不等被'那孩子'杀掉，就用弃置在地下室的工具自杀了。那次老爷特别生气，从此这里的刀具就管理得特别严格。"

猫头鹰似乎被说服了，告诉杂贺可以离开，但很快又把他叫住。

"你说有个生祭自杀了，当时巨人有什么反应？"

"他把尸体的脑袋砍下来，扔到首冢了。"

开门声。应该是杂贺走了。

片刻之后，我们俩一起离开仓库。刚力嘀咕道：

"吓我一跳，没想到还能这样听见隔壁的声音。"

"我们无意中偷听了。"

"又不是故意的。话说，那人一直追问凶器的事情，究竟怎么回事啊？"

我有个想法。

现在只有猫头鹰一个人在不木的套房，要获取信息，只能通过他了。老大责任感很强，嘴巴可能特别严实。成岛根本不像会分享秘密的人。

我转头走向不木的套房，刚力也不声不响地跟了过来。

猫头鹰正对着摊了一地的资料陷入沉思。

起居室的餐桌上摆着三把大小不一的菜刀。

书桌上放着一个本子。

我拿起来一看，那是一本大号皮面日记，一页可以写两天的内容。纸上的文字又粗又扭曲，很难分辨。

我翻开了最后写的那一页。

日期是前天。

　　饮食没问题。

　　白天动静多。临近满月，渐渐被冲动支配。凶残程度和力量都有所增长。

　　二十时，大厅铁栏传来敲击声。几乎能撼动整座建筑的蛮力。好极了。在铁栏外发起对话，无法理解。

身高只能目测，似乎长高了。

饲料明天送到。下次提早一天？ 还要增加数量。这样会增大风险，考虑请专业中介。

这肯定是巨人的研究日记了。

这上面的饲料，也许就是阮文山。后面提到的专业中介——考虑到不木能把巨人带到这里来，他有各种门路也不奇怪。

巨人还在成长的描述也无法忽视。大厅墙上的刻痕，果然是巨人的身高记录。

"是你啊。如果要救女朋友，你得去找成岛。"

猫头鹰从卧室里探出头来，言下之意是毫不关心我们的死活。可我们面对的也是性命攸关的问题。我深吸一口气。

"不木不是巨人杀的。你们肯定这样想，对不对？"

我之前猜想过猫头鹰的反应，但他比我想象的冷静许多。

他脸上浮现的是看热闹的表情，而非秘密被揭露的懊恼。

反倒是刚力惊呼了一声。

"听说剑崎参与的几个案子里都有你？这是经验之谈吗？告诉我你是怎么想的吧。"

"我发现的第一个疑点，是不木的血迹。"

我指着地上直径约三十厘米的圆形血迹说。

"染血的范围小得不正常。如果是活人被斩首，血迹范围应该更大才对。"

因为心脏尚未停止传输血液的工作，鲜血会大量飞溅出来。若心脏已经停止工作，那就像处理死鸡或死鱼一样，血液只会缓慢渗出。

"如果是遇害后被斩首，那就说得通了吧？"

"但是不木的尸体除了头部切断伤，并没有发现别的致命伤。"

我咽了口唾沫，再次开口道。

"不木的头部皮肤发紫。那是淤血痕。"

"哦，你观察得好仔细啊。"

"我很爱读推理小说，因此知道那样的淤血痕一般是由绞杀引起的。假设不木是被勒死的，那么身体上没有致命伤，以及死后被斩首就都能解释得通了。只有一点除外，那就是巨人只有一只手。"

巨人只有一只手，并且随身携带大刀，他不会选择绞杀这种手段。

"巨人的手那么大，单手也能把人掐死吧？"

"那不木的脖子上应该有手指的痕迹才对。"

"绞杀也一样，应该会留下绳索之类的勒痕。"

"并非没有办法。比如用细绳将他勒死，然后沿着痕迹斩断首级，就很难看出勒痕。或是反过来，用很粗的布带把他勒死，这样不容易留下肉眼可见的痕迹。"

猫头鹰歪着嘴巴，一副憋笑的样子，做作地拍了拍手。

"原来如此，你这侦探游戏玩得挺像模像样的。玛丽亚根本没发现这些问题，你反倒比她冷静多了。"

"你果然怀疑他不是巨人杀的，对不对？如此一来，凶手就是趁我们昨晚被巨人追杀时杀死了不木，再砍掉他的脑袋伪装成巨人所为。正因为这样，你才会关心我昨晚的行动。那些菜刀也是你在凶人馆找到的凶器，想查证是否能砍掉脑袋吧？”

猫头鹰看向我身后的刚力。

“按照你的说法，最可疑的就是刚力了。我们跟巨人战斗时，那家伙一直待在一楼。”

刚力在我背后生气地“哼”了一声。

其实我也有过这个想法。然而这件事反倒能证明刚力的清白。

“刚力小姐一直待在一楼，应该没有目睹过巨人斩首的场面。那么，她怎么会想到砍掉不木的脑袋，嫁祸给巨人呢？”

“就是啊。如果待在一楼的人都可疑，那玛丽亚和那两个用人不也一样吗？毕竟杂贺和阿波根熟知巨人的习性。再说了，原本在地下室的人也有可能尾随不木上来。”

猫头鹰闭起眼睛思索片刻，然后说：

“原来如此，感谢你向我展示了如此缜密的推理，作为交换，我也说说我们的想法吧。经过多方调查，我们得出结论，不木的死并非第三者作案。”

这回轮到我吃惊了。

“你刚才说，使用特殊的工具能让绞杀痕迹消失，但这并不能证明事实上发生过绞杀。”

“但不木的头部的确有淤血。”

“这是我听老大说的：淤血是因为静脉血流不畅，除了绞杀，还有别的成因。最具代表性的就是心脏衰竭。”

“心脏衰竭？”

“心脏动力不足，血流自然不顺畅。我跟用人确认过了，不木的確患有心脏疾病，而且他的房间里也发现了相关药物。也就是说，他昨晚虽然逃回了自己房间，却因为心脏衰竭而死亡。"

"请等一等。那砍头怎么解释？"

"刚才杂贺不是说了吗？巨人以前也有过砍下死人脑袋拿走的行为。"

他是说那个自杀的"生祭"。可是，假设旧事重演——

"真相恐怕是这样的。不木走进房间前感到身体异常，顾不上插上金属门的门闩就跌跌撞撞地进了房间，最后死在里面。后来巨人出现，发现了他的尸体，于是砍下脑袋带走，所以血迹很小。"

"这是目前最合理的解释。"

刚力似乎也没有异议。

但我觉得，这只是为了否定有另一个杀手的狡辩。

猫头鹰可能看出来我没有被说服，又继续说道：

"而且，你看过不木颈部的断面了吗？"

"断面？"

"等会仔细看看吧。不木颈部的断面与科奇曼、查理的并无不同，非常整齐。也就是说，他的脖子是被一刀砍断的。用其他工具和小型刀具不可能有那种效果。这座房子里能用的就只有这些菜刀，可我从未见过那样的断面。"

桌上共有三把菜刀。一把是普通家用菜刀，一把是小刀，还有一把刀身较宽的中式菜刀。若论强度，这里面能用的只有中式菜刀。可是用做菜的刀一击砍下人的脑袋，恐怕凡人都无法做到。

"老实说，不管是谁杀了不木，我都无所谓。我们被他害得连自己的命都险些保不住，用人也可能对他怀恨在心。可是那又如何？对我们有什么影响？"

"这……"

"我们的敌人是杰森魔，不是莫里亚蒂。这里轮不到侦探出场。"

杰森魔是著名好莱坞电影里的不死魔人，莫里亚蒂则是号称夏洛克·福尔摩斯死对头的智能型罪犯。他是想说，此时此刻需要的不是智力，而是战斗力吗？

我顿时非常痛恨自己的无力。

明明觉得有问题，总觉得哪里不对劲，但我却不知如何用话语来表达。

没有了比留子同学，我果然一无是处吗？

为了掩饰自己的不甘心，我拿起了不木的日记。事情会变成这样，正是因为不木沉迷于自己无法控制的怪物。我随手翻开了一页，正好是刚才读过的，两天前的记录。

这是巧合吗？

第一次翻开日记时也是这一页，可是装订日记本的背胶并没有因经常翻开而变形的痕迹。为什么？

我凝视着日记本中线，突然发现那里有隐约可见的切割痕迹。

"这里少了一页！"

因为形成了微小的空隙，才会容易翻到这一页。

"会不会是写错撕掉了？"

猫头鹰看着日记本说。

"这是仔细切除的痕迹，而且其他页面上存在涂改，可见不木本人并不会撕掉写错的地方，可能是故意藏起来了。而且如果写错了，那页纸应该在垃圾桶里。"

猫头鹰翻过垃圾桶，电话机和显示器的残骸落了一地。

刚力认为不木脚底的创伤是因为踩到了这些碎片。不过，他的伤口也太多了……

碎片中并没有纸片。

"没有啊，这怎么回事？有人拿走了那一页？"

"也有可能跟别的文件一起烧掉了。"

刚力补充道。

我没有回答，而是打开抽屉，拿出了铅笔。

日记本为左开装帧，被切除的是右页。本子上的字应该都由圆珠笔写成。

我拿着铅笔，在右页的白纸上轻轻涂抹。淡淡的铅色缓缓浮现出白色凹文。

    不会有错。
    机构的孩子混在那帮人里面。
    难道事故还有生还者吗？
    羽田干的？

机构的孩子？事故的生还者？羽田是谁？

看见那几行字，猫头鹰压低了声音。

"是说不木带走了实验对象的事故吗？"

"应该是的。而且连小孩子都成了实验对象……如果按照字面理解，应该就是他昨天见到了那个孩子。"

"太过分了。"刚力阴沉地说，"但那已经是四十多年前的事了，他还记得那孩子长什么样吗？"

"也许有什么特征让不木断定那人就是机构的孩子。"

我回忆起早上这个房间的情况，试图推测不木死前的行动。

"书桌上一开始有很多文件吧？那些都是什么？"

"那些资料时间很早，都是研究所时期的记录。应该是从卧室壁橱里拿出来的。"

"不木把那些资料拿出来，应该是当时留下了照片记录，经过对比后确认了那人的身份。然后，凶手在这里杀死了不木，又将那一页日记和可能暴露身份的照片扔进壁炉里烧了。"

猫头鹰耸了耸肩，似乎不太相信。

"假设真的有'生还者'，能让他现在才'想起来'的人，肯定不会是杂贺和阿波根。而且他既然写了'那帮人'，应该是指除刚力之外的，我们这群人之一。"

目前不清楚被当成实验对象的孩子里有没有外国人，但是那个人至少有四十多岁了。

然而，既然巨人的肉体还在成长，同为实验对象的"生还者"的老化速度可能远比常人要慢。如此一来，就不能靠外表推测年龄。查理、阿里、科奇曼应该都没有时间在遇害前杀死不木并切除日记本的页面。

"这下可好，我得向老大和成岛汇报坏消息了。你们暂时别告诉其他人。"

猫头鹰很不耐烦地提醒了一句,快步离开了房间。

"那个'生还者',真的可以当真吗?"

现在还很难说,因为手头只有不木写下的这几句话。

刚力似乎还想对我说什么,但只是做了个深呼吸。

"口渴了,我要去厨房。你来吗?"

"我还要多待一会儿。"

"是嘛。"

刚力说完,也出去了。

目送她离开后,我从口袋里掏出刚力的数码相机,拍摄了不木尸体下方的血迹、起居室家具的位置和被砸坏的电话机与显示器残骸。

寻找其他需要记录的地点时,我注意到从早上到现在都处在闭合状态的窗帘。透过缝隙窥视,我发现里面是宽约两米的大飘窗,充满了炫目的阳光。窗户是封死的,镶嵌凹凸不平的玻璃,所以看不见外面的风景,只能分辨出外侧也安装了铁栏。显然就算打碎玻璃也出不去。

飘窗上摆着看起来很重的宽边玻璃烟灰缸,还有绿眼睛的黑猫摆件,乍一看没有统一的风格。其中还有让人联想到古代祭祀用品的金色半兽人,我不禁猜测不木是否有针对生物的信仰。对准飘窗拍下一张照片后,我把窗帘恢复了原状。

不木之死的疑点,"生还者"的存在。比留子同学也许能找到切入点。

我怀抱一丝期待,快步走向偏房找比留子同学说话。

"所以我猜想，成岛的团队中混入了'生还者'。不木昨天发现了那个人，并且写在了日记本上。杀死他的可能不是巨人，而是那个'生还者'。"

比留子同学站在窗边，听我一口气说完了情况。

接着，我又把相机递过去，让她看里面的照片。

我处于一种奇怪的兴奋状态。

这种时候，比留子同学通常会冷静地指出应该怎么做。此刻又是她发挥实力的机会了。

比留子同学看完照片，用长棍钩着相机还给我，然后开口道：

"叶村君，我不知道你在期待什么，但是问我真的没用。"

她冷淡的话语让我大吃一惊。

"没用？什么意思啊？我们暂时无法离开这里，这样下去真的好吗？"

"叶村君，你该不会像这个样子去调查别人，说'我们中间有个杀人犯'吧？我劝你最好别搞那种侦探的把戏，肯定不会有好结果。"

她的语气有些烦躁。

接着，她又在铁栏的另一端叹了口气。

"你别忘了，我此前之所以解开这么多谜团，为的是保住自己的性命。早一点抓住凶手，我就能早一点获得安全。正因为这样，我才会竭尽全力。"

"找到'生还者'也能保证安全啊。"

"现在最紧迫的事情，应该是摆脱巨人的威胁吧？这种时候在同伴之间制造疑虑，无论怎么想都是下策。"

"那在紫湛庄不也一样吗？"

去年夏天我们被卷入杀人事件，比留子同学积极解开了谜题，揭发了凶手。

"那次集训开始前，就已经收到了恐吓信，而且凶手也在行凶现场留下了信息。也因为大家很配合我查明凶手，最后才能成功。与之相比，你这次掌握的只是提到了'生还者'的记述，并不确定那个人是否杀害了不木，这样只会招致不必要的混乱。"

比留子同学说得没错，但我还是觉得她在想办法阻止我解谜。

"可是'生还者'接下来还可能作案，我怎么能假装不知道呢？"

"为什么不能？"

我万万没想到她会这样反问。

"我给你打电话，你就来了，所以你是个随机人物。就算真的存在一个痛恨不木的'生还者'，你也是最不可能被那个人盯上的。"

假设"生还者"跟巨人一样，在同一个机构充当实验对象，那个人最痛恨的应该是不木，接着是长年为不木效力的杂贺与阿波根。觊觎研究资料和巨人的成岛与里井可能被视作同类，而为其提供战斗力的老大、猫头鹰、玛丽亚都会被视作危险。

相比之下，我和刚力与"生还者"的动机毫不相关。

"你明白吗？一旦你做出查明'生还者'身份的行动，就等于给那个人制造了动机，所以最好不要对任何人说这件事。"

"那不就是只顾着自己吗？！"

我拼命忍住，没有提高音量。

不等我反击，比留子同学就毫不留情地发出了致命一击。

"保护自己有错吗？"

不对。

"推理凶手身份，应该优先于保命吗？"

不对。

"你该不会认为，要豁出性命调查真凶，才是真正的侦探吧？"

不对，不对，不对。

我并不想做那种事。

她为什么不明白，这并不是问题的本质。

"叶村君，侦探在这里派不上用场。"

心中涌出不甘和愤怒。那不是针对比留子同学，而是针对我自己。

她在紫湛庄如此孤独，为了活命拼尽了全力。她害怕自己的宿命和凶手的阴影，所以才要解开谜题保护自己，才要通过揭发凶手，抓住救命的稻草。

假设有什么人扭曲了她的想法，那人就是我。

比留子同学之所以让我留在她身边，是因为需要一个华生（也许并不是作为助手，而是作为抵御孤独的精神支柱），现在这反倒成了弊端。

我过于无力，对她而言并非"同志"，而成了"应该保护的人"。

证据就是，比留子同学在旧真雁地区那起案子中动用推理能力，还操纵了凶手的行动，以保护我免于受害。在此之前，她的推理能力只用于防御，后来却转为了对凶手的攻击。

对抗意图加害之人，希望保护同伴，这些都是理所当然的。我也希望比留子同学平安无事。可是，我不希望她为了保护自己和同伴，把将危险转嫁给他人之事看作"没办法"。

"因为情况紧急，所以就该只管保住我自己的性命，对他人见死不救吗？"

"又不是你杀人。接下来无论谁成为牺牲品，都是凶手——也就是动手的那个人的错。如果束手旁观的人也算同罪，那最大的罪恶便是我还活着。"

"你为什么要说这种话？"

用这个当撒手锏也太狡猾了。如果有人说错都错在她那吸引麻烦的体质，我一定会大声否定，说绝对的恶人应该是动手的人。

比留子同学察觉到我的失落，尴尬地移开了目光。

"叶村君，我不是那个意思。只是无论你抱有多大的期待，我都被困在这里不能动。别说追查凶手，我连保护你都做不到。我没有那么自大，要在这种情况下发表不负责任的推理。我们并没有得到推理小说的侦探那样的特等席位。这点你应该比任何人都清楚吧？"

我无言以对。

我跟比留子同学被卷入第一场事件时，就意识到现实中不可能存在推理小说里的名侦探。

然而，真的只是这样吗？比留子同学只要有意，应该也有积极探明真相的方法吧。

可是比留子同学却不顾非难，为了保护我——这个力量不足的华生，故意偏离了福尔摩斯的道路。

如果我再……

尴尬的沉默中，通道另一边传来了打开木门的声音。

阿波根探头进来，一看见我就焦急地询问道：

"叶村同学，你看见起居室那个亚历山大石的摆件了吗？"

"亚历山大石？"

"就是放在飘窗上的黑猫摆件。猫眼睛是亚历山大石做的，现在不见了。"

"刚才你给我看的照片上有那个东西。"

听比留子同学一说，我连忙拿起数码相机，窗边的确有个杏仁形绿眼睛的黑猫摆件。

"哦，你说这个黑猫吗？我刚才拉开窗帘时还在，应该是三十分钟前。"

"怎么这样？真是难以置信！"

阿波根恶狠狠地说完，转身离开了。

那也许是很昂贵的宝石，而且主人不木已经死了。话虽如此，现在不应该担心自己的安全吗？

刚才的闯入者完全打破了争论的气氛，我突然觉得尴尬，便鞠了一躬说："我先回去了。"

"你务必要把自己的安全放在第一位。"

比留子同学说了句关心我的话。

也许是我弄错了。

仔细回想起来，我刚认识比留子同学时，她就明言自己不喜欢侦探的角色。她明知道自己无法完全进入福尔摩斯的角色，还是把我留在了身边。

我希望成为她的华生，那我究竟想做什么呢？

想借比留子同学的力量解开谜题？想辅佐她的行动？

我连这个问题都没想通，搞不好真的只能是个受保护的废物。

手中的数码相机突然变得无比冰冷。

＊一楼·厨房（刚力京）第二天

里井斜着电饭锅，抄着饭勺动作生疏地往大碗里盛米饭。见他盛出来的热乎米饭快要往旁边滑落了，我便微微倾斜碗底，方便他工作。他道了声谢，然后惊呼一声"好烫"，缩回了被蒸汽烫到的手。

我到厨房来找塑料瓶，先发现了正跟嘶嘶作响的电饭锅大眼瞪小眼的里井。他正在给所有人准备饭菜。

"我想做点简单的饭团。"

那个老旧的电饭锅能煮五碗米，应该能喂饱十个人。而且在这种情况下，就算有菜有汤，恐怕也吃不下去。

里井已经准备好装了水的大碗，撒了盐的餐盒，又把所有盘子摆在了料理台上。看到他的样子，我突然有些不安，决定留在这里等饭煮好。

我的预感果然应验了，他连放凉米饭的动作都很生疏，看来就算是能干的秘书，做饭也不一定行。

"要等多久啊？"

"用保鲜膜很快就能做了，而且也免了直接触碰食材。"

说完，我已经从柜子里找到保鲜膜，随手分割成适当大小。

这时，叶村君过来了。他的表情好像比刚才阴沉了一些，于是我装作漫不经心地问了一句，他只说："没什么事。"

我叫他也留下来帮忙，二男一女捏起了饭团。

"当秘书好辛苦啊，尤其是为那种人工作。"

叶村君一边调整保鲜膜里的饭团形状，一边对里井说。

"是啊……"

里井苦笑了一下。

"你为什么会加入成岛先生的公司？像里井先生这么仔细的人，在别的地方肯定也很抢手吧？"

我也有同感。这次行动的结果虽然完全超出了计划范围，但他毕竟有能力把如此离谱的方案执行到这个地步。

"其实是自作自受。别看我性格仔细，做什么都很周密，但我自己缺乏干大事的梦想和欲望。一直以来，我都是随波逐流，搞不清楚自己究竟是谁，为了什么而活。听别人的命令，完美达成目标反而更简单。"

此时，里井已经一反刚才的笨拙，做了好几个形状规整、大小均匀的饭团。尝试，分析，修正。可以说，他的人生就是在重复这个过程。

"都是自作自受。"他重复道，"一开始，我没能拒绝他的命令，做了一些灰色领域的工作。虽然只是很小一件事，但那成了决定性的分歧点。我一直逃避自己的软弱，不知不觉越陷越深，等我回过神来，就变成现在这个样子了。"

那也许是能力超群导致的堕落。正因为里井能实现成岛提出的任何愿望，才会一直走到这一步，然后栽了跟头。

"现在事情变成这样，又不是里井先生的错。如果能活着离开，就能从头再来。而且我很羡慕你，因为你的辅助工作实在太完美了。"

"叶村同学和剑崎同学也是一对好搭档啊。你们一起解决杀人案，那可不是一般人能做到的。"

叶村君摇了摇头：

"我不像里井先生那么厉害，根本帮不了比留子同学。反倒因为有了我，她不打算揭开真相，而希望用别的方法解决事态。"

我停下动作，问了一句：

"别的方法……比如动用武力让凶手无法行动？"

"没有那么直接，应该是就算有个人踏上了毁灭的道路，也不主动伸出援手。"

里井放远了目光。

"……两位的关系真让人烦恼啊。毕竟不像我这样，不想干了就辞职。但是就我个人而言，只要叶村君陪在身边，就能给剑崎同学提供力量了。"

尽管里井安慰了一句，叶村君的脸色还是很差。也许他跟剑崎同学说了什么。

想成为一个人的力量，却不被那个人依赖。这种心情我很理解。

说话间，所有米饭都捏成了饭团。里井端起盘子，准备把饭团送到不木的套房时，却被叫住了。

"等……等等等！"

叶村君突然拉住里井，差点害他松开了托盘。里井慌忙稳住身子，我则在旁边谴责道：

"喂，你干什么啊？"

"鞋子！"

里井莫名其妙地低头看向双脚。

他穿着黑色的皮鞋，原本应该是干净光亮的表面沾上了边界分明的灰尘。右脚脚背部分有一大块，左脚鞋间则有一块半月形的痕迹。

鞋脏了又如何？

叶村君脱下右脚的运动鞋，将鞋底反过来与里井皮鞋上的印子比对。

二者花纹相同。

"没错了，这就是我的脚印。昨天逃离巨人时，成岛先生推了我一把，肯定是那时踩到你了吧。"

"是吗？当时挺混乱的，我也没注意。"

里井先生放下托盘，拿出手帕要擦掉污渍，却被叶村君制止了。

他开始慌慌张张地查看数码相机画面，我突然感到难以言喻的不安。

"果然。"

貌似找到照片后，他开口说道：

"不木双脚足底都有创口，整个足底沾染了血迹。我本来以为他是踩到电话机和显示器的碎片才受的伤……"

"他光脚走路，肯定会这样啊。"

"即便如此，他也不会光脚踩碎电话机和显示器，也不太可能不小心踩到碎片。而且……"

叶村君向我展示了不木的尸体和地面血迹的照片。

"你瞧，他整个脚底都沾了血，碎片上附着的血迹却很少。"

"地上有一摊血，会不会踩到那里弄脏了——哦，应该不是。"

里井很快收回了自己的话，叶村君也点点头。

"没错，他不可能踩到自己被斩首后形成的血迹。脚底的血迹应该是踩到碎片受伤后，又踩到什么地方糊开形成的。可是，地上几乎没有别的血迹。"

我的直觉告诉我：糟糕了。他正在踏入我不希望被人知道的领域。与此同时，里井歪着头说："搞不清楚啊……"

"看到里井先生的鞋，我突然意识到了这个细节。再结合不木可能被勒死的推测，就能解释得通。"

里井惊愕地瞪大了眼。

"勒死？什么意思？他不是被巨人杀死的吗？"

"不是。如果杀死不木的凶手是巨人，就存在几个疑点。另外，巨人有不论对象生死都将其斩首的习性，猫头鹰认为不木是病死的，然后被巨人砍掉了脑袋。我认为那也不对。"

"不木回到房间后，为了防止我们利用电话和显示器，就把它们砸碎了。其后，有人在房间里袭击了他。最有可能是用细钢丝或很难留下痕迹的宽布带把他勒死的。"

怎么办，他正在接近真相。

"被凶手袭击时，不木踩到了地上的碎片，并在上面留下了些许血迹。问题在那之后。他个子很小，恐怕是被凶手向上提起来勒死的。由于踮着脚，他几乎没有弄脏地面，就被凶手拽向自己。二人身体紧贴之后，为了维持高度以免被勒住，他踩了凶手的脚。反复挣扎的过程中，脚底伤口流出的血沾染了凶手的鞋，他又踩上去，于是血迹遍布了整个脚底。"

叶村君的推理十分准确，让我不禁怀疑他是不是亲眼看到了那一幕。但是没问题，他应该查不到我头上来。

我不顾背上的冷汗，配合他说道：

"也就是说，凶手的鞋子上应该沾满了不木的血？"

"是的。"

"那我就没有嫌疑了。"

我大大方方地展示出自己的运动鞋。虽然黑色很难看清，但上面应该没有血迹。他盯着鞋子看了好一会儿，然后点点头说：

"嗯，是啊。"

好像一点都没有怀疑。

但还是不能大意。过度强调自己的清白反而容易被怀疑，还是一并说出对自己不利的线索吧。

"不过凶手要是被踩了脚，肯定会发现鞋子上沾了血吧？不太可能会置之不理。"

"是的。既然是昨晚沾的血，应该很快就擦掉了。"

那当然，因为我就是这么做的。

听到这里，里井面色煞白，压低声音说：

"如果凶手不是巨人，那你可不能把这话到处说啊。万一站在你面前的我就是凶手呢？"

"不，那不可能。"

叶村君断言道。

"为什么？"

"因为里井先生的鞋上残留着我的脚印。如果沾上血迹，脚印肯定也会随着血迹一起被擦掉。由此可见，里井先生不是杀害不木的凶手。"

我暗自吃惊。原来还可以这样缩小嫌疑人的范围啊。

里井也发出了感叹。

"原来如此。能洗脱嫌疑固然很好……"

"当然，我也不打算随便告诉他人。万一让所有人疑神疑鬼，刺激到凶手就不好了。"

我飞快地动起了脑筋。里井的嫌疑被排除了，但别人不太可能像他这样鞋子上残留着不木遇害前沾到的污迹。因为他们一早就在地下室走来走去，鞋子上应该沾满了灰尘和白色涂料的碎屑。

我不需要出手阻拦，倒不如摆出合作的姿态。

"这件事就当成我们三个人的秘密吧。我会暗中观察谁的鞋子上沾了血迹，或者干净得不太正常，要是有发现就通知你。"

说完，我便端起了饭团。

叶村君无力地叹了口气，但他其实没有搞错方向。

他的着眼点很有意思，看来此前确实跟剑崎同学一起解决过杀人案，并不是吹牛。

然而，仅凭这个推理，是找不到我的。

Chap· 5

第五章

慧眼

慧眼

* 一楼·不木的套房（刚力京）第二天，下午二时

下午两点多，我发现上衣口袋里的折叠刀不见了。掉在哪儿了？我把去过的地方都找了一遍，但是没找到。

刀柄上刻着我名字的罗马拼音"GORIKI"，如果有人捡到，应该知道是我的。

考虑到小刀可能被人捡走，我来到了不木的套房。

起居室特别亮堂，原来飘窗的窗帘敞开着，太阳光照了进来。

屋里只有阿波根一个人。她正在翻不木的抽屉，看见我就若无其事地关上了。

"哎，刚力小姐，怎么了？"

她回过头的瞬间，右手把一支高级钢笔藏在了口袋里。看来，她是在寻摸不木值钱的遗物。

如此坦然的态度通常出现在诈骗和盗窃的惯犯身上。这种人只要稍微刺激一下，就会大大方方地说"这跟你没关系"。遗憾的是，现在曝光她的行为对谁都没好处。

尽管很不情愿，我还是选择了默认，然后说出自己的目的。

我描述了那把不值得阿波根偷窃的折叠刀的特征，她听完皱起了眉。

"没见过。要是捡到了，我肯定会还给你。而且我也正要去找你呢，剑崎同学有话想跟你说。"

"她找我干什么？"

"她在跟大家轮流说话，应该是在意这边的情况吧。"

我还没跟她直接交流过，会在意恐怕很正常。

"那我去偏房看看。"

"快去吧。对了，你知道杂贺先生在哪儿吗？"

不知什么时候，她开始对我居高临下地说话了。这人明明对老大、成岛，甚至同为女性的玛丽亚说话都很卑微。

"没见到他。怎么了？"

我没好气地回了一句，阿波根明显有点生气，留下一句"那没事了"，转身离开了房间。

唉，那种人乍一看低三下四，其实一点都不吃亏，所以很难应付。

该去会会剑崎同学了。

相传会招致灾祸的剑崎家千金，究竟是什么样的人？

按照叶村君的说法，她曾经参与过很多案件，并一一解决了。假设这是真的，那她现在被关在别馆，恐怕很不甘心吧。

叶村君虽然很敏锐，但始终没有看出真相。

运气还在我这边。

我走进偏房，压低声音朝窗外喊了一声。那边的窗际很快露出一颗黑色的脑袋来。

看到那张脸，我忍不住倒吸了一口冷气。

有光泽的黑发，小得惊人的脸蛋，雪白的皮肤。刚才我没怎么看清，现在仔细一看，那简直是可以匹敌当红偶像的美少女啊。

"你好，麻烦你专门跑一趟，真不好意思。"

她站在铁窗之后，就像被囚禁的公主。

"我叫剑崎比留子。你就是刚力小姐吧？"

"我叫刚力京，我们俩应该是头一次说话。你跟别人都谈过了？"

"没有，我只打算跟两位用人和刚力小姐谈谈，可是那边好像还没找到杂贺先生。"

那我就是继阿波根之后的第二个人了。

既然提到了杂贺，我本想说出他可能是通缉犯的事情，但最后改变了主意。她被困在别馆出不来，说了只会徒增烦恼。

"你跟阿波根女士说了什么？"

"我问了昨晚的情况，还有关于巨人的事，但是没能谈很久。她好像自己也找杂贺先生有事。"

"出什么事了吗？"

"之前她吵着说不木房间里的摆件丢了，可能跟那件事有关。"

刚才阿波根偷了看起来很贵的钢笔，莫非还盯上别的东西了？

"是飘窗上的黑猫摆件丢了，据说上面嵌着宝石。"

"宝石……哦，你是说用作黑猫眼睛的红色石头吧？"

看来杂贺与阿波根都在偷不木的东西。杂贺自不用说，阿波根应该也不是什么好人。如果说他们正在收集值钱的东西准备亡命天涯，那也不奇怪。

"啊，怎么反而是我问起了问题。不好意思，你想问什么？"

"我想问问叶村君的情况。"

剑崎同学没有掩饰话语里的担忧。

"他很担心你，不过很冷静。"

"那就好。那他有没有做类似侦探的事情？"

有。不过看这个样子，最好不要告诉她。

"我看他好像很在意什么事情，但是没有头绪。"

"……那太好了。"

她的反应有点出乎意料，我忍不住盯着她看了一会儿。

剑崎同学眯着眼睛，像抓着化妆笔一样捻起一撮头发放到嘴边。连一个小动作都那么清纯而魅惑，我顿时有点无所适从。

"我很担心，万一叶村君解开了谜题可怎么办。其实他很敏锐，只是他自己没有发现。"

"谜题？什么谜题？"

我猜她应该听叶村君说了不木的事，但假装不知情。

剑崎同学的目光摇摆了片刻。

"刚力小姐，你有纸和笔吗？"

那是记者的必备用品。我从书包里拿出圆珠笔和备用的草稿纸，用放在墙边的塑料袋和长棍传给了剑崎同学。

她在草稿纸上写了几个字，然后一边折纸，一边开始说明。

"你可能已经知道了，叶村君认为杀死不木的凶手不是巨人，而且他正在寻找线索查出凶手。真是的，当务之急应该是大家齐心协力逃离这里，这种时候让同伴彼此怀疑，你不觉得很没效率吗？更别说当什么侦探，招来'凶手'的怨恨了。"

这人性格好像挺冷淡的。她的说法很有道理，但叶村君恐怕很难接受。

当然，我肯定赞成。

"也就是说，现在追查凶手没有好处。"

"并非如此。"

她一边动手，一边否定道。

"我只是想说，'他解开了谜题没有好处'。谜题可以由我解开。"

她想先于叶村君找到凶手？

莫非这是个性格有点扭曲的女生？

我正想着这些有的没的——

"因为杀死不木的人，就是刚力小姐。"

面对她的突袭，我别说防御，连战斗准备都没做好。

剑崎同学怎么知道的？

我跟她第一次见面，而且她昨晚不是被关在别馆了吗？

我尝试从那张过于完美的面容中读出真意，反倒感觉被她看穿了内心，脑中愈发混乱起来。

对啊，这是虚张声势！

她在轮流叫人到偏房来谈话。

真实目的肯定是突然指出对方是凶手，观察那人的反应。不仅是我，她对阿波根应该也说了同样的话。

由于话题的流动和时机过于完美，我没能掩饰好内心的动摇，但现在蒙混过关还来得及。

我夸张地嗤笑一声。

"吓死我了，你怎么突然说这种话？"

剑崎同学的表情没有变化。

我强行振作再次陷入不安的内心，展开反驳。

"不木被砍了脑袋，肯定是巨人干的。退一百步说，就算那是第三者干的，现在也无法取证昨天什么人藏在什么地方，所以找不到凶手。"

"叶村君过度执着于华生的角色，只顾寻找眼前的证据。"

剑崎同学看了一眼左手的手表。

"还是抓紧时间吧。我今早第一次跟叶村君谈话时，开始怀疑是另一个人杀了不木。"

"叶村君把昨晚的事情详细告诉了我。他在首冢跟我走散后，选择的躲藏地点竟是离首冢最近的壁炉房间。在他躲藏时，阿里先生被杀了。因为叶村君听见附近传来了声音，因此不会有错。"

这件事我听说了，但是跟不木被杀有什么关系？

"其后，巨人走进了叶村君躲藏的房间。叶村君屏住呼吸，藏在壁炉的烟囱里。巨人没有发现他，离开房间后去了首冢。通往首冢的铁门开合时会发出很大的声音，所以叶村君也听见了。从那以后，他就再也没有听到铁门开合的声音。"

剑崎同学说到这里停顿了一会儿。

"你明白了吗？巨人进入首冢后，再也没有回到主区。这难道不奇怪吗？第二天早晨，阿里先生和不木的脑袋却都出现在了首冢。"

原来如此。昨晚阿里在主区遇害，不木在一楼的套房遇害，二者的脑袋应该都从叶村君藏身处附近的铁门被带进首冢，可是他只听见一次铁门开合的声音。

"刚才已经说了，叶村君听见了巨人杀死阿里先生后进入首冢的声音，那么，不木的脑袋是什么时候被带进去的？当然是叶村君离开藏身之处后，也就是第二天早上。由此可见，这不是巨人干的。"

我拼命开动脑筋，寻找她话里的漏洞。

"你认为巨人进出了两次，才会产生那个矛盾。从尸斑和尸僵的情况来看，不木是夜间遇害的。巨人先杀了不木，砍掉他的脑袋后回到地下，路上遇见阿里先生，就追上去把他也杀了。你瞧，怎么样？两个人的脑袋被一起带进了首冢，这样就不奇怪了。叶村君只听见了铁门开合的声音，并没有亲眼看见巨人，对不对？"

作为情急之下编造出来的解释，这个说法还算无懈可击。

然而，眼前这个美丽的对手丝毫没有动摇。

"我最先想到的就是这个可能性，但最后不得不排除。你说巨人拿着不木的脑袋追杀阿里先生，但是忘了一个很重要的细节。

"巨人肩膀以下的左手臂完全断掉了。"

我仿佛挨了当头一棒。

"一只手如何搬运两个脑袋？他的手再怎么大，也无法一次抓住两个脑袋吧？"

"那么拽头发？也不可能。阿里先生是短寸，不木几乎完全秃顶，没有可以抓的头发。"

我试着想象了几种拿法，明知道不可能，但也只能说出来。

"一只手抱住两个脑袋就有可能了吧？"

"如果只是搬运，的确可以抱着。可是巨人要抱着一个脑袋杀死阿里先生，还得砍掉他的脑袋。你说，抱着脑袋如何挥舞大刀？"

"可以先放下啊。"

剑崎同学露出了微笑。

那个瞬间，我感觉到了败北。她一直把我玩弄于股掌之中。

"正是如此。如果要杀死阿里先生再将他斩首，必须先放下不木的脑袋。

"你借给叶村君那个挂着可爱螃蟹的数码相机里也有遗体的照片——虽然看到那样的东西，我的心情也很复杂。阿里先生和不木的脑袋存在明显的不同之处。前者附着了白色涂料的粉尘，不木的脑袋却很干净。主区走廊到处都是那种白色涂料的粉尘，假设巨人曾经放下不木的脑袋，绝对会沾上。"

也就是说，这个差异证明了巨人没有同时搬运阿里和不木的脑袋。

"由此可证，不木的脑袋并非巨人晚上带过去的，而是某个人天亮之后带到首冢去的。通往不木套房的金属门上有敲击痕迹，对不对？结合阿波根女士的证词，那应该是巨人昨晚留下的痕迹。这也证实巨人没能进入不木的套房。

"那么问题来了，杀死不木的凶手怎么进去的？"

这人怎么回事，明明一步都出不去，却知道了这么多。

"不木不太可能为了救人而开门。可以考虑的可能性，就是不木返回之前，凶手已经躲在房间里。不木逃回房间时没有发现那个人，结果那个人杀了不木，跟尸体一起待到天亮。因此没有在晚上带走脑袋。

"首家爆发骚动时，不木第一个跑了出去。成岛先生他们不清楚布局，周围又一片漆黑，因此不太可能超过不木。玛丽亚小姐和两名用人待在一起。能比不木更早进入房间的人，就是巨人去追科奇曼时，被留在大厅的刚力小姐，只有你一个人。你身上应该有足以切断脑袋的凶器。"

并没有。我身上只带着一把小折叠刀，但她肯定不信。

嗓子里挤出的声音软弱无力，一点都不像自己的声音。

"我待在一楼，没有看见巨人砍头的场景，因此不可能想到嫁祸给巨人。"

"并非不可能。你逃进不木的套房时，他为观察巨人设置的监控显示器应该还在工作。"

我没看过那东西。不过就算说了，也无法推翻她的推理。再这样下去——

"刚才我们谈到不木的套房有个摆件丢了，对吧？当时一提到宝石，刚力小姐就说是'用作黑猫眼睛'的东西。然而飘窗窗帘一直闭合着，房间里看不到黑猫摆件。你为何知道那个摆件的眼睛是宝石？由此可以推断，你昨晚逃进不木的套房，躲在了飘窗上。"

好极了！这是千载难逢的反击机会。我内心大叫快哉。

"我看见过。在这里之前，我一个人待在房间里，想着能不能看到外面，就拉开了窗帘。当时那个黑猫摆件给我留下了很深的印象，所以我记得。"

剑崎同学又一次露出了不符合场面的美丽微笑。

"我想听的就是这句话。你的确有机会看到黑猫摆件，但我更在意另一个问题。你刚才说的原话是'用作黑猫眼睛的红色石头'。"

我是这么说过，因为亲眼看见过。这有什么问题吗？

"阿波根女士说那是亚历山大石。亚历山大石的特征被形容为'白昼的祖母绿''黑夜的红宝石'，因为它会随着光源改变颜色。"

会……变色？

"自然光下的亚历山大石会发出绿色的光泽，烛火或白炽灯照明下则发出红色的光泽。能明白吗？摆件放在飘窗上，如果你是刚才看见的，亚历山大石应该是绿色才对。叶村君拍的照片也是绿色。只有晚上在白炽灯照明中看到摆件的人，才会认为那是红色的眼睛——而那个人就是昨晚藏在房间里的凶手。"

中计了。如果她一开始就指出红色眼睛的矛盾，我还可以坚称自己看错了。

没想到她先撒下了"窗帘闭合"的诱饵，让我说出"来之前拉开看过"，封死了自己的退路。

我完全失去了反驳的气力。反正贸然发起攻击，只会被她反击回来。相比这个，我更想问一件事情。

"刚才你说'他解开了谜题没有好处'，那是什么意思？"

剑崎同学点点头，仿佛进入了正题，举起手上的几张纸给我看。

"成岛先生恐怕不会放弃捕获巨人。他应该会多待一晚，想尽办法达到目的，但是其他人并非铁板一块。有的人想隐姓埋名，有的人需要很多钱，有的人最惜命……连我都无法预测他们今后会做出什么行动。所以——"

剑崎同学接下来说的话是……

"请刚力小姐代替我保护叶村君。"

这无疑是最有吸引力的交易提案。

她并不在意我的惊讶，继续提出了条件。

"只要他平安无事，我就不会把刚才在这里说的话告诉任何人。假如能活着逃出这里，我还可以配合你的证词，让人们以为是巨人干的。"

我怀疑自己听错了。她揭发了罪行，却要把我放走？

"如果没能保护好叶村君呢？"

如果叶村君死了呢？

"那我当然会向所有人说出不木之死的真相，还会把这些揭发你罪行的传单抛撒到窗外去。"

她向我展示了手上的众多纸片。不仅叠成了更容易乘风飞行的形状，有的还装在塑料袋里。只要有一张被人捡到，我杀了人的事情就会泄露出去，就算能活着离开这里，也躲不过被逮捕的命运。

此时此刻，我总算理解了她的意思。

"'他解开了谜题没有好处'是说……"

"没错。你只要封了他的口，就不会有事发生。但是，如果我知道真相就不一样了。你想封我的口，必须穿过巨人的威胁来到这边。"

她利用自己被孤立的事实，摇身一变成了受到巨人保护的女王。

我没有拒绝的权利。要想全身而退，不管与什么人为敌，我都要保护好叶村君。

我用尽全身力气回应道：

"……我真同情叶村君，竟摊上了你这么个福尔摩斯。"

"我不是福尔摩斯。"

她的声音听起来莫名冰冷。

"我是剑崎比留子。"

凶人馆有两个怪物。

一个暴力的怪物，一个智谋的怪物。

不过，她有一个很大的误会。

我昨晚确实在那个房间杀了不木。

可是，我绝没有——绝没有砍下他的脑袋！

辞别剑崎同学后，我回到不木的套房。房间里没有人，我也免于被人看到尚未平息的内心波动。

昨晚，我出现在不木面前，质问"他在哪里"。

但是那老头处在诡异的兴奋极点，只顾着对我说他寄托在巨人身上的梦想，我一时气急，拿起窗帘流苏勒住他的脖子，逼迫他回答问题时不慎将他杀死了。

其实我并不打算做到那个地步，只希望不木感到生命面临威胁时会老实交代，然而他的身体比我想象的更脆弱，一眨眼就断了气。

虽然对方可恨，但我还是因为杀了人而陷入恐慌，导致旧病发作，当场陷入沉睡。

发作性睡病。这是一种不分时间场合，突然陷入昏睡的睡眠障碍。因为一直服药治疗，我的日常生活不会受到影响，但偶尔还是会突然睡过去。

就这样，我在不木的尸体旁昏睡过去，醒来时天已经亮了。

我已经从不木口中问出了巨人讨厌紫外线，白天会回到别馆的信息，所以慌忙整理好飘窗上的摆件和装饰物，拉上窗帘，打开金属门来到走廊上，一边祈祷不要碰到其他人，一边走到侧门旁边，静悄悄地躲藏起来。

如果有人砍掉不木的脑袋拿走，那只能是在我跑出房间和玛丽亚一行走进去发现尸体之间的那段时间。

砍掉不木脑袋的人——我且称他为真凶吧。那个人为何能够掌握如此巧妙的时机？

不，方法还是有的，我自己不就实际经历过吗？

只要待在仓库里，就能偷听不木套房里的对话。

昨天真凶逃进仓库，听到我跟不木的争吵，并对后来的沉默产生了怀疑。今天早晨，那个人趁我离开后进入房间，发现了不木的尸体。

真凶为何砍掉不木的脑袋，我也不清楚。假设那个人来到这里是出于某种目的，会不会担心"普通的尸体"会让大家察觉到除了巨人还有别的凶手，因此提高警戒呢？

我与真凶都做出了预期之外的行动，所以剑崎同学认为是我砍掉了不木的脑袋也很正常。

问题在于，我不知道真凶的真实目的。那个人有可能对叶村君造成威胁。

既然如此，为了完成交易，我必须在逃离凶人馆之前找到真凶。

我能想到一个线索。

不木的脑袋是在今早玛丽亚一行发现尸体前被带走的。如果那个人带着脑袋进入首冢，藏在壁炉房间里的叶村君肯定会听见铁门开合声。但他没有听见。

也就是说，在叶村君离开房间，在大厅见到其他幸存者（除剑崎同学之外）的时候，真凶虽然从现场带走了不木的脑袋，但还没有进入首冢，而是暂时藏在了别的地方。真正把脑袋拿到手中，只能是在所有人分头寻找生还者的时候。

其他牺牲者的脑袋都被扔在地上，唯独不木的脑袋被放在铁桶里，是为了不被人发现真正带进去的时间。

如果能找到暂时藏匿脑袋的地方，也许能揭露真凶的身份。

我把连接不木套房和大厅的通道仔细检查了一遍，发现每隔几米就有些许血迹。血迹的间隔不断加大，一直延伸到大厅，但是在通往地下室楼梯的途中就跟受了重伤逃走的科奇曼的血迹混在一起，无法分辨了。

实在没办法，我只好从背包里找出自己带的手电筒，逐个检查主区的空房间。

地下室随处可见陈旧的血迹，越看越难以分辨到底哪些是我在追踪的痕迹。

我试着想象自己是搬运脑袋的人。

在不木的套房砍下脑袋后，先往地下室的方向走。真凶应该听到了我和不木的对话，因此知道不会碰到巨人。

但是等等。现在不知道什么人藏在什么地方，贸然走下去恐怕很危险。万一被人看到自己拿着不木的脑袋，那就无法解释了。而且没有手电筒很难在地下室走动，地面上又布满细沙和墙灰，容易发出很大的脚步声。

如果把脑袋藏在远离地下室的地方，之后再搬运到首冢时被人发现的风险会增加。

那么——

我走上楼梯，返回大厅。

也许大厅才是最适合藏匿的地方。

大厅内部，谁也不会查看的地方。

有了。停摆的老爷钟。

表盘下方是收纳钟摆的空间，柜门中央只嵌了一条很窄的玻璃。我伸出震颤的手打开柜门。

门没有上锁，一下就开了。

我猜对了。

静止不动的钟摆之下，是一片血迹。

* 一楼·不木的套房（叶村让）第二天，下午三时

下午三点，我们被召集到不木的套房，商量接下来的行动。

潜入行动已经过去半天多，昨晚到现在没怎么睡觉的成员脸上都露出了疲态。与之相比，窗外不断传来欢快的音乐和娱乐设施运作的声音。巨大的落差仿佛在一点点侵蚀着我们的神经。

我不知第几次发出绝望的叹息。

考虑到杀死不木的凶手鞋子上可能沾有血迹，我已经低调地查看过所有人的鞋子，但是没找到决定性的证据。

刚力的运动鞋、成岛的皮鞋、老大他们的靴子都是黑色的，由于在地下室行走，上面蒙了灰尘和沙粒，很难分辨是否有擦拭血迹的痕迹。

老大看了一眼在场人员，开口道：

"我调查了宅邸内部，并未找到能够逃脱的地方。想必各位也一样吧？"

阿波根和杂贺还留在这里，这就是最大的证据。如果有办法出去，他们一定早就跑了。

接着，老大开始梳理现状。

跟我不久前听比留子同学说的几乎一样。

"我们自己逃离的方法有两个，一是想办法切断窗户的铁栏，二是放下正门的吊桥。"

老大看向杂贺寻求见解。他平时负责宅邸的修缮和改造，应该最清楚情况。

杂贺依旧不愿意受到关注，盯着斜下方飞快地说：

"这里有电锯和线锯，不过窗户铁栏都是工程钢筋，恐怕很难切断。而且那样会发出噪声，难免要被游客和员工发现。放下吊桥也一样。因为收放的电机坏了，只能切断铁链。链子应该比钢筋好解决，但是白天放吊桥很容易被人发现，相当于叫外面的人去报警。"

可是等到深夜没有客人和员工了，巨人又会出来走动，肯定不能进行发出声音的作业。

"被警察抓住是个问题，但最大的问题是出口打开了就关不上。"

玛丽亚严肃地指出。

"还有几个小时就日落了，万一巨人走出被破坏的窗户或吊桥，就会引发惨剧。"

考虑到对外部的影响，强行突破出去绝不是个好主意。

"这个房间的窗户呢？这里有金属门，巨人进不来，可以等到晚上打破这里的窗户出去。"

听了老大的提议，杂贺摇摇头。

"这扇窗用了老爷定制的强化玻璃，就算用枪打都不会破。"

"那从走廊的窗户向外面求救呢？"

玛丽亚刚说完，阿波根就表示了反对。

"向外面的人求救，来的顶多是园区保安或附近的警察。他们肯定打不开坚固的大门。就算能打开，一旦到了晚上，小小辖区警官肯定拦不住那孩子。"

杂贺也表示了赞同。

"要是报警，搞不好我们所有人都要被抓走。这样真的好吗？"

我暗自叹了口气。他们讨论的内容，比留子同学都已经猜到了。

"方法还是有的。既不威胁到游客，也不会导致我们被抓住的方法。"

一直保持沉默的成岛煞有介事地踏出一步，让所有人的目光集中在他身上。

"我们可以找回科奇曼身上的侧门钥匙。刚力，你记得他带你进来后，把钥匙放在什么地方了吗？"

突然被叫到的刚力瞬间有点慌乱，因为她一直都是心不在焉的模样。

"我记得他放进胸前的口袋里了。"

"那只要找到科奇曼的遗体，我们就能拿回钥匙。"

所有人心中都泛起了沉默的动摇。

话是这么说，可他真的知道自己在说什么吗？目前可以推测到，科奇曼应该是在与别馆相连的钟楼遭到了杀害。根据不木和科奇曼说过的话，进入别馆往左前方走会见到一段旋梯，上面就是钟楼。除此之外，我们没有任何信息，甚至连用人都没进过别馆，而他却叫我们冒着被巨人发现的风险到里面取钥匙吗？

成岛并没有改变傲慢的态度，在桌上摊开一张 A3 大小的纸。

"这是在不木的资料里找到的平面图。"

虽说是平面图，但那并非精密的建筑师绘图，只是用铅笔简单绘制的东西。上面有很多修改的痕迹，还有多处细小的文字记录。

看到那张图，我当即觉得十分眼熟，因为那跟我在宅邸中四处走动绘制的凶人馆平面图很像。

"找到宅邸平面图了吗？"

玛丽亚兴奋地说。

"不，这是……"

杂贺讶异地探出身子，表情严肃地盯着图看了一会儿，很快就有了结果。

"虽然整体结构很像，但这不是这里的平面图，因为尺寸不一样。而且这上面没有老爷的房间，也没有两座吊桥。"

我拿出自己画的平面图进行比较，发现还有很多不同之处。

现在的凶人馆只有地下室和一楼，这张图却写着"一楼""二楼"。另外还有"研究大楼""体育馆""宿舍"等名称。

成岛开口道：

"我认为，这是不木曾经待过的研究机构的平面图。"

确实，"资料库"和"培养室"这些名称都能让人联想到研究机构。

"可是这跟凶人馆的布局实在太像了，很难归为巧合。"

"如果这就是不木一直在改造凶人馆的目的呢？"

成岛道出了奇怪的动机。

"不木以曾经待过的研究所为蓝本，一直在改造这座宅邸。与其重新盖楼，用结构相似的现成建筑物进行改造肯定更快。他之所以买下这座游乐园，就是为了这座宅邸。"

从图上可以看出，研究所也是由两座相邻的建筑物构成。这里被称为首冢的地下区域对应图上研究所的一楼中庭，巨人所在的别馆则对应图上两层楼高的宿舍。

"原来老爷是按照这个平面图让我改造地下室的。他封闭了二楼以上的区域，也是为了这个吧？"

杂贺死死盯着研究所的平面图，显然解开了长年的疑惑。

"肯定是为了无聊的自尊心。曾经在班目机构从事最尖端研究的人，现在只能躲在深山里饲养怪物。他也许想着找回过去的环境，就能重获荣耀吧。"

如果这张图靠谱，那我们就能大致掌握别馆的布局。对应钟楼的地方标记着"电波塔"几个字，通到塔上的旋梯在别馆的地下室和一楼都有出入口。

我开口道：

"问题在于，打开别馆的门会发出声音，让巨人察觉。就算我们有办法爬上钟楼，万一他从背后追过来，就无处可逃了。"

"可以用一组人把巨人引到别的地方，另一组人趁机进去。"

成岛理所当然地说。

其他地方是哪里？太阳升起时，巨人连首冢都不会进去。

玛丽亚似乎想到了什么，大叫一声：

"难道你要等到晚上？！"

"只能这样。我们趁巨人走进本馆时找到科奇曼的遗体，拿到侧门的钥匙后，就能把巨人关在这里，我们逃出去。这样一来，就不用担心被警察抓住，也不会连累游客了。"

这番话听起来很有道理，可他在意的恐怕不是游客的安全，而是不让巨人被看见。

成岛肯定想把巨人关在这里，出去重整态势再来一遍。

"开什么玩笑？"

玛丽亚的声音里透着难以压抑的怒气。

"光是昨晚就死了五个人，我们弹药也不多了。你叫我们在这种情况下牵制巨人？"

"那你觉得可以连累外面的人，对吗？"

"我不是那个意思。"

"本质都一样。如果我们硬闯出去，毫无防备地跑过来的警察就会牺牲。为了防止那种事态，只能把巨人关在里面。"

成岛正试图加快速度定下结论，刚力却插嘴了。

"我能说几句吗？我觉得你既然要别人豁出性命，就不该隐瞒情报。"

"什么意思？"

"当然是你从资料上看到的巨人的生理情况啊。有了那些信息，说不定能降低一点取钥匙的难度呢。"

刚力尖锐的话语让成岛露出了明显的苦涩表情。

"那可是宝贵的研究资料，怎么能随便说出来？"

"那也不是一个字都不能说吧？反正我又没打算盗用你的技术，你真的要隐瞒情报，把我们推到巨人面前吗？那也太无情了。"

刚力瞥了一眼玛丽亚，后者用力点点头。

"其实那些情报各位都知道了。"

"喂，里井！"

成岛正要阻止，却被猫头鹰他们拦住，最后闭嘴了。

"巨人的惊人身体能力来自以前一个叫班目机构的组织进行的超人研究。然而研究的具体内容，连不木都只掌握了自己观察到的一小部分。目前可知，巨人拥有可怕的力量，远超人类的生命力和恢复能力。较新的情报则是对毒物和疾病的强悍抵抗力。不木认为，如果能彻底解析这些能力，现在的科学会一口气前进二十年。"

"他没有弱点吗？"

里井摇摇头。

"除了紫外线，没有看到别的记录。只知道他的听觉和嗅觉等感官虽然远超人类，但不至于像动物那样比我们灵敏数百倍。"

巨人虽然能在黑暗中视物，但没有找到躲藏起来的人。那么应该不必担心他闻到气味。

只是——最让我担心的，是那个"生还者"。

如果"生还者"跟巨人一样是实验对象，还混在我们中间，那个人为何没有变成巨人那样的体形？莫非只是实验结果不一样？或者巨人和"生还者"接受的实验本身就不一样？

到现在还没人提起那个"生还者"，可见猫头鹰只对老大和成岛等少数几个成员提起过这件事。

正如比留子同学所担心的那样，说出实情可能会导致同伴之间疑神疑鬼，所以应该暂时保密。

有的人依旧想完成一开始的目标，有的人不希望再看到牺牲者，有的人不希望被警察抓到。

房间里充斥着紧绷的空气，微妙的平衡随时有可能崩溃。所有人都希望活下去，但每个人看重的东西都不一样。

一阵沉默过后，成岛提出了折中方案。

"不如这样吧，这三个人负责最危险的人物，你们可以全程待在这里，只要别去捣乱就好。"

这三个人指的是老大、猫头鹰和玛丽亚吗？反对进入别馆的玛丽亚明显露出了不赞同的表情，但其他人都被说动了。不木的套房有坚固的金属门把守，能抵御巨人攻击的只有这里。

"你要对比留子同学见死不救吗？"

我忍不住逼问道。

"不要血口喷人。"

猫头鹰不耐烦地反驳。

"现在不就在讨论如何解救剑崎吗？要么靠现在的战斗力想办法，要么先逃出去重新组织力量，或是交给警察处理。真正行动的是我们，由我们决定不可以吗？你要是有意见，大可以立刻冲进别馆当英雄。"

被他这么一说，我只能闭嘴了。

杂贺与阿波根没什么意见，反倒像是松了口气。

只有刚力一直保持沉默，可她最后还是点了点头。

"好，那就制订具体计划吧。"

老大开始掌握现场的节奏。

现在已经过了三点半，离日落还有大约两个半小时。

"科奇曼死前敲了钟，他的尸体可能在钟楼最顶层。那里只有一段旋梯相连，万一被巨人发现，就是死路一条。"

最糟糕的当然是成功拿到钥匙后被巨人杀死。假设别馆跟我们实际到过的地下室一样没有电灯，就算带着手电筒过去，万一失手掉落了钥匙，要找到也很困难。

老大制订的计划很简单。

"我们兵分二路，一组人吸引巨人的注意力，另一组人趁机进入钟楼。"

"怎么吸引啊？"

玛丽亚没好气地说。

"制造大响动，把巨人吸引到这个房间门前。这里足够安全，不必担心巨人闯进来。在此期间，事先躲藏在地下室的人进入钟楼，找到科奇曼的遗体，取回钥匙。"

"这样可能不太好。"

猫头鹰提出了异议。

"吸引巨人过来的路上，当诱饵的人有可能遭到攻击。"

猫头鹰指着我画的地下室主区部分解释道：

"诱饵必须边逃边确保巨人追上来，但是巨人比我们速度快得多，搞不好在躲进这里之前，就被巨人追上。"

"只要在大厅门口制造动静，看到巨人的身影马上离开就好。"

"大厅到这里，距离也不短。"

"那在金属门外呢。"

老大坚持不懈，猫头鹰还是否定了。

"这里的动静恐怕传不到地下室，距离太远了。"

我们做了实验，看金属门外的声音能传多远。最后证实无论用多大的声音吼叫，经过走廊和大厅的吸收扩散，在刚下楼梯的地方已经几乎听不见了。

"这样不一定能吸引到巨人啊。而且万一巨人守在金属门前，去钟楼的人即使拿到钥匙也回不来。"

老大陷入了沉思，杂贺则小心翼翼地提出了自己的方案。

"其实不用把巨人吸引过来，只要藏在主区和副区两个地方，应该就能趁机行动了。"

"什么意思？"

"'那孩子'进入首冢后，要么去主区，要么去副区。假如他去了主区，藏在那里的人就用对讲机发出信号，让藏在副区的人偷偷穿过首冢进入钟楼。如果'那孩子'去了副区，也可以用同样的方法。"

这样一来，无论巨人怎么行动，都有人能潜入钟楼。

"主区有我昨晚躲藏的壁炉，但那里不能说绝对安全。"

如果真让我再到那里躲一躲，我是不愿意的。然而一时半会儿又想不到别的地方。

"副区怎么办？那里好像没有可以躲藏的地方。"

昨晚逃进副区的阮文山就被杀了。

杂贺淡淡地回答：

"有一个房间可以用。按照老爷的指示，那个地方平时是封锁起来的。"

杂贺领着我们穿过首冢副区的铁门，往左边前进，拐了两个弯，来到副区最深处。这个区域中央有几个房间，走廊在外缘绕成了长方形。

我正奇怪这地方哪里来的房间，却看见杂贺举起他带来的撬棍插进了内侧墙壁的一条缝隙里。根据杠杆原理，稍微施力，一阵清脆的响声过后，大约两米宽的墙面就剥落了。

原来那是跟墙面颜色相同的三合板。

看到三合板背后的东西，所有人都发出了惊呼。

"隐藏的房间？"

连阿波根也瞪大了眼睛。看来只有杂贺知道这个房间的存在。

"你为什么一直不说？"

老大生气地质问道。

"因为我觉得派不上用场。你看，它一直是封闭的，从来没打开过。"

对比刚才的平面图，研究所的这个位置是墙。也许是因为这样，才把房间封起来了。

旁边还有一个三合板封起来的房间，两间房都很小，只有五平方米左右。里面什么都没有。

杂贺说他可以把房门改造成能开合的假墙。如此一来，人就能躲在里面，并且不让巨人发现这里有房间。

老大重新梳理了计划。

"主区有壁炉的房间藏一个人，副区两个隐藏房间各藏一个人。巨人进入区域后，用对讲机联络。"

"说话有危险吧？"

"用手指弹一下对讲机就够了。听到其他区域联络的人马上进入首冢，向别馆移动。务必要安静且迅速。开关首冢铁门时要小心。"

铁门生锈的吱嘎声虽然很恼人，但可以据此判断巨人的行动，只能想办法利用起来。

"在钟楼找到钥匙后，立即回到藏身地点。如果顺利，也能回到不木的套房。要特别注意的是，取回钥匙的人不能碰到巨人。听到巨人返回首冢，要马上联络。就这样。"

问题在于把谁安排在什么地方。躲在主区的壁炉里需要耗费极大的精神力和体力。昨晚巨人只接近了一次，所以我才能勉强撑过来。就算佣兵的身体素质再好，也不一定能平安无事。

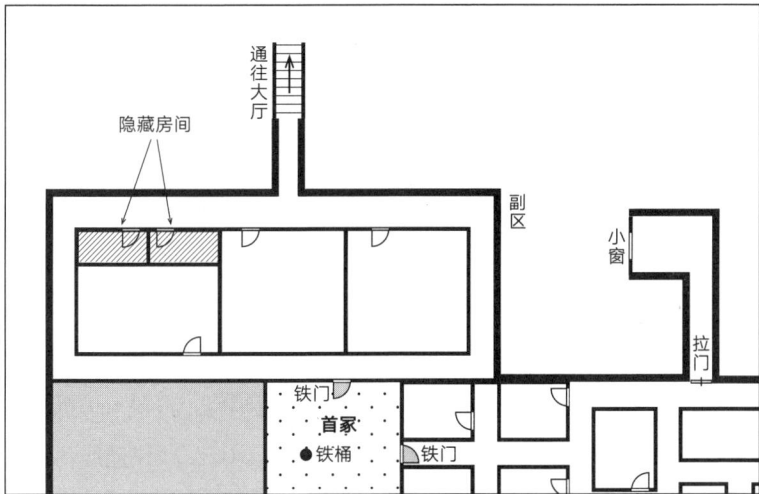

"我到主区的壁炉房间去。"

老大主动提出。

"烟囱里空间很小，老大的体形恐怕不合适。"

"刚才我看过了，进去是没问题。空间窄反而能靠骨架子卡住，省点力气。"

他的语气很坚定，显然不打算让给别人。

"副区是猫头鹰……玛丽亚，你去吗？"

玛丽亚被点到名，拧起了眉毛。

"叫成岛去啊。"

她不想进入别馆。可能她本来就不愿意被困在这里，现在更不想参与豁出性命的行动。

"你当初接这个任务已经预想到动武的情况了。这种事不能让普通人干。"

"我可以负责主要行动，玛丽亚作为候补，在我出事时顶上就好。"

猫头鹰也加入了劝说的行列，玛丽亚只好不情愿地答应了。

"我可以说句话吗？"

我觉得只能趁这个机会提出心里的想法。

"如果有时间上钟楼再返回，比留子同学是不是也能趁机逃脱？"

比留子同学躲藏的地方与别馆钟楼的位置相反。只要对讲机发出前往钟楼的信号时，比留子同学立即离开躲藏地点，或许能成功脱离别馆。

成岛表示了赞成。

"可以啊，既能拿到钥匙，又能救出剑崎同学，那不就一石二鸟了吗？对讲机正好有多的，可以复制一份平面图，跟对讲机一起交给她，等待这边的信号。"

谈成了。我感到自己总算为解救比留子同学派上了用场，多少放心了一些。

日落时间是六点左右。在此之前，杂贺要改造好房门，我们则进行其他准备。剩下的子弹由三名佣兵平分了。我们又找到宅邸内所有的手电筒，分给了每一个人。

计划进行到这一步，我突然意识到一个问题——对讲机的剩余电量。本来只打算一个晚上结束任务，老大他们用的是小型充电式对讲机，而且充电器放在了车上。

"对讲机的续航时间是二十个小时。天亮之后就关了电源，应该能再撑一个晚上。"

万一对讲机在巨人出现之前没电了，就无法发出信号。现在只能祈祷电量能撑到那个时候。

我跟老大去见了比留子同学。

我一直在思索，然而到现在都没找到杀死不木的凶手。结果会如她所愿，我始终不被凶手视作威胁吗？

"不好意思，请你再忍耐一个晚上。"

老大向比留子同学传达了详细的计划，并给她传递了手电筒和对讲机。

他做完这些正要离开，却被我叫住了。

"事情已经变成这样，你为什么还不跟成岛先生解除合同？"

"因为我想完成工作，这么说不可以吗？"

猫头鹰几次提到过他对工作的荣誉感。玛丽亚出于解救实验对象的使命感参加了行动，此时已经不想再有关联了。我唯独不知道老大为何坚持要完成工作。

见我没有被说服，老大无奈地摊开了手。

"是为了钱。我需要一大笔钱。"

"可是你不惜命吗？只要活着，今后就有赚钱的机会。"

"等不到今后了。我外孙得了罕见病，需要做很多场昂贵的手术，否则活不下去。现在有多少钱都不够用。"

老大看上去四十多岁，他外孙肯定还很小。我能理解他想为外孙尽力的心情。

"但是谁都有家人。我打算跟成岛商量，想办法把死者的遗体送回去。"

最后，老大让我"再陪她说说话"。等他离开后，就剩下我和比留子同学两个人了。

"看来事情的发展跟我预料的一样。"

她的声音没有一丝失落。

"……对不起。"

"这不是叶村君的错。不过你们竟然要进入别馆，真是够大胆啊。"

"不应该去吗？"

"就算选择了报警或逃离，也可能导致接触巨人的人成为牺牲品。"

也就是说，能不把巨人放出去，已经算是上策。

"我会想想有没有别的办法，现在最要紧的是保命。"

这番话听起来理所当然，但我还是感觉沉重的心情稍有缓和。

比留子同学略显害羞地继续道：

"何况我还等着在游乐园重新出道呢。"

"……出道？你是第一次来吗？"

"我一出生就有这样的体质，所以一直没机会坐摩天轮和云霄飞车。没想到第一次踏足的游乐园竟是这个地方，真是太糟糕了。"

难怪她在车上听到目的地时，似乎吓了一跳。

"叶村君，我怎么觉得你在笑。"

"……不是，你复出的时候请叫上我。"

"嗯。"

比留子同学笑了笑，从铁栏的缝隙里伸出手臂，朝我摊开了手掌。我意识到她想握手，也伸出了右臂。

然而无法触及，我们俩的手都只抓到了空气。

"不……不行了。"

"不准认输！"

好严厉！

我们暂时缩了回去，谨慎选定最短距离，扭着上半身再次伸出手臂，直到肩膀卡在铁栏上，冰冷的铁条接触到脸颊。

"脖子要……"

"还哈一眼！"

她也许想说"还差一点"。

颤抖的中指触到了她的指尖。

纤巧的指腹，感觉不到柔软和温度。

尽管如此，心意一定传达到了。

接触转瞬即逝，我们都用尽了力气，疲惫地收回手臂，忍着酸痛露出笑容。

"晚上就能碰头了。"

"我是想握手祝福你行动顺利。"

这也许是我们最后的对话——恐惧一直萦绕在脑中挥之不去。何况我并不能直接参与行动，只能在安全的地方等待比留子同学归来。

我紧紧握住了方才触碰到她的指尖。

"待会儿见。"

"要等我。"

我转过身，告别了比留子同学的笑容。

我最讨厌这样。什么都不能做，只能一味等待。

我知道这都怪自己不够强大。

即便如此，如果我没有能力帮上忙，至少也要与她分担同样的痛苦。

＊一楼·不木的套房（刚力京）第二天，下午五时五十分

老大忙着准备今晚的行动，我和阿波根则待在不木的房间。

如果今晚也能待在凶人馆，并从科奇曼的遗体上找回钥匙，情况就非常理想。因为我还有事情没做完。

而且剑崎同学严令我保护叶村君，因此我能理直气壮地跟他一起待在不木的套房里。这样很好。我不用担心害死他了。

话说回来，谁也没来交还我的折叠刀，莫非真的掉在地下室了？

或者，被什么人偷走了？

我脑中闪过正在改造隐藏房间的杂贺的身影。

如果我没猜错，那他就是强盗集团的主犯，而且手上有人命。

他很可能是个惯偷。假设如此，他也可能偷过被杀害的工作人员

的东西。

想到这里，我意识到必须确认一件事。

于是我转向坐在沙发上的阿波根。

"被不木叫到这里来的工作人员都让巨人杀了，是吧？我看见首冢有很多头盖骨，可是剩下的遗体去哪儿了？"

阿波根像铁皮玩具一样僵硬地扭了几次脖子，左思右想之后，只说了一句："嗯……不清楚。"

"因为我平时主要负责照顾生活起居，'晚上'的善后工作都是杂贺先生在做。他要找到扔……倒在地下室的尸体，把它处理掉，然后打扫干净。"

"是搬出去处理吗？"

我注意到桌上的中式菜刀。如果切碎尸体，也不是不能混进垃圾里处理掉。

阿波根摇了摇头。

"杂贺先生除了接收改造和修缮的建筑材料，平时从不离开宅邸。我负责接收食材和日用品，还有倒垃圾，如果垃圾袋里装着尸体，我肯定会注意到重量不对劲。他也许是埋在地下室的什么地方了吧？"

首冢并没有挖土的痕迹。

"对了，我听剑崎同学说了黑猫的事情，那个摆件找到了吗？"

阿波根眼神骤变，恶狠狠地吐出了怨毒的话语。

"没有！我去质问了杂贺先生，他却不愿意正面回答。肯定是他藏起来了。老爷刚死就这样，太过分了！"

所以她被杂贺捷足先登了。明明处在这种情况下，这两个人的神经也太强悍了。

此时，猫头鹰一脸困惑地走了进来。

"你们见到杂贺了吗？"

那个名字出现的时机实在太巧，我和阿波根不禁面面相觑。

"他没来过这里。"

猫头鹰走进整体卫浴查看时，叶村君、里井和玛丽亚也都进来了。

"怎么了？"

"杂贺不见了。"

里井一听就慌了。

"隐藏房间的改装呢？"

"完成了。房门隐藏得很好，开合也没有问题。可是他完成作业后人就不见了，我和老大一直在找。"

我看了一眼手表，还差几分钟就下午六点了。这个房间的飘窗看不见太阳的位置，不过天空已经被染成红色，阳光渐渐冷却下来。我转头问阿波根：

"巨人大概多黑的时候会出来？"

"每天不太一样，不过到了天空变成紫色的时候，老爷就会放下所有铁栏，防止那孩子上来。也许还有三十分钟吧……"

所有人应该就位了。

"我再找一遍。"

"我也去。"

叶村君追着猫头鹰离开了，我根本来不及阻拦。

要是他出点什么事，我就完蛋了。真是的，能不能老实待着？实在没办法，我只好拿起手电筒跟上。

猫头鹰走向杂贺的房间，我和叶村君则去了地下室。

好在早上已经走了几遍，我大致掌握了地下室的布局。两个人分头寻找，应该用不了十分钟就能走完。

我一边喊杂贺的名字，一边用手电光逐个查看房间。

途中遇到了老大，他也毫无发现。

"他会不会还知道别的隐藏房间……"

"就算是这样，我们也没时间找了。再过五分钟，如果还没找到，立即返回不木的套房。"

我们跟老大分开，进入首冢。

"天空……"

叶村君抬头喃喃道。隔着磨砂玻璃，天空已经从深红色渐渐转为蓝色。

进入副区，我一脚踩到了坚硬的东西，同时听见玻璃破碎声。手电光照向脚下，发现满地都是尖利反光的东西。再仔细一看，是一大片碎玻璃。

"这是什么？"

叶村君好像知道，很快就回答了：

"是荧光灯。猫头鹰把这里的旧荧光灯都集中起来敲碎了，说撒在地上就能判断巨人走到了什么地方。"

今晚的计划需要尽量详细地把握巨人的动态，然后发出信号。要想在黑暗中达成目的，靠声音是最有效的。

"只在副区吗？"

"荧光灯的数量不太够。而且我昨晚躲藏的壁炉房间就在铁门旁边，能听见开门声。"

我们尽量选择碎片少的地方行走，同时注意周围有没有疑似隐藏房间的痕迹。我拐向右侧走廊，叶村君则走向左侧。副区的走廊没有分岔，因此不必担心错过什么人。

我顺着墙壁拐了一个弯，发现墙上有条细细的裂缝，看着很像隐藏房间的入口。

莫非……

我试着抠了一下裂缝，墙壁内部立刻有了动静。这是要推开吗？我正对墙壁，手上施力往里一推，墙壁就像拉门一样向旁边滑开了。

我像着了迷似的走进墙后的空间。

事后回想起来，我当时怎么就没叫上叶村君呢？

门后是一条狭窄的通道，前方向右拐弯，地面是裸露的泥土。莫非这是秘密逃生口？

可是如果能跑，杂贺肯定早就跑了。莫非这里只是个隐藏的空间？

我又向左拐了两次，前方赫然出现倒地的人影。那人身上的衣服有点眼熟。

我小心翼翼地走过去。

浮现在手电光中的，是双眼圆睁、一动不动的杂贺。他胸前还有一片鲜红的血迹。

杂贺身上散发着熟悉的气味——一股甜香。

看到他胸口的凶器，我顿时无语。

那是我的折叠刀。

为什么？

下一个瞬间，我感到意识突然远离，手电筒从手中滑落。

"小姐，刚力小姐，你在这里吗？"

远处传来叶村君的声音，我意识到自己趴在地上。

我试图回到走廊，但是因为黑暗和精神打击，走得跌跌撞撞。

叶村君在走廊上，看见我从隐藏通道出来，慌忙上来搀扶。

"你怎么了？"

"刀，我的刀……"

这个不重要。我得告诉他杂贺死在里面了。

然而，我冲口而出的却是"那不是我干的"。

"总之先上去吧。"

叶村君意识到情况不妙，用肩膀撑着我快步离开了副区。前往不木套房的路上，刚才的光景一直在眼前闪现，我的心跳越来越快。

早就过了集合时间，所有人等在房间门前，一见到我们就跑了过来。

"出什么事了？"

"杂贺先生被杀了。底下有隐藏通道，他在里面，胸口插着我的折叠刀。"

听了我的话，所有人瞬间陷入沉默。

那是当然。巨人还没出来，人已经死了。这次跟不木那次不一样，一看就知道凶手在我们中间。

也许因为过度兴奋，那种感觉又涌了上来。

强烈的虚脱。

"怎么回事？他真的'被杀了'吗？"

我拼命维持着沉向深海的意识，对成岛点了点头。

叶村君察觉到异常，开始摇晃我的肩膀。

但是没用。我的记忆就此中断。

*一楼·不木的套房门前（叶村让）第二天，下午六时二十分

"刚力小姐！"

我的呼唤并不管用，刚力颓然失去了意识。我有点担心她是不是发作了重病，但随即发现她的呼吸稳定，脸色也很好。

"像是晕过去了。"

跪在旁边的里井这样说道。实际见过杂贺尸体的只有她，这下完全搞不清楚状况了。

"开什么玩笑！"

一直很坚强的玛丽亚大喊起来。

"现在除了巨人，这里还有个杀人犯！"

"玛丽亚，冷静点。"

"老大，你要我怎么冷静？阿里和阮文山说不定也是这里的某个人杀的。这种情况我无法一起行动。"

她扔下对讲机，朝大厅走去。

"你去哪里？"

"杂贺的房间。那里可以从内侧上锁。"

"那计划怎么办？"

成岛唾沫横飞地怒吼，玛丽亚只是瞪了他一眼。

"既然你这么想要这狗屁研究，自己去不就好了？"

"要是巨人来了，杂贺的房间根本撑不住。"

"那也总比跟杀人犯待在一起好。你自己小心吧，因为要杀你的人也许不是巨人，而是这里的某个人。"

说完，玛丽亚真的走了。我们被留在原地，既对杂贺的死感到困惑，又对不明身份的凶手感到恐惧，同时为渐渐逼近的夜晚焦躁不安。剩下的作战人员只有老大和猫头鹰。

"人走了也没办法。"

猫头鹰说着，捡起了玛丽亚扔下的对讲机。

"没时间迷茫了，我们两个单独执行计划。还是说，你真的要代替玛丽亚上阵？"

成岛一言不发，猫头鹰坏笑着说："开玩笑的。"

"现在房间和装备都有多余的，但是没办法。我或老大任意一方被杀，计划都无法完成，很简单吧？"

听他的语气，似乎毫不在乎自己的性命。

在最关键的时刻发生新的凶案，在场所有人顿时化作一盘散沙。看到这样的情景，我对执行计划的迷茫似乎一扫而空了。

也许，我们真的已经没有退路。

我不在乎成岛的野心，但是为了解救比留子同学，也必须拿到科奇曼身上的钥匙。

"我去。"

等我回过神来，自己已经向老大开口了。

"请让我代替玛丽亚小姐参与行动。"

成岛和里井都大吃一惊。老大似乎猜不透我的诚意，问了一句：

"你会用枪吗？"

"既然能藏身的房间多出来了，就应该尽量安排能行动的人。假设猫头鹰去拿钥匙，其间可能需要有人监控副区的情况，同时引导比留子同学。而且，万一真的出事，反正都活不下来。"

"老大，没时间了，不能再挑三拣四。"

猫头鹰把对讲机塞给我。

"别乱来。发出信号后，只要巨人在附近，务必切断电源。成岛先生这边也是，请尽量不要发起联络。"

没有人反对。里井背起刚力，对我深深鞠躬，走进了不木的套房。

我跟着老大和猫头鹰走出去，背后传来了金属门闭锁的声音。

老大进入主区躲藏，我和猫头鹰则走进了首冢。

磨砂玻璃窗外的天空比刚才更阴沉，染成了一片蓝紫色。气氛越来越紧张，巨人随时可能跳出来。

走进副区，我想先去刚力发现的密道里查看杂贺的尸体，却被猫头鹰拉住了。

"你干什么，没时间了。"

"可是遗体的情况……"

我还没说完，就被揪住了领口。

"别忘了自己该做的事，小鬼！"

玛丽亚退出时表现得若无其事的猫头鹰，此时却对我怒目圆瞪。

"我们的工作是绕过巨人取回钥匙。否则就算救了剑崎，也别想离开这里。现在没时间追查凶手，多余分神只会招致杀身之祸。"

"可是杀了杂贺先生的凶手就在我们中间，可能就是那个'生还者'。"

那个瞬间，一个坚硬的物体顶住了我的腹部。是手枪。

"如果我是凶手，现在就会杀了你。这样你满意了吗？"

见我什么都不说，猫头鹰放开了我的领口，又收回手枪。

"别干多余的事。侦探游戏救不了任何人。"

我只能老老实实走进其中一个隐藏的房间。

室内陷入安静，我很快就听见猫头鹰关上隔壁房门的声音。

疯狂巨人的夜游要开始了。

回忆III

醒过来后，我看见陌生的天花板，瞬间以为自己的灵魂进入了他人体内。但是在干净洁白的床单上坐起来的身体的确属于我自己，于是我产生了疑惑——这是怎么回事？

也许是察觉到我的动静，门帘另一头传来挪动椅子的声音。下一刻，布帘就被拉开了。

"太好了，身体没事吧？"

听到羽田老师的声音，恐怖的光景顿时复苏。

傍晚的中庭。

散发恶臭的焚化炉。

火焰中的脑袋。

医生弯下腰与我对上目光，小声说道：

"冷静点，圭看见的不是人，是实验用的猴子。"

猴子。

听了医生的话，我不那么害怕了。但那个光景依旧残忍。

"是不木老师的猴子吗？"

"对呀。好像是有人拿走了准备集中销毁的尸体。害你看见可怕的东西了呢。"

刚才虽然信了医生的话，可我渐渐开始怀疑那可能不是真的猴子。

"猴子头没有那么大呀。"

医生为难地闭上了嘴。

"医生，请你别糊弄我。那应该是个孩子吧？"

"不是的，圭，你冷静想想。如果那是这里的孩子，肯定会有人发现少了一个人。说谎没有意义。"

被她这么一说，的确很有道理。

"那真的是实验用的猴子。只不过……谁也不知道不木老师的实验竟让猴子长到了这么大。听说他平时甚至不让助手靠近。"

我从来没见过医生如此困惑的表情。

"可是为什么要砍头下来？他们是这样处理实验动物的吗？"

医生又一次语塞了。过了一会儿，她才说："这件事你不要告诉其他孩子，让治那边我也吩咐过了。"

接着，她开始解释："当实验者判断实验动物无法复原后，会先用药物令其进入睡眠，然后实行安乐死。绝不会把头砍下来。可是所长去质问不木老师时，他坦白说，实验用的猴子变得过于强韧，很难杀死。"

医生说话很慢，像在边说边选择措辞。

"把药量加人到三倍都没什么效果，直接刺穿心脏也要几十分钟才会完全死亡。据说有只猴子还没完全死亡，伤口就痊愈了。为了保证死亡，只能切断头部。有人偷走猴子的头部，扔在焚化炉里烧了。"

难以置信。都说蟑螂脑袋被踩碎了还能动。可是，那样的猴子岂不是成了"不算猴子的东西"？

这有点像让治之前说的"战死的武士四处寻找自己的首级"，让我感到更加毛骨悚然。

"所长他们要求不木老师提交实验的详细数据，但他怎么都不愿说。"

那是怎么回事？难道不木老师自己也不明白原因吗？

"要是被人知道我对小孩子说这些，他们肯定不会轻易放过我。你就忘了吧。哦，我也问过让治了——其他动物不是你们放进去的吧？"

我皱起眉，不明白羽田老师的意思。

"其他动物？"

"其实以前也有人在焚化炉里烧动物的尸体。"

我一点都不知道。可是……

"为什么要问是不是我们放进去的？难道那些不是不木老师的实验动物吗？"

"不是实验动物，而是老鼠和小鸟。那些动物尸体上都有被虐待的痕迹。"

"为什么要怀疑我们啊？"

我不服气地说道。医生弯下高大的身体，对我道了歉。

"对不起，圭，我不该无缘无故怀疑你。你醒来之前，所长把孩子们召集到体育馆说明了情况。"

所长很少在我们面前说话。

"这个月已经是第三次发现动物尸体了，而且都是在焚化炉里。你明白这是什么意思吗？"

大人们不需要在机构内部处理杀死的动物。他们可以自由进出，大可以埋到深山或是树林这种不容易被发现的地方。可是……

"真凶是不能随便出去的孩子，对吗？"

"现在判断还太早了。"医生先提醒一句，然后说：

"对我们来说，捕捉动物其实非常困难。当然也不能排除使用了陷阱的可能性。"

跟我们这些身体能力超群的孩子不一样，大人们连一只老鼠都很难捉住。至于小鸟，恐怕只有我们才行。

"为什么会有人做这种事？"

"不知道。不过，如果真凶是孩子，为了那孩子着想，也必须制止这种行为。"

医生虽然站在保健室里，却掏出了香烟，又因为找不到烟灰缸，一直拿在手上摆弄。

"捕捉动物并杀害，这是那孩子发出的信号。从小生活在狭小的空间里，有可能对心灵造成很大的负担，有的孩子也许会因为得不到普通人的关爱而陷入痛苦。我们既是研究者，也代行了父母的职责，因此要加倍注意。"

父母……父母。虽然正在谈论的话题很沉重，我听到那个字眼还是格外高兴。原来不仅是让治，医生也把我们当成了家人。我没见过自己的亲生父母，但是羽田老师又温柔又可靠，仿佛兼任了父亲和母亲的角色。

"虽然我曾经是个失败的母亲。"

我知道，医生进入这个机构前失去了自己的儿子。

"那不是交通事故吗？不能算医生的错。"

"交通事故本身的确不是我的错。可我当时过于专注研究，把五岁的孩子扔在爷爷奶奶家，没怎么关心他，也没有注意到他心里的寂寞。就因为这样，我没想到他会为了连我自己都没想起来的生日，一个人跑出去买礼物。"

接着，医生又喃喃道——回家路上，他就被车撞了。

虽然孩子很快就被送到了医院，但由于头部受到重创，他一直昏迷不醒，三天后还是死了。那孩子到死都没有放手的、系着蝴蝶结的漂亮花束跟遗体一起纳入了棺中。

医生说，这件事给她留下了两大悔恨。

后悔没有多给儿子一些关怀。

后悔人体不能再强韧一些。

那样一来，儿子也许就不会死了。

这些后悔让医生选择了离婚，更专注地投身研究，最后被这个研究所看中了。

"不过我也没想到，竟然能一下拥有这么多孩子。所以啊，无论你有什么烦恼，就算没有烦恼，也要多找我说话哦。"

正如医生所想，也正如让治所说，我把大家都当成了家人。就算这里的生活有一天会结束，大家会各散东西，就算最后无法被当成普通人看待，我也拥有"这里"的回忆。我始终是这个大家族的一员。

想到这里，我记起了一件事，虽然犹豫了一会儿，还是说了出来。

"前天晚上我在中庭看见不木老师跟一个孩子说话了。"

"跟一个孩子？"

"嗯。我没听见内容，但他看起来很激动。"

医生沉默了片刻，认真地看着我。

"别的孩子有提到过不木老师找他们说话吗？"

"没有。"

"谢谢你。要是还注意到什么，一定要告诉我。"

虐杀动物的人，还有不木老师的神秘研究和奇怪举动。我觉得这些事情背后有所关联，那天晚饭都没怎么吃东西。

"哦，所以才说那是猴子的脑袋啊。真恶心。"

听我说完之前跟羽田老师的对话，让治看起来并没有他说的那样惊讶。

"我上回不是说这里曾经挖出过很多脑袋吗？没想到过了几百年又发生跟脑袋有关的事情，这个地方搞不好被诅咒了呢。猴子博士肯定害怕这个，才会砍掉脑袋以免尸体活过来。"

我见让治又要开始讲鬼故事，赶紧打断他，询问自己晕倒后发生了什么。

让治说，他们集中到体育馆时，大人都散发着凶神恶煞的气息。

"如果我是真凶，可能会觉得他们要抓住我严刑拷打了。"

所长说明动物被杀的情况时，列队站好的孩子们都从周围大人锐利的目光中察觉到了不同寻常的气息，整个体育馆笼罩在异样的氛围中。

后来，他们的生活就发生了微妙的变化。原本对孩子亲切温和的研究员和工作人员突然疏远了，目光中还隐藏着看到未知生物的恐惧。

不仅如此，研究所的管理也越来越严格，熄灯后还在不同宿舍走动、偷懒不打扫教室卫生之类平时不怎么被管束的行为，现在都不能做。大人对孩子说话时，也明显用上了强调双方立场高低的管教式态度。

随着机构前来视察的日子临近，那种气氛越来越明显，包括我在内，孩子们只要碰面就会议论："最近好奇怪啊。"

那天以后还发现了好几次动物的尸体，孩子们都在传大人渐渐有了危机感，但我不知道这话是从哪儿传出来的。尽管如此，我还是抱有不知该称为乐观还是愿望的想法，认为大人之所以如此紧张，都是因为重要的视察之前发生了那种事，只要视察顺利结束，日子就能恢复正常。

但是让治说，除了视察临近，应该还有我们不知道的原因。他比任何人都讨厌现在的气氛，昨天还因为跑到女生宿舍来表演新学的魔术，被大人狠狠骂了一顿。

放学后，我正要回宿舍，却被让治拉住了。

"我们调查一下吧。虽然医生的研究室很隔音，但所长的房间就算在门外，里面的说话声也能听得很清楚。"

让治一直很喜欢在机构里探险，四处寻找隐藏的地方，或是偷听大人说话。虽然这种行为不值得赞扬，但我也想知道究竟发生了什么，所以答应了。两个人齐心协力，应该不容易被发现。

我们朝着研究大楼二层所长的房间一路小跑，途中一次都没有遇到大人。

他们好像在开例会，房间里传出了所长洪亮的声音。

"不可能中止！只要这次视察能得出结果，国家就会拨预算了。怎么能因为小孩子的恶作剧就这么放弃呢！"

我站在走廊的稍远处盯梢，让治则把耳朵贴在门上。不过从我这个位置也能听见里面的说话声。

"可是本部也提出要保持谨慎，毕竟那个预言以前从未落空过。"

"没想到她预言的大量杀人竟然就在视察当天啊。"

预言。大量杀人。

听到那一连串意想不到的话语，我和让治面面相觑。

"胡扯！肯定是有人忌妒我们的研究成果，想从中作梗！"

所长大喊大叫，像是想打消所有人的疑虑。这时，一个熟悉的声音插了进来。是羽田老师。

"这座研究所在机构里是最高机密，那边的研究也在远离人烟的深山里展开，不可能知道我们的存在，所以应该不是故意破坏。"

"本部也是这么说的。而且他们到现在还没分析出那个先见的能力究竟是什么原理，根本称不上科学吧。"

"但的确没有发现将其判断为骗人的要素。听说机构已经投入相当数量的人员验证了预言的真实性，不能轻易忽视。"

过了一会儿，里面又传来另一个人无奈的声音。

"……那我们也不能提出中止视察吧。"

"如果这么做，等于自己否定了研究的安全性。我们的愿望就……"

对话就此中断，让治朝我走了过来。应该是时候撤退了。我们穿过空无一人的走廊，离开了研究大楼。

"刚才那些话，你怎么想？"

"还能怎么想……"

既然所长和羽田老师都这么说了，我只能相信。

最近大人们那么紧张，肯定是因为这个。其他研究设施的预言者预言这里会发生大量杀人，所以他们怀疑孩子中间混入了危险人物。

我不是没想过大人也可能行凶，但很快回忆起了公太之前说过的话。我们的身体机能已经超过了普通大人。在他们眼中，孩子是凶手的情况更可怕。

"那能不能延后视察的时间啊？只要能避开预言那天，大人也就放心了。"

"刚才不是也说了嘛，不行。"

"为什么？"

让治生气似的大声说道：

"如果跟他们说这里可能发生凶案，请换个别的日子，那不就等于承认我们这里有危险人物了吗？而且我们一直生活在同样的环境里，如果他们怀疑哪个孩子思想很危险，那……"

对啊，我们都在同一个地方接受了同样的实验，受着同样的教育长大。我们都是研究对象，如果其中一个人无法控制自己的力量和感情，那就意味着我们所有人都有同样的危险。

"那就不是增加预算或者得到承认的问题了……"

"没错，这个地方，搞不好这个研究本身都要被撤销。"

所以大人们才如此紧张。如果预言百分之百准确，那就再怎么挣扎也没用。不过，他们对预言的绝对性好像还存有疑问。现在继续研究的唯一道路，就是照常接受视察，打赌预言会落空。

"如果研究被撤销了，我们该怎么办啊？会被分开吗？"

让治没有回答，只有宿舍那边孩子们的欢笑声乘着风传过来。

"圭，我……"

等到让治开口时，他脸上满是极力掩饰内疚的表情。

"其实我看到了。在焚化炉发现猴子脑袋的前一天晚上，我出房间上厕所时，有人偷偷摸摸跑出宿舍进了中庭。我猜，那应该是公太。"

听到那句话，我的心跳开始加速。

我没在中庭见到公太。

公太偷偷摸摸下来干什么了？

杀动物？见不木老师？

如果是真的，公太应该也能请不木老师拿猴子脑袋给他。

公太对我说过力量的重要性。

莫非要在视察当天大开杀戒的也是……

"怎么办？我是不是该告诉医生他们……"

Chap. 6

第六章

惨剧之夜，再临

惨劇の夜、再び

* 地下·副区（叶村让）第二天，下午七时三十分

以前我在网上看过，无论什么人，只要在无音的房间里待上一个小时，都会发疯。无音室正如其名，就是四周贴满吸音材料，切断一切声音的房间。不仅室外的声音被切断，室内发出的响动也会瞬间被吸收。有人认为那是"最残忍且高效的酷刑"，因此吸引了我。

还有人在视频网站上传了体验视频，夸耀自己在里面待满了一个小时。遗憾的是，所谓发疯好像只是夸张的说法。

然而，那些体验者都知道这是一场实验，并且明白自己最终能离开。为了视频效果，还主动发出声音，制造响动。

如果不知道什么时候能离开，并且被禁止发出响动，人真的能在无音的环境中保持理智吗？

只能听见来自体内的声音。空气与黏膜产生摩擦、血液流淌、内脏蠕动，维持生命的声音。认知中的世界内外颠倒，甚至分不清那些声音究竟是否属于自己。一旦声音消失，便是自己死亡的时刻。

躲在隐藏房间里的每一秒都是煎熬，我不得不在绷紧神经注意外

面动静的同时，不断跟自己说话。

不能放松。

不能发出声音。

一旦犯错，就有人会死——包括我自己。

这种压力让我内心顿时紧张起来。

唯一的救赎，就是定时传来的细微轰鸣。那是宅邸不远处的云霄飞车发出的震动。外面还有游客。

那个细微的响动甚至不是人声，但对于不得不一直屏息静气的我来说，已经是极大的安慰。

抬眼看表。七点半了。

我已经躲藏了一个小时，巨人还没有动静。我开始担心是不是错过了老大传来的信号，于是检查对讲机的电源。

没问题，应该会顺利。

我深吸一口气，合上眼睛。脑中浮现出比留子同学的身影。

比留子同学并不知道我接替了玛丽亚。要是她知道了，一定会生气。但我认为，这是自己与她并肩而立的必要决断。想到这里，我握住了刚才触碰过她的右手中指。

吱。

咫尺之外传来响动，我条件反射般地绷紧了身子。

屏住呼吸，侧耳倾听。

……

…………

只是建筑物的杂音。老房子都会这样。

放松身体吐出气息的瞬间，心脏开始激烈地主张自己的存在。

冷静。要是巨人来副区了，必须先打开铁门。我不可能听漏那个刺耳的声音。

磨人的时间一点点过去。

八点。

八点半。

九点。

然后——

吱……

咣。

真的吗？

他来了？

不可能弄错。那是打开铁门的声音。

我把耳朵贴在朝向走廊的墙上。

我们必须尽量等到巨人走向副区深处，靠近通往大厅的楼梯时再向老大发出进入别馆的信号。这样一来，就算巨人突然返回首冢，老大也有时间逃跑。

我愈发专注地倾听。

啪嚓，踩到荧光灯碎片的声音。

距离还很远。声音好像是从猫头鹰藏的房间那边，顺时针方向的通道传过来的。

236

啪嚓……啪嚓……

有一定间隔的响声证明巨人正在缓慢移动。

声音突然消失了。巨人拐过弯后停下了脚步。

我又等了一会儿，还是没有动静。难道巨人打算回去？

就在这时，猫头鹰躲藏的房间传来了动静。

咚、咚。

巨人？不对，是猫头鹰在屋里用硬东西敲击墙壁。

也许他等得不耐烦，想吸引巨人的注意力。

走廊再次传来巨人的脚步声，接着又停下了。

巨人不知道这里有隐藏房间，也许在困惑声音的来源。

应该现在发出信号，还是再吸引巨人靠近一些？

（还差一点……）

猫头鹰也许有同样的想法，因为他又敲了敲墙壁。

万万没想到，那成了惨剧的开端。

下一个瞬间，爆炸似的轰鸣和震动向我袭来。

* 一楼·不木的套房（刚力京）第二天，晚上九时三十分

我醒来时，夜幕已经完全降临，老大他们早已去了地下室。

"听到杂贺先生被杀后，玛丽亚小姐退出了计划。叶村君代替她下去了。"

里井介绍完情况后，我不由得抱住了头。

等等。要是叶村君出了什么事，我杀了不木的事情就会被曝光，他们搞不好要怀疑连杂贺都是我干掉的吧？毕竟我是第一个发现杂贺尸体的人，插在他胸口的还是我的刀子。

"刚力小姐，你很不舒服吗？"

也许是见我脸色很难看，里井关心地问了一句。

"已经没事了。我只是在想地下室那三个人。"

事已至此，我只能祈祷叶村君平安归来。

哪怕没有跟剑崎同学的交易，我也不希望他死。

我下了床，先是盯着桌上的对讲机看了一会儿，然而无所作为的时间一刻又一刻地流淌，我心中的焦虑却无处发泄。

成岛一直绕着桌子踱步，阿波根垂头丧气地瘫在沙发上，我和里井则反复注视着对讲机和时钟。

沉默变得无比漫长，因此对讲机传出狂乱的声音时，我们都惊呆了。

晚上九点半。

最先传出的短促噪声并非事先说好的弹动对讲机的声音，而是混入了爆音，让人联想到战场的激烈响动。

强烈碰撞的声音，还有不似人类的咆哮。

这时终于插入了说话声。

"巨人把墙壁——"

是叶村君。

显然是意想不到的事态。巨人察觉到隐藏房间的存在，打破墙壁袭击了叶村君他们。

"啊，怎么会这样……"

阿波根捂住耳朵缩成一团，似乎要把那些响动隔绝在外。

对讲机传来了别的声音。

"怎么回事？为什么会有叶村君的……"

是剑崎同学。方才还冷静地逼我走上绝路的女孩正在慌乱地询问情况。她不知道叶村君代替玛丽亚下去了吗？

"叶村，快跑！"

痛苦的喊声大概来自猫头鹰。

成岛拿起了对讲机。

"老大！趁现在赶紧行动！"

我怀疑自己听错了。

这家伙命令老大扔下那两个人，赶紧去拿回钥匙。

不等我开口，老大就说话了。

"应该中止计划。巨人采取了意料之外的行动。"

"别说蠢话了，应该最优先拿钥匙，只能趁现在！"

"不行，如果没有副区的两个人配合，拿了钥匙也回不来。"

"没用的东西！"

成岛狠狠砸了对讲机，抄起桌上的中式菜刀冲了出去。片刻之后，外面传来打开金属门闩的声音。

"社长！不行啊！"

里井慌忙追了过去。

我被惊呆了，先出去插上门闩，再朝对讲机喊道：

"成岛和里井出去了！"

"什么？"老大惊慌失措的声音。

"他们应该是去钟楼了。剑崎同学，你准备好出来！"

叶村君那边依旧联系不上，老大没有行动，成岛反倒出去了。虽然现在都是突发情况，但她只能趁现在逃离。

对讲机里再次传来老大急迫的声音。

"妈的，没拦住。成岛进入首冢了！"

*地下·副区（叶村让）

轰鸣声响起，墙壁和地板都被摇撼了。

巨人正在破坏猫头鹰那边的墙壁。

我连忙拿起对讲机喊道：

"巨人把墙壁——"

话还没说完，又发生了更猛烈的震动。猫头鹰要被干掉了。我能怎么办？该怎么阻止巨人？

"怎么回事？为什么会有叶村君的……"

是比留子同学。

每次都这样，我的行动总会造成反效果。

"叶村，快跑！"

猫头鹰的声音随着破坏的响动一同传来。

成岛和老大在对讲机里吵了起来。现在没时间等待救援。

我下定了决心。

切断对讲机电源后，我抓起手电筒，打开门跑出隐藏房间，朝着巨人的反方向一路狂奔。踩着荧光灯碎片拐过两个转角，前方便是副区的出口。

我扶着铁门把手，朝巨人的方向大喊：

"我在这里，过来啊！"

破坏的响动停了下来，也许是巨人有了反应。

"听见了吗？我在这里！"

沉重的脚步声朝我逼近过来。我打开铁门，冲进首冢。

云雾遮蔽了月光，首冢彻底被黑暗包围。

好戏要开演了。

巨人已经出来了，而且夜视能力很好，想完全逃脱是不可能的。再这样下去，我还来不及反抗就要被杀了。

思考，思考，快思考。

那个刹那，我脑中闪过了老掉牙的密室诡计。

无暇计算成败的概率，身体已经开始行动。

我关掉手电筒，身体紧紧贴在撑开的门边的墙上。

那一刻，我突然很想痛骂在作品中用过这个诡计的古今东西的小说家。

这种破招数，人家关门后一回头，不就完蛋了？

下一个瞬间，同时发生了两件事。

最开始，主区的铁门打开，一个人影走了进来。那是老大吗？

紧接着，副区的铁门发出一声巨响，被巨人猛地推开。门板虽然没有拍到脸上，但狠狠打到了我的肩膀。莫非被发现了？！

隔着一扇门，我听见了巨人的呼吸。

我紧绷着身体不敢乱动，那个人影则冲过首冢，打开了别馆的铁门。

因为那个动静，找不到我的巨人似乎改变了目标。

隔着门板的气息渐渐远离，随着又一声门板撞击的轰鸣，消失在了别馆。

沉默重新笼罩了首冢。

……想逃离那个怪物根本不可能。

我迈开颤抖的双腿回到副区，尽量避开荧光灯碎片，寻找猫头鹰的身影。

他所在的隐藏房间已经被破开一个大洞，在走廊上看得清清楚楚。墙壁像被汽车撞了一样，朝室内倒了下去。

我打开手电筒，喊了他的名字，很快就听见回应。他被压在墙板下面了。

"你没事吧？"

"妈的，被压到腿了。"

猫头鹰的声音有点痛苦，但好歹还活着。大片的瓦砾与倒下的墙壁之间形成了夹缝，所以他才没有被压住。

"巨人呢？听刚才的通信，成岛进首冢了？"

我忍不住反问："成岛先生？"刚才黑暗中无法分辨的身影竟是成岛吗？我正要对他说首冢的事情，落在旁边的猫头鹰的对讲机里传出了比留子同学的声音。

"我本来已经走到别馆山口附近，但是看见巨人追着成岛先生出现，我一着急就回到了原来的地方。现在不清楚巨人的动向，我就不过去了。"

按照计划，比留子同学应该看准拿到钥匙的时机，与进入别馆的人同时离开。可是现在计划已经落空了，说不定在什么地方就会碰到巨人。

"这边是叶村。猫头鹰还活着。"

"啊，叶村君，太好了……"

比留子同学如释重负地说。

成岛没有联络。考虑到巨人进入首冢的速度，他很可能还没跑到钟楼顶部就被杀了。

我帮猫头鹰抽出被瓦砾压住的腿，一起转移到未被破坏的另一间隐藏房间。

猫头鹰的右腿可能骨折了，明显无法继续行动。

要是下次接到巨人进入主区的信号，就得换成我上钟楼。

想到这里，我感到全身的血液都冻结了。我真的能做到吗？

"帮我照着腿，我要固定。"

听到猫头鹰的低语，我举起了手电筒。

周围没有能用作夹板的东西。实在没办法，他只好脱掉上衣紧紧缠住脚踝，令其无法移动。

幸运的是，除了头部侧面的大片擦伤，他没有别的外伤。

做完紧急处理后，猫头鹰嘀咕道：

"你回来干什么？"

被他这么一说，我才意识到巨人进入别馆时，我完全有机会返回一楼。

"……为什么呢？"

"你是个笨蛋吧？"

猫头鹰要我逃走时，我虽然满心恐惧，内心还是很抵触。若问为什么，我也不知道。

可恶，人这种东西从来不按照逻辑行事。

熟悉的声音、熟悉的光景突然闪过眼前。

那个人也为了救人而奋不顾身地投入危险。那个夏天，我学到了很多，也受到了很多教训，最后还是走上了跟他同样的道路吗？

想到这里，我顿时没有了悔恨。谁也不知道自己的选择是否最好，我们只能在选择的道路上拼尽全力。

"我也是笨蛋。成岛死了这个活儿也得打水漂，真是大意了。"

猫头鹰自嘲道。

其后的几个小时完全没有动静，我不得不与自己的精神力痛苦抗争。度过性命的危机之后，身体突然陷入了疲惫。我已经将近两天没合眼了。

凌晨一点左右，猫头鹰发现对讲机没电了。

事情似乎已经到达了极限。我打开了进入首冢前关掉电源的对讲机，但也只坚持了两个小时。这下我们再也无法把握其他地方的情况了。计划无以为继，我发现自己松了口气，同时陷入了自我厌恶。

临近日出的凌晨五点，外面发生了变化。

我隐约听见了副区入口铁门打开的声音。

松懈的意识猛然绷紧，我感到一阵头晕目眩。

轻轻打开手电筒，躺在前方的猫头鹰也撑起了身子。

踩踏荧光灯碎片的声音。

可能是巨人。

他跟刚才相反，沿着从入口逆时针方向的通道靠近过来。

但是在转角处，脚步声消失了。

那里应该是刚力发现的密道附近。莫非巨人走进了敞开的拉门？

过了一会儿，外面又传来踩踏碎片的声音。脚步声渐渐远离，接着是打开铁门的声音。巨人离开了副区。

我长出一口气，猫头鹰则小声嘀咕道：

"还有多久日出啊。"

生还者

生き残り

* 地下·副区（叶村让）第三天，上午七时

我们事先听阿波根说了日出时间是六点半左右，因此等到七点，我先留下猫头鹰走向首冢。小心翼翼地打开铁门一看，首冢已经洒满了阳光。

再看周围，我发现了昨天没有的东西，忍不住停下脚步。

杂贺的脑袋掉在地上，面朝着这边。

尽管吓了一跳，但我很快意识到这是巨人干的。

巨人有砍下死者脑袋的习惯，不仅是自己杀掉的人。杂贺不仅用话语，还用自己的身体证明了巨人对尸体也会采取同样的行动。

我还发现了另一个脑袋。

成岛的脑袋。

他已经急得不惜做这种没有赢面的蠢事了吗？连累了这么多人，牺牲了这么多生命，竟然没有达成目标。我已经感觉不到愤怒，只感到满腔悲痛。

尽管如此，他还是无法放弃。

我执着于华生的角色，或许也因为同样的心情。

如果昨夜的行动关乎比留子同学的性命，变成那个样子的可能就是我了。

落在地上的脑袋，就会变成我的。

我对成岛的怜悯消失了。

返回隐藏房间前，我决定先去发现杂贺尸体的密道看看。巨人的威胁暂时平息了，但杀死杂贺的人还身份不明。

"嗯？"

我正要走进从昨天到现在一直敞开的拉门，突然察觉到奇怪的现象。里面飘出了浓烈的香水味。

那是不木用的麝香。昨天怎么没闻到？

我带着疑惑走进去，转过弯后，看见杂贺没有脑袋的遗体躺在通道深处。正如刚力所说，他胸口插着一把小刀。

到这里还没什么。

接着我发现，尸体旁边有个刚力没提到的东西。

染血的中式菜刀。

这东西本来放在不木的套房里，怎么到这里来了？

刀柄部分还裹着卷成小筒的纸。我展开一看，上面是熟悉的文字。

不会有错。

机构的孩子混在那帮人里面。

难道事故还有生还者吗？

羽田干的？

我跟藏在壁炉房间里的老大会合，两人一起架着猫头鹰上了一楼。里井、刚力和阿波根已经在大厅等待了。

最先跑过来的是昨天到我离开时都没醒来的刚力。

"你没事！太好了！"

"猫头鹰受伤了……玛丽亚小姐呢？"

"她还在杂贺的房间里。巨人好像试图进去过，房门都被弄坏了，不过她没什么事。"

所有人移动到不木的房间后，我先报告了成岛的死讯。里井一脸憔悴地说：

"都怪我没出息，没能阻止他……"

"虽然很不幸，但这也是他自作自受。"

阿波根冷冷地说道。作为一直在这里伺候不木的用人，成岛在她眼中恐怕只是个入侵者吧。

"我们反倒应该庆幸只死了一个人。昨晚那个情况，完全有可能更糟糕。"

说着，她看了一眼猫头鹰。确实，我们只能庆幸猫头鹰活了下来。

回到不木的房间后，老大一边擦拭上衣的污渍，一边说：

"先让我梳理一下所有成员昨晚的行动。"

昨天晚上我们只进行过简短的通信，深夜以后对讲机电量耗尽，更是无法交流。

"那就有必要跟剑崎同学见面了。叶村君最好也露个脸。"

在刚力的提议下，六个人走到了偏房。

比留子同学一见到我，就握着铁栏软了下去。不一会儿，她重新抬起头，用可怕的目光瞪着我。

"我没听说你要加入行动。"

"对不起，因为事态很紧急。可是你看，我没什么事……"

"明明差一点就被杀了！你怎么这么乱来啊？"

我无言以对，但是猫头鹰帮我说话了。

"这家伙虽然又笨又缺乏计划，但也有万不得已的理由。行动开始前，有人发现了杂贺的尸体，玛丽亚因此退出了。"

得知杂贺的死亡，比留子同学皱起了眉。

"行动开始前？那不就是日落之前吗？"

所有人的视线都集中在第一发现者刚力身上。她尴尬地点了点头。

"杂贺先生不见了，大家都在到处找，我正好在副区发现了秘密通道的入口。走进去一看，杂贺先生已经被刺中胸口死了。"

"凶器是什么？"

"折叠刀……我的。"

看见比留子同学的表情阴沉下来，我在旁边补充说明道：

"刚力小姐昨天白天丢失了折叠刀。我想应该是凶手捡到了折叠刀，想把罪行嫁祸给她。"

比留子同学没有再问，而是喝了一口水平复心情。

"按照巨人行动的顺序说说昨晚的情况吧。叶村和猫头鹰，你们先开始。"

听了老大的要求，我开始讲述。

晚上九点半，巨人进入副区。

巨人走上顺时针方向的通道，停下了脚步。猫头鹰敲打墙壁吸引他的注意，于是巨人从走廊上撞击墙壁将其破坏，猫头鹰被压在了瓦砾之下。

此时，待在不木房间里的人和比留子同学通过对讲机知道了我们遇到的突发情况。刚力表示，成岛当即下令继续行动，老大表示反对，两人起了争执。

接着，里井开口了。

"社长急了，拿起手电筒和菜刀就往外跑。我很快就追了上去，在地下室拉住社长，但是被他推倒……等我爬起来，他已经不见了。"

当时我已经关掉了对讲机电源，但比留子同学说，刚力用房间里的对讲机通知了二人前往地下室的事情。

"我移动到别馆的地下室入口转角处准备逃脱，同时也准备事情不妙立刻返回。"

得到消息后，老大一度离开了壁炉房间，在走廊上等待成岛。

"成岛一个人过来了。我想拦住他，但是被他推开了。"

"你没有强行阻止他吗？"

比留子同学质问道。只要老大动真格的，按住成岛肯定不是问题。被问到这个，他少见地词穷了。

"……当时环境很黑，我也想尽量避免骚动，以免被巨人发现。而且我认为，既然我已经提出中止行动，就不再有权力阻止他。"

其后，我充当诱饵把巨人引到了首冢，藏在门后时，看见成岛从主区进来，跑向了别馆。当时巨人正好进来，便追了上去。

"藏在门后……"比留子同学闷闷地说，"叶村君就这么想把生命奉献给推理小说吗？不好意思，我有点接受不了。"

"是因为没有别的办法呀！"

她用叹息打发了我的辩解，然后开始讲述别馆的情况。

"我根据脚步声判断，成岛先生进入别馆后毫不犹豫地跑向了钟楼。当时我以为计划很顺利，但紧接着听到了巨人的脚步声，因此猜到肯定会失败，就放弃逃生回到了这里。实在很抱歉，我想不到该怎么救成岛先生。"

比留子同学在铁栏后低头道歉。里井无力地摇了摇头。

"这不怪剑崎同学……不过，你没想过趁巨人追赶社长的空当离开别馆吗？"

"当时我只顾着远离巨人，回到这里松了一口气之后，才意识到还可以那样做。"

"那样也好。毕竟我们在黑暗中无法判断巨人的动向，开关铁门的声音又有可能引来巨人追逐剑崎。最正确的选择就是彻底规避风险。"

老大说完，里井也表示了赞同。

"里井先生，成岛先生途中有没有扔掉菜刀？"

"是的，我拉住社长的胳膊时，他一甩手打到了墙壁，菜刀就落在走廊上了。当时他没有捡菜刀，而是直接冲向了首冢。"

杂贺遗体旁的菜刀果然是成岛带出来的。

究竟是谁捡了菜刀，把它放在杂贺旁边？

独自坐在地上的猫头鹰提出了疑问。

"里井先生，你说你被成岛推开了，其实也没想再追吧？"

里井铁青着脸，嘴巴一张一合，随后猛地低下了头。

"实在抱歉，说来惭愧，其实我忘了带手电筒，在黑暗中找不到路，正忙着摸索时听见了铁门打开的声音……然后我心灰意冷，就回来了。"

里井说他原路返回了不木的套房。

"这个人激动地冲出去，没多久就跑回来拍着门求我们打开，真没出息。"

阿波根不怀好意地骂了一句，里井表情僵硬地垂下了头。

接着又到老大来讲述。

"我决定继续躲藏在地下室。虽然可以暂时返回一楼，但猫头鹰和叶村可能再次遇袭，而且应该有人监视巨人在主区的进出情况。"

老大接着又说，要是上了一楼就无法了解巨人在地下室的动向。再加上他没能拦住成岛，就更不好意思把我和猫头鹰单独扔在地下室了。

"深夜十一点左右，巨人进入了主区。"

他就是在那时候上了一楼企图闯入杂贺的房间吗？这时，刚力突然抱怨起来。

"等等，我们没有收到信号啊，怎么回事？"

"因为我的对讲机刚好没电了。巨人在地下室游荡了一会儿，还进过一次壁炉房间，很快又离开了。我听见走廊偶尔传来砸墙的声音，过了一个小时左右，他又去了首冢。"

我和猫头鹰的对讲机分别在凌晨一点和凌晨三点耗尽电量。虽然存在一定时间差，其他成员的对讲机也应该在昨晚没电了。

一想到如果能保持通信，我昨晚很可能要去拿钥匙，我顿时感到心情复杂。

巨人只到过一次主区，证明玛丽亚在杂贺的房间遇袭，也是发生在这一个小时内的事情。

最后轮到我了。

"凌晨五点左右，巨人再次进入副区。我根据脚步声判断，他先是走进杂贺尸体所在的密道，然后离开了。日出之后，我走进首冢发现了杂贺先生的脑袋，所以应该是那个时候被巨人砍下来的。"

行动开始前发现杂贺的尸体，疑神疑鬼的玛丽亚选择退出，巨人出人意料地破坏行动，这几个因素导致了成岛的焦虑和恐慌。正如阿波根刚才所说，这次的牺牲者只有成岛一个，也许已经算是幸运。

"里井。"老大异常平静地说，"这次的工作失败了，我们不能再奉命行动。"

"是啊，毕竟社长已经走了，我也没有理由再让你们冒险。"

"既然如此，就要考虑两个问题：怎么逃脱这里？谁杀了杂贺？"

"我们又不是警察，只考虑怎么逃脱不就好了？还得把剑崎救出来。"

猫头鹰提出反驳后，阿波根立刻表示反对。

"杀了老爷和杂贺先生的人就在我们中间，我才不要跟那个人合作！"

"跟不木有什么关系？"

"别当我是傻子。我也能看出来老爷的死法很奇怪。那肯定不是'那孩子'干的，而是这里的某个人干的。一定要抓住那个人，好好教训一顿才行。"

杂贺死后，阿波根似乎彻底释放了心中郁积的情绪，让人完全联想不到昨天晚上那个软弱的人。

"哪有这么简单？"

老大安抚道。

"凶手有可能是超人研究的'生还者'，不木的日记上是这样写的。"

听到这句话，阿波根的表情僵住了。

"生还者？！这怎么……"

"真的要说出来吗？"猫头鹰此时问这句话未免有些晚了。

"已经有人认为杂贺是第二个被害者，只能说出来了。"

听了老大的话，我认为现在是汇报自己发现的唯一时机。

"我刚才看到杂贺先生的遗体旁边掉了一把中式菜刀，这张纸包在刀柄上。"

我展开用手帕包好带在身上的纸片，老大和猫头鹰齐齐倒吸了一口凉气。接着，我又对里井和阿波根解释这是从不木的日记本上切割下来的纸张。

老大说宅邸内残留的研究资料也记载了纸片上提到的羽田这个人，她曾经用不同于不木的方法进行超人研究。从更早以前的日记还能看出，不木对羽田怀有异常强烈的对抗意识。

"问题在于，有人为了隐瞒'生还者'的存在而切割掉了日记，后来又把那一页内容留在了现场。"

"我认为那个人得知杂贺先生的遗体被发现，就放弃了嫁祸给巨人的计划。虽然不知道那是想表达任何时候都能干掉我们的威胁，还是警告我们不要再对巨人出手……"

"假设不木和杂贺真是'生还者'杀的，那个人极有可能具备超出常人的能力，不一定能抓住。"

"可要是什么都不做，我们也会像杂贺先生一样被干掉啊！"

阿波根的控诉已经接近嘶吼。

明知凶手的存在，却刻意忽视。这也是昨天讨论不木被杀时，比留子同学给我的指示。

目前，凶手每天只杀害一个人，而且始终在暗中作案，我并不认为这是随机杀人。因为我们跟杂贺一样，多数时候都是独自一人，只要凶手愿意，完全有机会杀死更多的人。

也就是说，凶手盯上不木和杂贺是出于某种动机。二者的共通之处是生活在凶人馆。单纯地考虑下来，下一个可能被盯上的目标就是阿波根。难怪她会坚持查出凶手。

其实我也认为不能静观其变。因为我们不能放任凶手不管，而且留在杂贺杀害现场的日记页和菜刀似乎都包含了凶手强烈的意图。

"杂贺先生的遗体还有一些疑点。我想听听各位的意见，大家愿意听我说吗？"

我在众人的关注下看向窗外，比留子同学的表情似乎掺杂着谴责和担忧。

＊地下・首冢（刚力京）第三天，上午八时

我跟叶村君走进首冢，看见成岛和杂贺的脑袋被丢在地上。

我想起工作人员自杀后被巨人砍下脑袋带到这里的事情，猜测这应该是巨人昨晚第二次进入副区时带过来的。

叶村君带领大家走进副区，来到密道入口。

昨天我在遗体旁边闻到的香水味，已经传到了拉门外面。

"这是不木用的香水吧？"

老大抬起袖子掩住口鼻。越往里面走气味就越浓烈，所有人都皱起了眉。

杂贺的尸体倒在通道尽头，跟我发现时姿势相同，唯独缺了脑袋。颈部断面对着窗边的墙壁，双脚则朝向反方向。从我们的角度看过去，他是头朝右边倒下的，所以只有右臂的巨人砍下脑袋时无须搬动他的身体。

刺在胸口的折叠刀反射了手电筒的光，我感到心脏猛地一颤。

"那就是刚力的刀？"

"是的，没想到竟在这种地方找到了。"

我知道这个解释听起来很可疑。但周围没有一个人提出质疑，这反倒让我有点不安。他们会不会暗中怀疑我？我不敢看他们的表情，只能像着了魔似的盯着杂贺的遗体。

"啊，看来气味的源头是这个。"

老大在遗体的裤子口袋里翻出一个裂开的香水小瓶。那也许是杂贺倒地时摔裂的。我发现时气味还没那么浓烈，但是随着时间的推

移，香水味已经充满整个密道，甚至弥漫到了门外。那个小瓶看起来挺高级，也许是杂贺偷出来的。

再仔细一看，除了插着小刀的胸口，尸体腹部的衣服也有裂口，应该是被刺了两刀。伤口流出的血将衣服染成了红黑色。

颈部切面下方有一摊血迹，已经干燥成了黑色。地面裸露的土壤有点像不容易排水的黏土质地。

"请看这个。"

叶村君用手电光对准了落在遗体前方的中式菜刀。

"刚才的日记页面就卷在刀柄部分。"

老大小心地躲开遗体，抓着刀身与刀柄的交界处拿起了菜刀。

"两面都沾了血。"

众人察觉到其中含义，无不露出了困惑的表情。

"巨人用这把菜刀砍了脑袋？"

"他自己不是有大刀吗？"

老大和猫头鹰疑惑地说。

我发现尸体的时间是下午六点左右。

成岛拿走菜刀并落在主区走廊的时间是晚上九点半。

大约一个半小时后，也就是晚上十一点前后，巨人进入主区。

叶村君又说，巨人凌晨五点走进了这条密道。

叶村君确认尸体的时间是上午七点。

时间上应该没有矛盾……

老大照着地面，摸了一把黑色血污的中央，然后转向众人。

"血液已经干得不沾手了。"

他的指尖果然没有沾上血迹。

"血液在接触空气后开始凝固，若是一摊血迹，周围的血干涸之后，中央的血通常还会保留一定黏性。但是这片血迹已经完全干涸。根据我的经验，变成这种状态需要将近九个小时。"

"九个小时……那就是昨晚十一点之前。"

猫头鹰计算道。

接着，他又抬起头查看墙壁和天花板。

"……很新啊。"

老大轻轻敲着墙壁喃喃道。密道两侧的水泥墙与地下室其他地方相比，的确干净许多。

面对尸体稍微抬头，正好能看见一扇镶嵌铁栏的小窗。

猫头鹰照了照窗外，点点头说。

"对面应该是主区的拉门房间。"

"哦，就是那个走不通的地方吧。"

我也进去看过。那个房间很奇怪，专门安了一扇新的拉门。再看窗户上的铁栏，只够伸一只胳膊出去。

"气温这么低，土壤又是不吸水的质地，显然不利于血液干燥。叶村，巨人什么时候进来的？"

"凌晨五点左右。"

"那就是大约三个小时前。如果那个时候被砍掉脑袋，时间就对不上了。昨晚九点半猫头鹰遇袭前被砍掉脑袋的可能性呢？"

猫头鹰和叶村君都否定了。

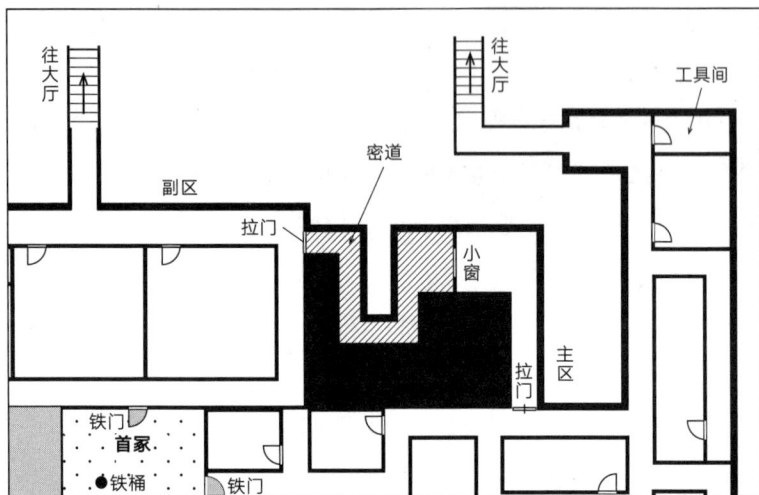

"我们一直关注着巨人在走廊的脚步声，他是径直朝我这边过来的，应该没有靠近这里。"

"凌晨五点那次，我清楚听到踩踏碎片的声音，判断巨人是从逆时针方向进来的。"

站在后面的阿波根似乎听不明白，略显犹豫地开口问道：

"你们在说什么呢？"

"砍掉杂贺脑袋的不是巨人。可能是'生还者'夜里砍下脑袋，带进了首冢。"

这种莫名的恐惧显然不同于对巨人的恐惧，所有人都面面相觑。

其实最害怕这个谜团的人就是我。

遗体的脑袋又被砍掉了。

那个神秘人物不仅砍掉了被我杀死的不木的脑袋，这次又用我的折叠刀杀了杂贺，还悄悄砍下脑袋带走了。

莫名其妙。为什么会有这种事？

查看完现场后，老大提出要看看被巨人破坏的房间，于是所有人都走到了猫头鹰躲藏的房间。

昨晚虽然隔着对讲机听到了情况，但是灯光下的墙壁惨状远超我的想象。厚度至少有三十厘米的水泥墙上开了足够大人轻松穿过的大洞，室内的情况一览无余。里面散乱着常人显然无法抬起的大块瓦砾，仿佛在强调巨人的蛮力。

突然，仔细观察破损墙壁的叶村君往后一跳，撞到了身后的里井。

"怎么了？"

叶村君表情僵硬地指着一个方向，几道手电光照了过去。

墙壁断面戳出了一根疑似手臂骨头的物体。

我忍不住尖叫一声，抱住了旁边老大的胳膊。

再仔细看，周围还散落着貌似肋骨的物体。

墙壁里埋着死人骨头。

这些白骨似乎都是没穿衣服的状态，乍一看能看到肩膀和胸部的骨头，上面却没有头盖骨。考虑到被带进凶人馆成为巨人生祭的工作人员头部以下的尸体不知所踪，白骨的身份再明显不过了。

当然，把他们埋进去的肯定是负责房屋修缮的杂贺。

"难怪杂贺不愿意让我们在副区走动。"

叶村君像是有点冷，搓着手臂说。

"阿波根女士，你知道这件事吗？"

我问道。

"我怎么知道？这全都是杂贺先生干的。你不要诬陷人……"

她恶狠狠地瞪了我一眼。

"那些尸体全都在这里吗？这堵墙看起来不像新砌的啊。"

"……操。"

老大查看水泥墙的脏污情况时嘀咕了一句，他身后的猫头鹰跟着骂了一声。

"我突然想起一件很糟糕的事情。你们刚才不觉得密道的墙壁很干净吗？就像最近才砌好的。"

意识到他这句话背后的真意，我们都倒吸了一口气。

"一开始他可能是在改造房屋时顺便处理工作人员的尸体，但是不木叫人过来的频率越来越高，有可能需要一个专门用于掩埋尸体的地方，也就是刚才的密道。不，那里原来可能是更大的空间，因为一直浇筑水泥埋藏尸体，就变成那个样子了……"

我呆呆地听着。

原来在我发现杂贺的尸体深受打击的那一刻，周围还有多得不敢想象的尸体。

* 一楼·不木的套房（叶村让）

我们从副区回到不木的套房，决定暂不追查杀害杂贺并将其斩首的凶手，首先思考逃脱的办法。

说到底，我们只有两个选择。

要么在一楼走廊向窗外求救，要么自己放下吊桥。

无论怎么选择，都难以避免被游客和工作人员发现，引起一场骚动。而且不能忘了逃离之后的事情。

无论是请人从外面破坏墙壁或大门，还是我们自己放下正门吊桥，都无法马上将其封闭。等到日落，巨人就会现世。

"我们可能会被保安或警察控制，必须在那种情况下解释这里发生的惨剧，请他们理解巨人的危险性，再次封锁宅邸。"

"太莽撞了。我们只是一群非法入侵者，谁会相信呢？"里井无望地反对道，"警察会首先质疑为何家主不木没出现，一旦得知他已经死亡，就会召集更多警力。要他们封锁宅邸，根本不可能。"

"……那，不如把尸体藏起来？"

刚力小声提议道。里井依旧不同意。

"肯定不行。就算没有尸体，我们也瞒不住这里的异常。对于这一点，在场的人应该最清楚了。"

铁栏封闭的窗户、被诡异机关封锁的楼梯、充斥恶臭的地下室。警察只要踏进这里，那么无论我们怎么强调里面的危险，他们肯定都会把室内调查个遍。

最先遇到巨人的那几个人，恐怕难逃一死。

等警方总算察觉到危险并请求增援，仅有手枪和盾牌的阻挡也只能起到心理安慰作用。若当时还在营业时间，极有可能会危及游客。

梦幻城将在那一刻化作恐怖电影里的巨人猎场。

老大闷哼道：

"不能再死人了。"

"只能出去赌一把，拼尽全力警告外面的人。既然只有这条路，当然是越早越好。"

诚如猫头鹰所言，只要时间足够，至少能疏散游客。

"如果能事先提醒警方……"

听到我的嘀咕，独自蜷缩在远处的阿波根抬起了头。

"对了！说不定有办法联系。"

大家并没有吃惊，反而用奇怪的表情看着她。

"老爷把处理尸体的事情全权交给了杂贺先生，因为他不想留下证据，还吩咐杂贺先生把所有遗留物品都处理掉。我猜他没有真的全部处理掉，而是留下了值钱的东西。那里面说不定有……"

"东西在哪里？"

"应该藏在房间里。"

玛丽亚正躲在杂贺房间里。

令人惊讶的是，号称昨晚受到巨人袭击的房间门几乎毫发无损。由于门锁结构简单，巨人的攻击破坏了卡扣。不过玛丽亚好像在门后堆了不少家具，大门纹丝不动。

我们费了好大的力气才说服玛丽亚开门。

她此前因为杂贺的死对同伴产生怀疑，现在又因为成岛的死得知了"生还者"的存在，变得更难说服了。

"求求你了，如果能跟外面取得联络，也许能在逃脱后避免伤害到普通人。我们得抓紧时间，一秒钟都不能浪费。"

最后在我的恳求下，玛丽亚总算搬开了障碍物。

"谁敢动手动脚，知道会有什么下场吧？"

她提着手枪放我们进了屋，随后背靠墙壁站在一旁。

老大看到严重损毁的床，问了一句：

"听说你受伤了，还好吧？"

"不严重。赶紧找完东西出去。"

玛丽亚冷冷地回答道。从她忍不住佝偻的姿势和刻意压低的声音猜测，应该是肋骨受伤了。

"分头找吧。杂贺能造出隐藏的房间，搞不好东西也藏在很隐蔽的地方。"

没过多久，拖着伤腿调查地板的猫头鹰就说话了。

"这块地板能掀起来。"

我们过去一看，猫头鹰发现的地板有一部分未被固定。掀起之后，底下放着好几个木箱，里面装满了遇害工作人员的遗留物品。

手表、戒指、提包、钱包，这些东西都被分门别类放在木箱里。现金似乎都被拿出来了，卡证则原封不动地放在里面。我们还找到了阿波根遍寻不见的镶嵌亚历山大石的黑猫摆件。

"有这么多人被杀了……"

猫头鹰拿起箱子里的身份证和驾照感叹道。

其中一个木箱放着通信器械。

堆在上面的是最新款的智能手机，往下翻还有以前常用的折叠手机。

老大拿起几个试了一下，当然都没有电了。不过箱子下方还有两根充电线，适配老式手机和某大厂智能手机。

"数据线类型能对上的都拿来充电吧。有的就算能开机，也许设了密码锁。"

就算能解开密码，也只有通话套餐未过期的手机才能用。这些手机的主人已经死去了好几个月，甚至好几年，至今还能自动扣费充值的手机能有多少呢。

我看了一眼手表。

上午十点，已经到开放时间了。时间每过去一秒，更多人牺牲的可能性就越高。

"先给这个充电吧？"

刚力递过来的手机上挂着天秤造型的橡胶饰物。

"那莫非是……"

我愣愣地拿出了刚力借给我的数码相机，那上面也有相似的挂件。

正在查看卡证的猫头鹰停下动作，抬起头来。

他递过来一名男性的驾驶执照。

刚力智。

所有人的目光都集中在刚力身上。

她耸耸肩，似乎想开了。

"我哥哥刚力智是这里的工作人员，我就是来找他的。不过看现在的情况，还是找不到更好。"

我们决定回到不木的套房，试试那部手机能不能用。玛丽亚似乎也有点在意，尽管没有放松警惕，可还是跟了过来。

刚力哥哥的智能手机可能挺久没用了，充了三十分钟才能开机。上面果然设有锁屏，不过刚力输入密码后，一下就打开了。

"能通话吗？"

"可以。"

现在算是前进了一步。

"就算报了警，他们也不会相信我们的话吧。"

里井说得没错，必须联系能理解此处困境的人。

"你的公司呢？跟成岛有关系的人应该能想想办法吧？"猫头鹰问。

"这次是社长独自做的调查。向班目机构出资已经是上两代的事情，现在已经没有知情人员了。就算能联系到会长，那边同样会报警解决。"

"那干脆报个假警，就说这里有炸弹吧。"

猫头鹰提出了吓人的主意。

"这样应该能疏散游客，还能引来特警……你们叫机动队？不是吗？"

"原来如此，这主意不错。"

大家都挺支持这个做法。毕竟这样能保证游客的安全，还能引来全副武装的部队，比其他方案好太多了。

但它也并非万无一失。老大皱着眉说：

"问题在于我们离开后，他们会不会封锁宅邸。既然要用炸弹引机动队出动，他们肯定会彻底调查宅邸内部。若是有人闯进别馆，还是会造成牺牲。"

听了老大的话，我突然有了主意。

"比留子同学也许能帮上忙。"

"哦，我记得那个人的联系方式，因为一直请他做事情。"

比留子同学说着，拿出了我从铁栏传过去的刚力智的手机。

她说的那个人，就是过去曾帮忙调查过班目机构的侦探 KAIDO。听说他的客户主要是大企业高管、议员和官员，也是跟剑崎家很有渊源的人物。

"他经历过的艰难和困境连我都很难想象，说不定在警方高层和国安部门也有门路，应该能帮我们解决这个事态。"

说话间，她已经开始操作手机。一直跟到偏房来的玛丽亚无奈地感叹道：

"比留子到最后搞不好能拯救世界啊。"

看到她坚毅的举动，谁又能想到这个女生只是在拼命保住自己的性命呢。毕竟连跟她共同行动到现在的我，也忍不住期待她有异于常人的表现。

比留子同学对 KAIDO 说明了现状，然后结束通话，其后又接到了几次对方发起的联系。

KAIDO 似乎正确理解了我们面临的危机，正在积极上下打点，但并非什么人都会毫不犹豫地点头答应。等待回复期间，我们不得不反复给手机充电。

经过将近两个小时的谈判，事情总算有了点希望。

"应该能要求县警派出机动队了。但是这个案子涉及公安的管辖，需要花点时间调节。有了上次的娑可安湖事件，公安对班目机构的案子估计会很慎重。除此之外，还要联系成岛集团，设计假丑闻引开媒体的注意力，要做的工作实在太多了。"

尽管我早有预料，但还是惊讶于这件事情竟闹得这么大。

我忍不住想，他们会不会一个电话打到我父母家去啊。

"现在还不清楚什么时候才能把一切安排妥当。保险起见，你们要准备好今晚继续躲在不木的套房里。"

猫头鹰不高兴地撇了撇嘴。

"晚上巨人就出来了，他们还能来救援吗？"

"我们只能选择信任了。"

逃脱有了曙光，所有人似乎都放下心来了。

可是……

"事情都说完了吧，那我回杂贺的房间去了。"

玛丽亚扔下一句话，独自离开了。

其他人也一个接一个离开了偏房，只剩下我和刚力两个人。

一件事情解决了，另一个谜团反倒变得沉重起来——谁才是那个真凶，或者说研究所的"生还者"？

凶手的目的是什么？还会再次行动吗？

"叶村君，我有话要对你说。"

刚力带着坚定的表情说了起来。

她的话让我万分惊愕。原来第一天晚上是她杀死了不木。

动机是她的兄长，刚力智。

"我为了寻找失踪的兄长，开始在游乐园内取材，很快就发现了雇用非法劳工的嫌疑。第一天晚上，我见到不木后，逼问他兄长的去向。"

然而不木一直在夸耀自己的研究，她一气之下打算动用武力拷问，没想到竟杀死了不木。

"所以你砍了他的脑袋，伪装成巨人的行为吗？"

"剑崎同学，你的推理到我杀死不木为止都是正确的，但砍掉脑袋的不是我。"

推理？什么意思？比留子同学察觉到我的困惑，带着歉意说出了她跟刚力做的交易。原来她提出不揭发刚力的底细，让她保护我的平安。

得知比留子同学并没有放弃对真相的执着，我心里固然高兴，但同时也很不甘心。我又在不知不觉中受到了保护，而且还是以比留子同学逼迫别人屈服的形式。话虽如此，现在并不是纠结于情绪的时候。

"砍掉脑袋的不是刚力小姐，这是怎么回事？"

刚力按照时间顺序说了起来。

"我患有一种病，叫发作性睡病。简单来说，就是过度睡眠障碍。杀死不木后，我发病睡了过去，早上起来时金属门是插上的。因为我已经从不木口中得知了巨人讨厌紫外线，所以没有碰不木的尸体，直接离开了房间。当然，撕掉不木日记的也不是我。"

她不清楚宅邸的布局，只认识从侧门通往大厅的通道。于是她走到侧门旁边躲起来，静待别人出现。

"所以我发现尸体没了脑袋时也很吃惊。"

"如果这是真的，那就是另一个凶手在刚力小姐离开后砍掉了尸体的脑袋，并撕了日记。那个人之所以拿走了日记页面，而没有连同不木处理的资料一并烧掉，是因为当时壁炉的火已经熄灭，直接带走更简单。这样一来，逻辑就通顺了。"

假设事实正如比留子同学所说，那么砍掉杂贺脑袋，并在尸体旁边留下日记页面的人就是砍掉不木脑袋的凶手。

接着，刚力又提到了老爷钟里的血迹。凶手先把不木的脑袋藏在大厅的老爷钟里，然后趁大家分头行动时将其带到了首冢。猫头鹰、玛丽亚和阿波根当时正在地下室搜索，因此就算有人听见铁门开合的声音也不会觉得奇怪。只要注意手电筒的光线，凶手就能顺利躲开其他的人。

我从表情看不出比留子同学是否相信刚力的话。当然，刚力也许还有所隐瞒。

但现在至少知道，刚力不可能有机会砍掉杂贺的脑袋。因为今早发现这件事时，她还跟阿波根、里井一起待在不木的套房里。

"你为什么现在向我们坦白这些？"

"虽然剑崎同学已经知道是我杀了不木，但我可不想再背上杀了杂贺的妄加之罪。凶手特意用了我的折叠刀，恐怕就是为了把罪名推到我身上。要查出凶手，最好跟你们合作。"

"但你明知道这么做会让我们陷入危险，不是吗？"

比留子同学辛辣的话语让刚力有些畏缩，但她还是挺起胸膛回答道：

"我不能一味处于被动状态，只能想尽一切办法出击。"

说完，她就走了出去。

"妄加之罪啊……"

比留子同学喃喃道。

"你觉得她说的都是真话吗？"

"至少她杀了不木那段应该不假。"

比留子同学道出了自己的推理。

事到如今，她的头脑还是让我忍不住咂舌。

但她对我的赞扬毫无反应，直接换了个话题。

"对了叶村君，下次推理爱好会的活动主题不是安乐椅侦探吗？"

插足这次行动前，我正在准备活动用的书籍。

"这次遇到类似的情况，我总算明白了。这样真轻松。因为你和其他人会给我带来必要的信息，我只需要把它们组合起来就好。"

说得倒简单。我跟她掌握的信息几乎一样，就是没有得出同样的答案。

"根据有限的信息揭开真相，能做到这个的只有名侦探啊。"

"不对。真正厉害的不是坐在安乐椅上的侦探，而是为侦探带来大量有效信息的提供者。是他们筛选出不可或缺的信息，并提供给了侦探。你们能无意识间做到这一点，才是真正拥有特殊能力的人，因为你们要处理的信息量远远大于侦探啊。"

"信息量？"

"你在感叹自己没能像我一样推理出真相，但那是因为你看到的东西、对话过的人比我多很多。如此一来，需要排列组合的信息也就更多，要耗费更大的精力去查验。但是我呢？我只需要根据你无意识间筛选过的信息和自己得到的少数线索进行推理就好了。"

原来是这么回事。

我一直认为安乐椅侦探的厉害之处在于，侦探不用走进现场，就能靠有限的信息完成推理。但比留子同学说，更值得钦佩的其实是为侦探筛选信息，使其能够不必踏入现场就完成推理的信息提供者。

在小说中，那当然是作者为了让作品更好读而使用的方法。如果事无巨细地列出与真相毫无关系的信息，被迫阅读它的人会痛苦不已。此时，甄别信息的人是与神同等的作者，而非信息提供者。

现状是比留子同学只能依靠别人给的线索展开推理。她把刚力叫过去威逼利诱，也是为了验证自己的推理。

"尽管如此，我却不认为刚力小姐在承认自己杀了不木之后，还会为别的事情说谎。"

"为什么呢？"

比留子同学举起了手机。

"我一直认为刚力小姐在杀死不木之后，为了嫁祸给巨人，砍掉了不木的脑袋。可是，如果杂贺也是她杀的，那就意味着她故意在日落前让人们发现了杂贺的尸体。这样说不通。"

如果在日落前发现尸体，就会证明除了巨人还有别的凶手。这与将不木之死嫁祸给巨人的行为是自相矛盾的。而且故意留下凶器折叠刀，仿佛也在强调凶手不是巨人。

两次"杀害"和两次"斩首"。

假设刚力只完成了对不木的"杀害"，其他是什么人出于什么目的做的？接下来还会有人遇害吗？

"比留子同学还觉得在这种情况下查出凶手没有意义吗？"

出逃的计划已经安排妥当，只要事情顺利，再过几个小时我们就能得到警察的保护。那么，大可以把追凶的事情也交给警察。

比留子同学默默思考了一会儿，开口说道：

"我还是无法积极赞成。"

我险些要大失所望，但她的话还没说完。

"但现在的理由已经跟昨天完全相反。"

相反？所以不再是为了保护我吗？

"关键在于斩首的理由。凶手为何要砍下不木和杂贺的脑袋？"

推理小说中也提到过几种斩首的理由，我将它们列举出来了。

"比较常用的是为了隐瞒尸体的身份。给尸体换上别人的衣服，就能让人误会杀害的顺序。一发现无头尸体，最先要怀疑的就是这个诡计。还有就是砍头能够方便搬运。伪装成人体消失，除了脑袋其他部分都是纸浆模型便属于这种诡计。"

"这次尸体没有被替换，因为在斩首之前，刚力小姐都确认过完整的尸体。现在还不能否定使用了其他诡计的可能性，但我认为，应该重点关注斩首给大家造成的心理影响。"

一般来说，使用诡计是为了制造不可能的情况，以扰乱调查。

"不木遇害和杂贺遇害时，发现斩首后我们究竟想了什么？其实只要略一思考就会发现，二者都造成了同样的效果。"

"同样的效果？"

比留子同学绕着头发说：

"我们都从刚力小姐身上移开了怀疑的目光。不木遇害时，由于尸体没有了脑袋，我们都坚信那是巨人所为。杂贺遇害时，刚力小姐的折叠刀刺在尸体的胸口，她本应是首要嫌疑人物。可是第二天早晨，尸体的脑袋被砍下来带走了，旁边还多了一把菜刀，因此刚力小姐摆脱了嫌疑。"

"有没有可能是刚力小姐跟别人合谋？"

"那也太奇怪了。假设是合谋作案，应该能用更聪明的方法避开嫌疑，而且完全没必要用刚力小姐自己的刀杀死杂贺。方法与目的自相矛盾了。"

"凶手可能不知道那是刚力小姐的东西……啊，不过折叠刀上刻着她的名字。"

若是捡到了折叠刀，肯定会好奇那是谁的东西。而且刚力的名字还是用罗马音刻上去的。就算佣兵中有人不太认得汉字，肯定也能读出来。

"凶手不惜在夜间冒着撞见巨人的危险砍下杂贺的脑袋，保护了刚力小姐。会花时间、精力做那种事的人，真的会危害到我们吗？"

我也有同感。发现杂贺的尸体时，这里存在另外的凶手已经成了所有人的共识。尽管如此，那个人还是为刚力行动了。

而且就算是"生还者"，应该也不能拿巨人怎么办。他已经不太可能恢复理智，带上他一起跑是不可能的。

比留子同学也许是猜到了我的想法，点点头说：

"回到刚才的问题吧。我们是否应该追查凶手？为什么要这么做？"

在推理小说中，侦探和凶手的对立关系是毋庸置疑的设定。但我们来到凶人馆，并不是为了追凶。

"我们与凶手之间可能已经不存在利害的对立。接下来没有人会受到伤害，只需耐心等待救援。假设如此，那我们追查凶手的行为，也许只会让大家面临新的危险。"

昨天比留子同学不让我追凶，是担心凶手盯上我。那么现在呢？

凶手真的是侦探的敌人吗？

比留子同学又补充道：

"当然，目前还不能保证凶手的中立态度，毕竟我们都不知道那个人进入凶人馆的目的。从这个意义上说，我们只能通过追查凶手来预测危险。"

不木已死，巨人亦非常人力量所能阻止。在这个进退两难的情况下，凶手为何杀死杂贺？正因为猜不透真正意图，才无法预测凶手接下来的行动。若要打破这个僵局，最终还是要追查凶手。

为了避免未来可能发生的危险，不得不解谜。

比留子同学似乎也认为，这就是目前能得出的结论。

"总之，我先请 KAIDO 收集刚力小姐的信息吧。"

"你觉得她还有所隐瞒吗？"

"我认为她的确是来寻找这个手机的主人刚力智的。"

比留子同学顿了顿，似乎在观察我的脸色。

"……这么说你也许会看不起我。其实，我偷偷看了手机上的照片。"

对啊，经过紫湛庄那件事，比留子同学知道我不能接受"擅自触碰死者的遗物"这种事，也知道我的心理阴影。

"我相信你肯定是事出有因的。"

比留子同学嘀咕了一声"谢谢"，继续说道：

"相册里有很多应该是智先生和她的合影，看起来不像兄妹，反倒更像恋人。不管怎么说，他们的关系肯定很亲密。那么，她为何一直隐瞒寻找他的事实，而要谎称取材呢？"

"是不是不想让别人知道杀死不木的动机？"

"既然如此，那就应该瞒到最后吧？我总觉得她其实在寻找坦白的时机。"

"今天发生的特殊情况应该就是墙壁中间发现了工作人员的遗体，还有找到了智先生的手机。"

也许她本来打算隐瞒到最后，但是意外产生了解锁手机的需求，所以不得不公开二人的关系。

比留子同学说出了意味深长的话语。

"……对啊，你们发现的是无头骸骨，这样无法确定刚力智是否真的死了。"

无法确定？什么意思？

比留子同学难道想说刚力智还活着吗？

我不禁沉默下来，耳边响起了过山车的行驶声和遥远的欢声笑语，还有那可恶的旋律。

　　欢迎来到梦幻城，这里是现实与梦幻之间的乐园。

大家跟我一起快乐地跳舞吧，直到永夜迎来曙光。

道别前，比留子同学列举了目前比较有可能的几种假说。

接下来应该以这些假说为中心展开调查，但首先要确定一件事情。

返回起居室后，我看见里井正在收拾不木的资料。

"里井先生，我想问问实验对象的事情。"

"可以是可以……但我不一定知道啊。"

"我猜你也看过资料，只是被成岛封了口。"

里井用尴尬的沉默表示了肯定。于是我提出了疑问。

"如果我们中间混入了'生还者'，就意味着那个人跟普通人没有外表差异。同为实验对象，那个人跟巨人为何如此不同？"

"要回答这个问题，首先得讲讲不木的日记中也提到过的羽田这个研究者。"

里井从大量资料中抽出几个本子交给我，简单介绍了里面的内容。

超人研究就是强化人类身体能力的研究。

这项研究的两个主力就是不木和羽田。他们各自从不同的角度展开实验。

"不木的方法是让实验体感染特殊病毒，改写遗传基因。他本人称之为'升级'。这个技术在当时算是基因工程学的最尖端内容，但研究极为困难，在动物试验阶段屡屡失败，一直得不到人体实验的许可。"

班目机构更看重的是羽田的研究。

羽田使用的方法是从拥有突出能力的种族中提取发挥能力的"因子"，给儿童接种并提高他们的能力。

"这个研究的契机是'二战'期间，日军某部队在大陆深处发现了伤口愈合速度极快的民族，并且在战时已经展开了人体改造的研究。羽田是在那些研究的基础上展开了自己的研究。"

除此之外，羽田还提取了南美山岳民族、北亚游牧民族、非洲萨满族等多个民族的"因子"，以特殊的方式注入了正在发育期的儿童的脊髓。

"那些孩子好像都拥有'受容因子'，不会对羽田的方式产生排斥反应。班目机构在全国各地的学校和医疗机构都有网络，通过暗中获取遗传基因数据找到了那些具有实验耐受性的孩子。"

原来日记里说的孩子，是羽田的实验对象。

"羽田的研究进展顺利，实验对象拥有了极为优秀的运动能力和恢复能力。但是有一天，研究所发生了重大事故。具体情况我不清楚，总之就是多处同时发生火灾，众多工作人员和所有孩子都死了。里面还包括当时正在视察的机构要员和政府密使。但是这里存在一个疑问：如果不木没有得到人体实验的许可，他从研究所带出来并关在这里的巨人究竟是谁？"

"……巨人其实是羽田的实验对象？他为了把那孩子变成自己的实验对象，故意制造了事故？"

连续失败的不木也许盯上了羽田手下那些孩子的"受容因子"。

"我不知道真相，但还有一个疑点。就算不木利用了孩子的'受容因子',他在动物实验中都无法得到像样的成果,为何能突然制造出巨人那样的超规格产物?而且他的资料里丝毫没有提及给巨人接种的病毒。"

用于动物实验的病毒,他倒像着了魔一样留下了数量庞大的研究笔记。尽管如此,对于巨人这个唯一的成果,他却只写下了一个陌生的病毒名称,并未记录详细数据。

"这是怎么回事?"

"不知道。但我听说班目机构同时还在进行各种各样的研究,说不定是别的研究项目上有人给他提供了病毒……"

只有不木知晓真相。

巨人与"生还者"虽然存在外表和能力强度的差异,但具备了同样的特征。

"如果'生还者'没有被不木做过手脚,那么拥有普通人的外表也就说得过去了。但假设如此,那个人的身体能力有多优秀呢?"

"应该是远远超过常人。单纯比较的话,恐怕是巨人更胜一筹,因为不木在日记中夸耀过好几次'我胜过羽田了'。"

"生还者"敌不过巨人。

即便如此,事态也没有好转。也许我们全部加起来还是敌不过"生还者"。

只不过,资料并未提及那些孩子的身份。如果所有孩子都是日本人,老大和玛丽亚就可以排除在嫌疑人之外。猫头鹰长着亚裔的面孔,因此要做保留。他跟刚力、阿波根,还有我眼前的里井,这四个人中,有一个是生还者吗?

我正绞尽脑汁缩小嫌疑人的范围时，里井突然压低声音说道：

"那个……这只是我个人的猜测，请不要对别人说。昨天晚上，叶村同学和猫头鹰藏在副区。无论凶手是多厉害的超人，进去时难免会让铁门发出声音。你们两个人不可能都听漏了。那么是否可以认为，凶手在巨人到来之前已经身在副区？"

我很快就明白了他的意思。

"你说猫头鹰是凶手？"

这是最简单的推理。如果凶手一直在副区，那么无须打开铁门也能靠近尸体。

但这个推理很容易就能推翻。

"他的确有时间行动，可是副区走廊上撒满了荧光灯碎片。他只要踏出走廊，就会发出声音。"

走向尸体时，还有返回时，我就在隔壁房间，不可能两次都听漏了。

听完我的话，里井提出了意想不到的解释。

"如果配合巨人搞破坏的时机行动呢？打破墙壁会发出很大的噪声，应该能掩盖脚步声。"

所以是猫头鹰故意挑衅巨人，让他发狂？

"趁巨人发狂的时候确实可以去砍下尸体的脑袋，可是他要怎么返回隐藏的房间？"

"叶村同学不是进入首冢引巨人离开了吗？他可以趁那个时候回去。"

原来如此，的确能说通。

但是这个假说必须满足另一个条件。

"那他砍下的脑袋呢？巨人离开，我返回副区时，猫头鹰一直被压在瓦砾底下。他没有时间带走脑袋。"

里井略显犹豫地回答：

"只要留在尸体旁边就好了！凌晨五点，巨人去了放置尸体的地方。如果是他看见被砍下的脑袋，带回了首冢呢？"

我在平面图背后总结了巨人昨晚进出主区和副区的时间，开始验证里井的假说。

晚上九点半左右，巨人大肆破坏，猫头鹰趁机离开隐藏房间，切断遗体的脑袋。然后，又趁巨人追着我进入首冢时返回房间。

凌晨五点，巨人找到尸体，拿走放在旁边的脑袋，带进首冢。

时间逻辑没有问题。可是……

"昨晚里井先生跟成岛先生发生争执的地方是哪里？"

听到我突如其来的提问，里井似乎有点猝不及防。

"应该是下了大厅的楼梯，往前走了几米的地方。"

"那么猫头鹰就不是凶手了。切断脑袋的凶器是落在现场的中式菜刀，那应该是成岛先生跟你推搡时落在地上的。猫头鹰藏进副区后，再也没有踏入主区一步。如果早上再去捡菜刀，那就太晚了。因为我第一时间去看杂贺先生的尸体时，菜刀已经落在他身旁。"

凶手必须是有机会在主区捡到菜刀的人。

"……原来如此。被你这么一说，还真是这样。"

里井羞愧地低下了头。

"看来我这个外行能想到的东西，叶村同学早就验证过了。"

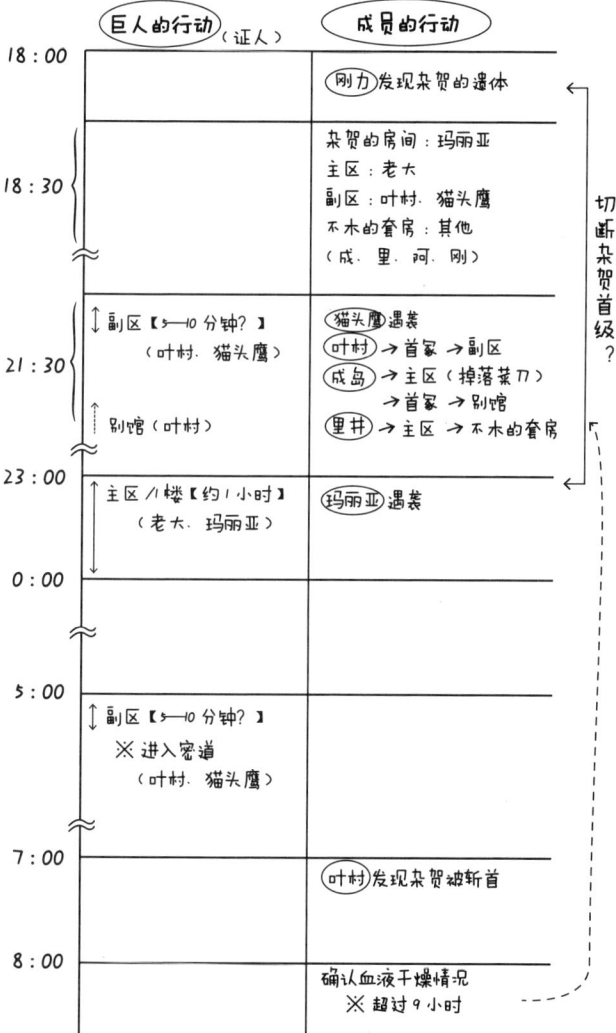

巨人的行动 （证人）　成员的行动

18：00

刚力 发现杂贺的遗体

杂贺的房间：玛丽亚
主区：老大
副区：叶村．猫头鹰
不木的套房：其他
（成．里．阿．刚）

18：30

21：30

↕ 副区【5—10分钟？】
（叶村．猫头鹰）

猫头鹰 遇袭
叶村 →首冢 →副区
成岛 →主区（掉落菜刀）
　　 →首冢 →别馆
里井 →主区 →不木的套房

别馆（叶村）

切断杂贺首级？

23：00

↕ 主区/1楼【约1小时】
（老大．玛丽亚）

玛丽亚 遇袭

0：00

5：00

↕ 副区【5—10分钟？】
※进入窑道
（叶村．猫头鹰）

7：00

叶村 发现杂贺被斩首

8：00

确认血液干燥情况
※超过9小时

"我只是照着比留子同学现学现卖而已。"

"……我知道剑崎同学解决过好几个事件，但一直都不太相信。但是真正听了她说的话，我开始感觉她跟我们看到的东西好像是不一样的。"

我从他的语气里听到了敬畏。

"里井先生，我能再问一个问题吗？"

"什么？"

"你跟成岛先生在地下室发生争执，然后被推开。你说因为没带手电筒，所以没有继续追。但是成岛先生拿着手电筒，在一片黑暗中，应该很容易追踪才对……"

话一说出口，我就后悔了。果然，里井面色铁青地保持着缄默。

"对不起，是我的说法不对。我想问的是……"

"……因为我不想追。"

里井拼命挤出了声音。

"我给他当了三年秘书，什么都听他的。这份工作几乎没有休假，一心服从上司的命令成了我维护自尊心的唯一办法。尽管如此，我还是受不了了。我拉住社长时，心里想的都是，他难道要死在这里吗？究竟要把别人折腾到什么地步他才满意。等我回过神来，手上的力气已经松懈，紧接着就被社长甩开了。"

他盯着自己的手，仿佛在回忆抓住成岛的感觉，脸上却没有任何表情。

"我知道放任社长进去会有危险，可身体就是拒绝追上去。怎么办，已经来不及了——想到这些时，真的已经来不及了。我渐渐意识到自己对社长见死不救，一时慌张，就……"

面具一般的空白表情渐渐扭曲，里井双手捂住了脸。

"……对不起，我不该问这个的。"

我对里井道了歉，逃也似的离开了不木的套房。

如果无须刻意推动自己痛恨的人，如果只要稍微松开抓住他的手，就能获得自由，如果那个瞬间没有别人在场……在极限情况下，我也不知道自己会如何选择。

我快步穿过走廊，把纷繁的思绪抛到脑后。

假如跟我同在副区的猫头鹰不可能作案，那就只能怀疑从外面进来的人。

还是再从杂贺死亡的现场开始调查吧。

做出决定后，我拿着手电筒正要走进地下室，却在大厅碰到了刚力。

不知为何，她双手抓着楼梯入口顶端露出的铁栏，两条腿悬在空中踢动。风衣底下的衬衫向上吊起，露出了白皙的腰部。

"……你在干什么？"

听见我的声音，她就落到地上，用裤子蹭了蹭手。

"只要放下这个铁栏，巨人就上不来了吧。我想试试把它硬拽下来，但是体重不够。看来还是得用钥匙。"

"这样啊。可是你把铁栏关上，不仅是巨人，连比留子同学也出不来了。"

"啊，也对。不好意思。"

刚力对我们坦白了隐瞒在心中的秘密后，似乎坦然了不少。

"你要去地下室？"

"我想再看看杂贺先生的现场。"

"那我跟你一起去吧。两个人更安全。"

她好像认为我们会揭穿杂贺遇害的真相。

路上，我再次确认了昨晚的情况。

"刚力小姐一直待在不木的套房里，对吧？"

"是啊，你可以去问阿波根女士。叶村君和猫头鹰遇到危险时，冲出去的人只有成岛和里井。"

我站在成岛和里井发生争执的地方。就算留在套房里的刚力和阿波根是共犯，里井当时在这里，她们也无法靠近尸体。

"里井先生什么时候回去的？"

"五分钟后吧。他当时很沮丧，说没拉住成岛。"

"玛丽亚小姐呢？"

"我一次都没见到。"

杂贺的遗体被留在密道尽头，胸口还插着折叠刀。

由于这明显是巨人以外的人作案，我们没有把他移动到安置其他遗体的地方，而是选择了保存现场。因为气温很低，尸体腐化的速度相对较慢。

我把灯光集中在颈部断面。

看起来跟被巨人砍掉脑袋的其他遗体差不多。下方地面还留有凶器磕到的痕迹。

"这是一刀砍断的吗？听说以前切腹的介错人用日本刀都很难一刀两断啊。"

"只要顺着颈椎的倾斜处下刀，倒不是不可能，然而那不是普通人用中式菜刀能完成的动作。"

最著名的砍头凶器就是断头台，其刀刃并不与地面平行，而是倾斜的，因此能够像切菜那样，让刀刃对准物体斜着滑落，轻松切断。

如果凶器没有断头台那样的重量和锐利，又不在角度上下功夫，就必须用远远超出常人能力的速度和力量将其"剁开"。若是斧头也就算了，切菜用的中式菜刀根本玩不了那种花样。除非使用者是巨人，或者"生还者"。

不对，即便如此，也还有一个很大的问题。

凶手什么时候、如何靠近了杂贺的尸体？

昨晚，我和猫头鹰在副区待了一个晚上。若是打开了吱嘎作响的铁门，我们不可能发现不了。虽然昨天已经确认过一遍，为了保险起见，我还是让刚力进入昨晚我待的隐藏房间，做了同样的实验。

很快就有结果了。

吱——

"金属摩擦声这么尖厉，听得太清楚了。"

无论多么小心翼翼地开门，都会发出声音。

"砍头的响动有多大啊。"

"刀子都砍到地上了，动静肯定很大。"

杂贺的尸体周围是一片土地，往下挖几厘米就是坚硬的水泥地面。就算有泥土缓冲，昨晚在一片死寂中屏息静气的我和猫头鹰真的会什么都听不到吗？

我又请刚力进了隐藏房间，然后用袖子包着扔在地上的菜刀往地面一敲，发出一声闷响。不一会儿，刚力一脸困惑地走了出来。

她什么都没听见。

也就是说，我也听不见砍头的声音，不能单靠响动来缩小行凶的时间范围。

其后，我们又彻底调查了副区，寻找是否还有未被发现的密道。但是摸遍了地板和墙壁，最后甚至拿了扫帚对着天花板一顿猛敲，都没有发现新的密道或隐藏空间。

"我有个想法。"

刚力突然压低了声音。

"如果无法溜进副区，能不能隔着窗户砍掉脑袋啊？"

杀害现场有一扇小窗，与主区的拉门房间相通。我也考虑过从那边隔着窗子做手脚的可能性。

"其实冷静想想，里井先生过了五分钟才回来，这也太久了。搞不好根本不是成岛跟他拉扯时扔掉了菜刀，而是他抢走了成岛的菜刀，去砍掉杂贺先生的脑袋。"

若说昨晚里井的行动不奇怪，肯定是假的。可是真的能隔着窗户砍掉尸体的脑袋吗？

我们移动到主区，走进拉门房间的深处。

小窗位置大约在我胸口处，与现场那边一致。

我从窗户打光过去，只能看见杂贺脖颈以下的部分，头部所在的位置成了视野死角。

"这样子够不着遗体啊。"

这铁栏比较麻烦的地方在于纵横方向都有铁条拦住，格子只有十厘米见方。虽然能伸手臂进去，但是会卡在肩膀位置，离地面还有一半多的距离。

"拿着菜刀能够到遗体吗？"

不行。我的手离遗体还有一米多的间距。扔菜刀倒是可以，但是很难瞄准，更不可能把脖子一刀两断。

"那把铁条直接掰弯不就好了。如果凶手是'生还者'，说不定有这本事。"

刚力虽然这么说，但窗上的铁条并没有被掰弯过的痕迹。

我试着双手抓住铁条用力拉扯。

"嗯，呜呜呜……"

我力不从心，铁条当然没有被撼动。

就在那时，一道光从背后照了过来。我转过头，看见一脸怪异的老大。

"我说怎么有奇怪的声音，你们在干什么呢？"

刚力也许不想让他知道我们在查凶手，抢先回答道：

"做实验，看能不能掰弯铁条，从这里砍掉脑袋。"

听了这句话，老大似乎大概明白了情况，走上前来说："换我试试。"

他冷静地运了一会儿气，结实的手臂瞬间发力，铁条开始微微颤动。说不定真的能掰弯。

"啊，不行。"

听见我的低语，老大一下走了神，力道松懈下来。

"差点就能成功了啊。"刚力遗憾地说道。

我向她示意了铁栏根部的水泥，那里出现了刚才还没有的细小裂痕，还迸出了碎屑。

"因为用蛮力拉扯，水泥崩开了。我猜地下室的水泥肯定因为经年老化，强度已经很脆弱了，承受不住足以掰弯铁条的力量。"

铁栏根部的水泥原先并无异常，因此可以认为，在此之前没有人对铁条施加过那么大的力量。

这时，我突然想到某部知名推理小说里的诡计。

"既然凶手进不去，那把遗体吊起来不就好了？"

比如用钩子把遗体钩到窗边，砍掉脑袋后再放下。这样虽然很费功夫，但并非绝对不可能。

听完我比手画脚的解释，老大提出了很基础的问题。

"这样的话，对面墙上应该留有切断头部的血迹。可实际上只有地上有血迹。"

正是如此。而且杂贺的遗体是颈部朝向小窗，双脚朝向反方向。如果真的把遗体拖到窗边，放开后应该是靠着墙壁的姿势，很难让他如此笔直地躺平在地上。

所以，我最终不得不放弃隔着窗户砍掉杂贺脑袋的可能性。

凶手只能亲自走进副区的密道来完成这件事。

如此一来，没有离开过主区的里井就可以排除嫌疑。

三人返回一楼的途中，我的手电筒开始忽明忽暗，快要没电了。

"你需要的话，拿我的去用吧。"

我感激地接过老大的手电筒，他却略显犹豫地说：

"叶村，你小心点。我总觉得还有事要发生。"

"什么情况？"

"直觉告诉我的。每次要出事，我都觉得后颈发麻。要么是直觉，要么是我想多了。但我靠它度过了好几次危机，说不定是跟剑崎那种体质相似的东西。"

我与刚力对视一眼。

"我能做的事情有限，顶多像这样四处巡逻。这毕竟是我自己跳上的贼船，只能认命了。你们都是受害者，务必以生命为重。"

老大拍拍我的肩，先行离开了。

目送他的背影消失后，我竟不知如何是好。

他似乎在关心我，又好像在警告我。刚力似乎也有同样的感觉。

"怎么办？老大都那样说了。"

"……如果真的要出事，我必须尽可能想办法阻止。还是四处打探打探吧。"

我们走向杂贺的房间。那是玛丽亚死守不出的地方。

"叶村君一个人去问，玛丽亚小姐可能更愿意说话。我就待在她看不见的地方吧。"

我听从刚力的意见，隔着房门喊了玛丽亚几声。一开始她还说没什么好谈的，我坚持说隔着门聊上两句也行，于是玛丽亚答应了。

她的说法跟之前一样，昨晚一直待在房间里，直到听了我们的描述，才知道外面发生了什么事情。

"巨人是几点来的？"

"确切时间记不住了，只记得巨人来之前我正好看过表，刚过十一点。"

那正是老大证明巨人进入主区的时间，二者没有矛盾。

"遭到巨人袭击后，你也一步都没有离开过房间吗？"

里面传来了有点生气的声音。

"离开过一次。巨人走后，我从床底下爬出来确认房门的情况，其间考虑过要不要换个地方躲藏，最后还是决定留下来。因为已经被袭击过的地方可能更安全。"

我听见里面有脚步声，接着玛丽亚的声音贴着门传了出来。

"让，你在找杀死杂贺的凶手，但是没有人能在昨晚带走他的脑袋，对不对？"

"正是如此。"

玛丽亚已经知道了昨晚的情况，或许也对此感到很疑惑。

"听了'生还者'的事，我一直在想，假如凶手真的是'生还者'，那个人说不定能跟巨人交流。"

"你是说，巨人能听懂人说话吗？"

我觉得难以想象，但是玛丽亚继续道：

"听不懂也无所谓。巨人也许还保留着一定智能，本能地认为'生还者'不是敌人，因此不发动攻击。"

"就算是这样，凶手也无法进出副区还不被我们发现。"

"老大就可以。"

隔开一段距离听我们说话的刚力露出了难以置信的表情。

"只有老大知道昨晚谁去过主区，而且他可以自由离开主区。"

"可是猫头鹰和叶村君都在副区啊。"

玛丽亚听见刚力突然说话，似乎吓了一跳，片刻之后才回应道：

"……确实，如果有人打开副区的铁门，他们两个肯定会发现。那么，如果他跟巨人一起进出呢？"

如果巨人不会袭击凶手，他们就能一起进入副区。趁巨人袭击猫头鹰时，凶手可以去砍掉杂贺的脑袋。

"可是巨人后来追着叶村君进了首冢……"

"老大也可以跟巨人一起进入首冢。地下室那么黑，让躲在门后，可能没看见他。"

这个假说有很多需要碰运气的地方，但老大确实有可能完成那一系列举动。

"你真的怀疑他吗？"

"你想想啊，只要老大有意，不可能阻止不了成岛。可是他却让成岛进了首冢。不对，应该是他没能拦住，因为那一刻他正在副区切断杂贺的脑袋啊！"

玛丽亚停下来理顺了气息，又继续道：

"我和这里所有人都是头一次见面，一个人都信不过。让最好也小心一点。"

我还想跟她再聊几句，但她坚持赶我走，于是我们离开了杂贺的房间。

"没想到老大会成为嫌疑人啊。刚才他说还会出事，难道在警告我们吗——叶村君，你听完她的话好像不怎么惊讶啊。"

"嗯，其实比留子同学也考虑过老大可能是凶手。"

刚力瞬间露出了埋怨的表情。

"那你怎么不告诉我？"

"因为存在矛盾之处。"

我把比留子同学的推理整理了一遍，说道：

"玛丽亚提出的理论是老大跟巨人一起进入副区，趁巨人发狂时切断杂贺先生的脑袋，再跟巨人一起离开。可是巨人发狂时，我们正在用对讲机跟老大通话呀。"

刚力也发现了这个问题。

巨人发狂后，我立刻用对讲机联系了其他人。接着，老大和成岛就开始了隔空争论。

"按照玛丽亚的说法，巨人发狂时老大也在副区。如果巨人就在他附近砸墙，噪声肯定会通过老大的对讲机传过来。巨人把水泥墙都砸坏了，那跟斩首的音量不可同日而语，就算老大待在密道尽头，声音也会传过去。"

刚力昨晚也一直在听对讲机的对话，应该很清楚。

"当时老大压低声音跟成岛争论，没听见别的动静。"

这证明老大不在副区。

顺带一提，假如条件是跟巨人在一起，那么老大还有一次进出副区的机会。

就是巨人凌晨五点第二次进入副区时。

可是，假设他是在那个时候切断了杂贺的脑袋，现场留下的血迹在我们检查时应该来不及干燥，因此假说不能成立。

"老大也不是凶手啊……可我还是不认为老大没能力阻止成岛。"

刚力露出了复杂的表情，似乎有点遗憾，又像是松了口气。

下午两点，我们还在等待救援。比留子同学把我们叫到偏房，发表了惊人的消息。

"救援队被叫停了。"

"叫停？什么意思？"

我们从早上等到现在，听到这样的消息都大为震惊。

"冷静点，我们不是被抛弃了。KAIDO 说，此前本来计划派出县警机动队的 NBC 反恐小组，但是接到上级命令，要更改计划。目前上面针对巨人的处理意见存在分歧，而且事关班目机构，他们都很注重情报控制。"

NBC 是指核能、生物、化学武器，他们也许不知道该把巨人归到哪类。还有更基本的问题，这到底算是凶杀、暴恐还是自然灾害？

虽然不知道是谁叫停了计划，但他们应该是认为不能让机动队看见巨人。

"我们只不过是擅自闯入宅邸的犯罪分子，谁也不会大张旗鼓地过来救。相比鲁莽行动引发骚动，等到营业时间结束再来镇压当然更简单。"

猫头鹰冷笑着说。

按照他的思路，那边恐怕会晾着我们好几天，直到做好万全的准备。我正为意想不到的事态感到烦躁，里井悄悄凑过来说：

"如果没有剑崎同学，我们恐怕就没人管了。"

也许是的。我不清楚剑崎集团在财政界有多大的影响力，但她本人为警察出过不少力。现在只能相信 KAIDO 会帮我们努力打点了。

"讨厌！讨厌！我不想死在这种地方！"

阿波根突然尖叫起来，接着趴在地上号啕大哭。

"我怎么这么倒霉！太过分了！干脆放下吊桥出去吧。我们都报警了，不来救援是他们不好！"

"都说了，放下吊桥巨人不就跑出去了吗？"

猫头鹰无奈地说了一声，满脸泪水的阿波根立刻怒视着他。

"不是还有好几个小时才日落吗？听他们的话老老实实留在这里的人死了活该！我们有权利挽救自己的性命。这叫紧急避险，是公民的正当权利！"

对这么多工作人员见死不救的她，还好意思谈正当权利吗？

阿波根见我们不理睬她，飞快地站起来，推开我跑了出去。

"你要去哪儿？"

我们还愣在原地，猫头鹰已经举起了充当拐杖的拖把。

"肯定没好事，赶紧追。"

虽然被命令很不爽，我还是追了上去，正好看见她跑进正门吊桥的机房。

"她真的要放下吊桥吗？"

她拿起机房的钢丝钳时，被我和里井及时按住了。

"放开我！放开！"

阿波根奋力挣扎，随即意识到寡不敌众，又俯伏在地大哭起来。面对情绪如此不稳定的人，我自己也越来越沮丧了。

这时，其他人也追了过来，烦躁地看着哭闹的阿波根。

老大看了看竖起的吊桥，又看了看我手上的钢丝钳，突然说了句意想不到的话。

"如果真的等不来援助，也许有必要想想靠自己逃生。"

里井难以置信地摇着头说：

"你怎么突然这样说？"

"如果他们真的重视生命，应该早就开始疏散游客了。搞不好我们真的要被扔在这里。发现我们逃脱后，也许警方反而有机会出动。"

都这种时候了，难道不再等救援了吗？面对突然的转变，我脑子一片混乱。

他之前还一心想避免多余的牺牲，为什么现在却说这种话？

"老大，我奉劝你别靠近机房。"

听见猫头鹰的声音，我回头看见他用拖把支撑着身体，单手举起了手枪，枪口正对老大的胸口。见此情景，所有人都沉默了。

"别干蠢事。"

"那是我的台词。我昨晚就觉得你很奇怪。停止计划也就算了，竟然连一个成岛都拉不住。"

"地下室太黑了，那只是偶然。"

"是嘛。那你今早一直在地下室到处收集血迹，是要干什么？"

老大的表情发生了微妙的变化。

"怎么回事？老大不是一直负责指挥行动吗？"

猫头鹰依旧端着枪提防老大，目不斜视地说：

"你昨天还那么听成岛的话，现在怎么突然变了个态度？其实仔细想想，你只有一件事比工作更重要。你在为得了疑难杂症的外孙赚医药费，对不对？"

　　我也听老大说过这件事。可是既然要赚钱，他更不应该背叛成岛啊。

　　"昨天开始行动前，听了巨人的解说后，你的态度就发生了变化。我再去查不木的资料时，发现关于实验对象和巨人的资料都不见了——你想把资料卖给别的企业，对吧？"

　　把牺牲了众多同伴换来的资料转手卖掉？

　　老大还是一言不发。他这个态度反而证实了猫头鹰的推理。

　　"昨天里井介绍了巨人的特征——'远超人类的生命力和恢复能力，对毒物和疾病的强悍抵抗力'。家里有个患了怪病的人，肯定说什么都想得到那种力量吧。"

　　刚力恍然大悟地点点头。

　　"如果你帮成岛，就算拿到佣金，也不一定能治好外孙的病。若是把资料卖掉，很多研究机构都能让它派上用场，所以成岛死了更好……"

　　难怪他昨晚没有拦住成岛。

　　而且，老大可能还想收集巨人的血液样本作为实验材料。由于不知道哪些才是巨人的血迹，所以才要尽量多采集。

　　然后，他又提出了不会落入警方手中的逃脱方式……

　　"我知道这么做很卑鄙。"

　　老大沉痛而缓慢地开口道。

　　"但我只有这一次机会。我年轻时太蠢了，二十三岁娶妻，没几年就离了婚。实在没办法。后来我就一心扑在军队的工作上，这几年又当了佣兵给人卖命……两年前，女儿通过朋友联系到我，说自己结了婚，生了孩子，那孩子又得了怪病。"

面对老大突如其来的陈情，尽管我觉得他很自私，还是没能开口质疑。

"我当时就想，这就是我等了大半辈子的人生意义，我终于能向女儿赎罪了。后来我就什么工作都敢接，甚至顾不上怕死，只求赚来的钱能让外孙多活几天。"

然后，老大就发现了拯救外孙性命的奇迹——剥夺了许多生命、让人唯恐避之不及的奇迹。

他只能抓住这个机会，只能对别人的牺牲视而不见。

就算这个研究最终应用在临床治疗的概率低得可怜。

"我不是不懂你的心情。"

猫头鹰放缓了语气。

"可是，就算这次任务已经失败，我也不会原谅任何背叛。"

"猫头鹰！"

我大喊一声，生怕他会扣下扳机。

"放心吧，我们还需要人手，不能轻易减员。但我先把话放在这里，如果你再擅自行动，就别怪我不客气了。"

猫头鹰放下手枪后，老大说了一声"抱歉"，掏出口袋里的脏布片，扔在地上后离开了。那应该是他在地下室采集的血样。

阿波根似乎没有完全理解眼前的事态，也嘀嘀咕咕地离开了。

里井抱住了头。

"怎么会这样……原来大家都不信任彼此。"

"你什么意思？别说得好像我干了坏事一样啊。"

猫头鹰拄着拖把站在门口，调侃了一句。

"要说可疑人物，不是有那个第一个退出计划，昨晚也没有不在场证据的人吗？"

"玛丽亚吗？"

玛丽亚躲在杂贺的房间里，又没有对讲机，因此无法确定她昨晚的行动。

"可是她如果试图进入首冢，老大肯定会发现，而且也没到副区来。"

"她利用的就是你这种想法。假如玛丽亚是'生还者'，跟巨人一起行动呢？"

他的说法竟跟玛丽亚对老大的怀疑一致。巨人去过一次主区，只要利用那个机会，玛丽亚的确有可能躲过老大的监视。但问题在那之后。

"巨人打开主区铁门的时间是深夜十一点和一个小时后的午夜零点。假设玛丽亚利用其中一次机会进入首冢，那她能够跟巨人一同进入副区的时间只有凌晨五点。那个时间太晚了，砍掉脑袋后的血迹不会变得如此干燥。"

我之所以能流畅地说出推理，是因为自己已经怀疑过一次。

再往细处说，其实主区的铁门还开过一次，就是成岛九点半进入首冢那次。我跟比留子同学也探讨了这个可能性。

就算玛丽亚能紧跟着成岛进入首冢，其后要跟着我进入副区恐怕十分困难。这里且假设她两次都成功了。

接下来，要想靠近尸体，势必会踩到荧光灯碎片发出响动，切断杂贺的脑袋后要想离开，也得等到巨人凌晨五点打开副区的铁门。何况在那个时间点，没有任何迹象能保证巨人会再次进入副区。完成这一步后，我和猫头鹰在七点钟穿过主区到一楼跟众人会合，除此之外，主区的铁门都没开过。也就是说，玛丽亚回不去房间。

上午七点之前，刚力已经确认玛丽亚躲在房间里。就算接受了前面一系列无限接近于零的成功率，她也不可能是凶手。

听完我的话，猫头鹰并没有失望。

"我想说的是，玛丽亚也许天黑之前已经待在副区了。"

天黑之前，已经在那里了？

"昨天下午六点多发现杂贺的尸体后，玛丽亚退出了行动。当时应该没有人看到玛丽亚是否直接进入了杂贺的房间。如果她没有去杂贺的房间，而是去了尸体所在的副区呢？"

玛丽亚有可能趁我们在不木的套房讨论参加行动的人选时，到副区切断了杂贺的脑袋，然后才进入房间。

我跟猫头鹰前往副区时，杂贺的脑袋还不在首冢。

但是这个问题可以用里井提出的假设解决。玛丽亚切断脑袋后，将它留在了遗体旁边。凌晨五点，巨人靠近杂贺的遗体，带走了脑袋。

如果玛丽亚的目的是洗清刚力的嫌疑，那么极端地说，就算巨人不来也没问题。那样脑袋虽然会一直留在现场，但至少能达到在刚力具备不在场证据的时间段内切断脑袋的目的。

剩下的问题是落在遗体旁边的中式菜刀。夜间，玛丽亚出于某种原因再度进入主区，捡到了成岛落下的中式菜刀，从拉门房间尽头的窗户扔到尸体旁边……

"啊，不行。"

我发现自己漏掉了单纯的细节。

"我们到达任务位置前，中式菜刀一直放在不木房间的桌上，巨人也没有出来。她手上没有能够将人的脖子一刀两断的工具。"

"……妈的，忘了还有这茬儿。"

猫头鹰不甘心地"啧"了一声。这不在场证据实在太错综复杂了。

日落之后才出来走动的巨人。

干涸的血迹。

成岛带出去的中式菜刀。

老大监视着主区的出入情况。

我和猫头鹰监视着副区的出入情况。

没人能完全满足这些条件。

应该怀疑多人犯罪的可能性吗？如果二人以上合谋，就能解释这不可能实现的状况。然而这里人数本来就少，我不愿想象除了刚力还有两个以上的杀人犯。

我、刚力和里井结伴回到不木的套房，只有阿波根在里面。

老实说，现在跟老大碰面实在太尴尬，我其实松了口气。但猫头鹰说：

"没人看着说不定会出事，我去找他回来。"

说完，他就拄着拖把走了出去。这种时候还能坦然与老大相处，我不得不佩服他的精神力量。

我对疲惫地坐在沙发上的刚力和里井说了一句："我去找比留子同学。"随后前往偏房。

我把里井说的生还者的能力，追上阿波根后发生的事情和老大坦白的内容都告诉了比留子同学。她看起来很惊讶，可是一听到我和猫头鹰的推理，马上就恢复了冷静，指尖按着嘴唇频频点头。

"原来如此，没有共犯就无法实现啊。情况如此复杂，不分解难题的确很难解释。"

分解难题是最近推理小说中也能见到的说法，但比留子同学告诉我，那是"现代哲学之父"笛卡儿提倡的思考方式，也是魔术用语。如果将一个大的难题分解成很小的部分，就有可能完成。

"关键在于分解的方法。不木遇害时，是刚力杀了他，另外的人切断脑袋拿走，难题被分解成了两个部分。杂贺遇害时，杀害与斩首也发生在不同时间点。可是，这个难题会不会被分解成更多的部分呢？"

"比如存在切断脑袋的人和帮助那个人进入的人。"

比留子同学点点头。

"如果真的存在共犯，那就麻烦了。这意味着除了杀死不木的刚力小姐，参与凶杀的人有两个以上。"

如此一来，除了我和比留子同学二人，剩下的五个活人中有一多半都参与了凶杀。那么，继续追凶恐怕真的会打乱目前的秩序。

"或者说——答案其实更简单。"

比留子同学不经意间说的话引起了我的注意。

"简单？"

"其实还有一个假设，叶村君没有验证过。那就是刚力小姐说谎的可能性。"

我忍不住凝视着比留子同学的脸。昨晚一直与阿波根待在房间里的刚力应该最没有嫌疑才对。

"说谎？说什么谎？"

"刚力小姐其实是生还者，她发现杂贺先生的尸体并通知大家时，杂贺的头已经被切断了。如此一来，谜题就不存在了。"

听了那出乎意料的话语，我不禁一愣，但很快便明白过来了。

昨天白天，任何人都能轻易拿走中式菜刀。刚力也许悄悄拿走了菜刀，在密道尽头用折叠刀刺死杂贺，再用菜刀砍了他的头。可她没有立刻带走杂贺的头，而是留在了现场。这么做可能是打算经过一段时间后再让别人发现尸体，像杀死不木那时一样，把罪名嫁祸给巨人。

但是人们发现杂贺失踪，开始四处寻找，刚力只得变更了计划。她伪装成第一发现者，只道出杂贺被杀的消息，接着假装晕倒。

由于当时已经过了日落时间，我们来不及确认杂贺的尸体就开始了夜晚的计划。凌晨五点，巨人走进副区，拿走了放在那里的脑袋。

虽然这要依赖没有人在行动前确认过杂贺尸体的巧合，但如果假说成立，就不需要在夜间进出主区和副区了。

"可是，她为什么用自己的折叠刀杀了杂贺先生？"

"杀死杂贺也许是情急之下的行为。比如杂贺出于某种目的骗刚力小姐进了密道，她其实是正当防卫。"

"那为什么留着折叠刀？"

"可能是故意留下了不自然的证据，毕竟所有人都知道叶村君在充当侦探——不过真要说故意的，就会没完没了。根据手头的线索可以得出结论，要么她在说谎，要么有好几个凶手。从 whydunit 的角度分析，后者让人难以接受。"

Whydunit，作案动机。

"假如是与刚力小姐无关的合谋凶手，就没有切断杂贺先生脑袋的理由。他们在刚力小姐具备确凿不在场证据的时间段切断脑袋，反而洗清了她的嫌疑。"

"对啊。刚才也说了，刚力小姐的折叠刀被用作了凶器，导致行动和目的出现不一致，很难判断是要陷害她，还是保护她。"

来到这里的人只是碰巧遇到了前来寻找兄长的刚力。

可是有好几个人合力帮她洗清了嫌疑，这也太奇怪了。还不如认为刚力本人说谎更说得通。

"你对刚力小姐还知道些什么吗？"

"她的数码相机上有螃蟹挂件，好像挺喜欢可爱的东西。"

"还有呢？"

"这个月就二十三岁了。"

"啊，好年轻……那是真的吗？"

看见比留子同学怀疑的神情，我暗自松了口气。

原来不只有我会做出失礼的反应。

"就算知道生日和年龄，也很难猜透每个人心中的想法。不只是刚力小姐，里井先生爆发了对成岛先生的不满，老大为了生病的外孙试图背叛我们。玛丽亚把自己关起来不与别人接触也很可疑，阿波根女士看上去只顾着自己得救。至于猫头鹰，自从任务失败，我反而看不出他在想什么了。"

老大说得没错，真的出什么事都不奇怪。

比留子同学点点头，再次拿起了刚力智的手机。

"班目机构的研究、梦幻城的非法雇用现象、通缉犯杂贺先生。可以成为杀人动机的点实在太多了，仅靠推理恐怕无法揭开真相。"

"……那就束手无策了吗？"

"重要的是保住性命。虽然救援迟迟不来，但叶村君你们只要躲在不木的套房里，至少不会有生命危险。制服巨人的事情只要交给警察就好了。"

比留子同学说得没错。

尽管如此，我可能还是露出了难以释怀的表情。

"我在你眼中恐怕是个不合格的福尔摩斯吧。这件事我们回去之后可以慢慢谈，现在先考虑如何平安获救，好吗？很抱歉，我只能对你说这种话。"

我摇摇头。

比留子同学没错。

她已经如我所愿，推理出是刚力杀死了不木。然而后来又发生了凶杀案，而且只能靠强大的武力才能阻止巨人。

那么，我不惜否定她的想法也要强加给她的福尔摩斯形象，究竟算什么东西？难道不是因为我对自己毫无信心，深信如果没有了华生这个角色，她就不需要我吗？

福尔摩斯与华生。

自从与比留子同学共同行动，我就一直挂在嘴边的这对称呼突然变得无比空洞，我也失去了站在她身边的自信。

回忆IV

明天就是视察的日子。

由于从大城市到这里来要花很多时间，视察团队会在今天傍晚到达，先跟羽田老师碰面，听她讲解研究内容。明天则安排了参观我们这些实验对象的体能测试。

人们都说只要像平时那样就好，然而那有点难。

现在还没找到杀死动物的凶手，研究所的气氛越来越糟糕了。大人们的视线紧盯着我们的一举一动，孩子们表面上虽然不说，心里其实都很愤怒。因为这样，大人对我们的警惕心更强了——恶性循环。

除此之外，我还担心别的事情。

公太。

让治并没有把公太跟不木老师私下见面的事情告诉羽田老师。

羽田老师虽然说过有什么事都能找她，可是在孩子们遭到冷遇的状况下，他怎么都狠不下心告发公太。

于是，我和让治一直监视着公太的行动。

如果公太有什么可疑举动，立即报告给医生。

讽刺的是，我们开始监视后，杀动物的行为突然销声匿迹了。

莫非凶手碰巧在此时停手了？还是做得更掩人耳目，没有被人发现？总之我们一边为公太并不反常的举动感到放心，一边眼看着阴沉的乌云逼近，却无能为力。

再过不久，就是我们在所长办公室偷听到的"预言"的日子。

我下定了决心，要跟公太当面说清楚。

那天上课，我第一次装睡了。下课后，我又一次提出跟公太自习，谁也没有怀疑。

抄笔记时，我一直窥视着公太的表情。他还是跟平时没什么两样。可我总觉得公太今天不怎么说话，难道只是想多了？

一旦说错话，我们的关系就会破裂。尽管如此，我还是鼓励自己抓住仅有的机会，壮着胆子开口了。

"上次你溜出宿舍去了什么地方？"

一直盯着我的手的公太猛地一颤。看到他的反应，我就知道让治没有瞎说。

"……你说什么呢？"

"我们在焚化炉发现猴子脑袋的前一天晚上，我看见公太离开宿舍了。"

我隐瞒了让治的名字追问刚才的问题，公太回答的声音似乎比平时低沉了一些。

"你在怀疑我吗？"

"我只是担心你。最近一直被大人盯着，我会担心也很正常啊。而且听说猴子博士在做奇怪的实验，还四处拉拢孩子。"

听到我的话，公太瞪大了眼睛。

"圭也被找过吗？"

"也？"

公太露出了大事不妙的表情。他的意思再明显不过了。

"我那天晚上看见的果然是公太啊。"

"我只是被他拉住说话，没干坏事。"

这下子，好几件事都能解释得通了。

体形变大、不砍掉脑袋就死不了的猴子怪物，想方设法获得成绩的不木老师，还有晚上溜出宿舍的公太。

"那些动物也是公太杀的吗？"

"我不知道。"

他嘴上在应付我，飘忽的目光却说明了一切。

"你为什么帮他啊？那有什么用？"

"什么没有用……"

一直很冷静的公太突然激动起来。

"你们根本不懂真正的弱者是什么心情！你知道看着大家都很开心，只有自己拖后腿是什么感觉吗？我想变强，我想爱自己，不准说没有用！"

我第一次听到公太这样怒吼，吓得愣在那里，一句话都说不出来。

我虽然很遗憾自己的运动能力并不强，但从来没讨厌过自己。我也从来不认为公太不如让治有用。我甚至很羡慕公太的学习很好。

可是公太似乎认为，别人发现他在力量之外有别的优点，也是在否定他。

我尚未反应过来，公太已经源源不断地倾倒出了真心话。

"你看看现在的大人就知道了。不过是发现了一些动物的尸体，他们就开始害怕我们。因为他们意识到，下一个沦落到那种下场的有可能是他们自己。他们发现，只要我们愿意，他们就制止不了我们。今后无论走到哪儿都一样。力量强大的人和力量弱小的人都无法理解我。你也一样。难道你还不懂吗？！"

我很想捂住耳朵逃离这里。

我只是普普通通地活在赋予我的立足之地而已。我只是觉得，人活着就应该有意义而已。为了让我有了立足之地的羽田老师，为了研究所的所有人，为了这个我还没怎么见识过的世界。

大人把希望寄托在我们身上，我们只是回应了那个希望，为什么要被当作叛徒？

我竟然跟境遇相同的公太都无法互相理解，这让我太痛苦了。

对方比自己强，或者比自己弱，就无法互相理解——他为什么要说这种话呢？为什么因为无法互相理解，就要大失所望呢？

在我快要哭出来的时候，脑中响起了让治和羽田老师的声音。

……即便如此，我们也是一家人啊。

他们的话没有逻辑，但成了我的救赎。

"我们不是一家人吗？公太可以多跟我倾诉呀。如果不好好了解公太，我一定会后悔。我没有神仙一样的力量，如果你不说，我就不明白呀。只要你愿意跟我倾诉，我保证绝不会讨厌公太。今后无论发生什么事，我都跟你在一起。"

不知何时，我脸上已经满是泪水。我用力闭起眼睛，眼泪还是源源不断地冒出来。

世界变得一片黑暗，只能听见公太吸气的声音。

我有多久没在别人面前哭泣了？记得八岁那年，无论我怎么努力都跑不过别人，曾在羽田老师面前哭过。

我抬起手臂使劲擦着眼泪，公太则飞快地收拾起教科书走了。

晚饭时，我碰到了让治。他目不转睛地看着我，担心地问：

"出什么事了？"

也许他看出来我哭过了。

"我跟公太吵了一架，没什么。"

"喂，你……"

我按住慌了手脚的让治，告诉他公太什么都没说。

"明天就是视察的日子了。如果公太真的跟不木老师有联系，今晚可能会行动。"

他可能会协助不木老师的研究，也可能会再次杀死动物破坏视察。不管怎么说，我们都要一直监视着他，直到明天视察结束。

公太似乎没听见我们的对话，独自坐在长桌的角落默默吃饭。

"这样吧，我跟他一个寝室，今天晚上不睡觉监视他，让他没法出去。明天白天就换你来监视。因为你跟公太在一起更不会引来怀疑。"

我同意了他的办法。

"要是公太有奇怪的举动怎么办？一个搞不好，可能会影响视察。"

"我们不能让他破坏羽田老师表现的机会。要在别人知道之前告诉医生，请她来处理。"

订好计划后，我们各自回了寝室。

虽然决定今晚由让治监视公太，可是过了熄灯时间，我还是睡不着。明明平时上课都能睡着啊。

零点过后，四人寝室里只剩下其他孩子的鼻息声，还有偶尔吹过的山风声。我躺在床上祈祷今晚平安无事，同时觉得每一秒都无比漫长。

世界仿佛中了静止的魔法。我不知该做些什么，心中的焦虑不断扩散。

为了转换心情，我想起床上一趟厕所，于是轻手轻脚地爬了下去，穿上室内鞋走出寝室。走廊没有灯，月光透过窗户照了进来。大人们可能还是会觉得光线昏暗，但对我来说已经足够了。

那时，我好像看见中庭另一头的研究大楼有一扇门打开，一个矮小的身影滑了进去。

不会吧，让治不是在监视吗？

他怎么溜出来的？难道是强行甩掉了让治？

我有点担心让治，但决心先去追踪那个人影，便在走廊上加快了脚步。

经过出口时，我看了一眼鞋柜。出门要把室内鞋换成外出鞋。右上角上数第二层，公太的格子里赫然放着换下的室内鞋。

刚才那个影子果然是公太。

我快步穿过中庭，正要走进研究大楼时，突然意识到一件事。

研究大楼晚上应该上了锁才对。

公太是怎么开门的？难道楼里有人接应？

接应的人——只能是不木老师。

研究大楼里非常安静，但跟宿舍楼不一样，走廊顶上亮着几盏灯。周围一个人都没有。

公太要避人耳目去的地方，肯定是不木老师的研究室。我想起之前在办公室大吼大叫的不木老师。他把猴子变成那样的怪物，是不是因为急着想在明天的视察中表现自己？让公太去那种地方太危险了。我再次加快脚步。

来到研究室所在的二楼时，前方十米靠近走廊中段的门猛然打开，一个人跑了出来。我慌忙躲在了转角处。那个往相反方向跑走的矮小背影穿着白袍，无疑是不木老师。

他跑出的房间门上挂着第二实验室的牌子。

我战战兢兢地打开门，一阵恶臭扑鼻而来，伴随着可怕的噪声。我连忙跑进去关上了门。

墙边摆着三排陈列柜，每个柜子都塞满了铁笼、铁笼、铁笼。

让我惊讶的是，许多铁笼都在剧烈摇晃，仿佛随时要掉出来。

我定睛一看，笼子里都关着形似猿猴的动物。

我说形似，是因为它们的一部分或全部身体要么异常膨大，要么毛都掉光了，跟我知道的猴子毫不相像。

那些猴子怪物纷纷发出难以分辨是愤怒还是苦闷的吼声，在笼子里拼命冲撞，仿佛正与看不见的敌人厮杀。

这就是不木老师的实验结果吗？

我愣愣地看着，突然想起了本来的目的。

公太在哪里？

房间深处传来痛苦的呻吟，混在一片猴子的嘶吼声中。我穿过陈列柜中间的通道，朝发出声音的方向走去。

那里摆着运送病人用的担架床。

上面没有人。

担架床前的地上，有个黑色的人影在痛苦挣扎。

我正要跑过去，却吓得停住了脚步。

"……让治？"

他怎么在这里？

"啊啊啊啊，呜呜……"

我听见闷哼，慌忙跪在他身旁。

"让治，振作点啊！"

我叫了好几声，他还是闭着眼睛痛苦呻吟，对我没有反应。

他的身体热得惊人，还在细细地痉挛。不仅如此，他的脖子和双臂还膨起了树根一样粗的血管，几乎要撑爆皮肤。那副痛苦的样子，跟笼子里的猿猴有些相似。

我不知如何是好，只能反复呼唤他的名字。

过了一会儿，他出现了惊人的变化。

"……圭？"

一直在呻吟的让治叫了我的名字。

他还是闭着眼，可能听见了我的声音。

"是我啊，你知道吗？让治，振作一点。"

"对不起……对不起。"

他像在说胡话。

"焚化炉里的脑袋……是我干的。我只想吓唬吓唬你们……真的对不起。还有，我一直……在说谎。"

"啊？"

"这几年来，我一直没报过真正的体测成绩……其实我的成绩比你还差。吊车尾的人是我啊。"

他怎么突然说起这个了？

让治似乎只有嘴能动，还在继续说话。

"一开始我很不好意思，因为输给圭这个女孩子太丢人了……后来我渐渐没有了退路。对不起，真的对不起。所以我对公太也很生气。我不想认可他，觉得做不出成绩的人没有价值，所以我才撒谎说看见他了。"

"这些等会儿再说，你撑住啊！"

让治的身体正在不断发生变化。肉体迅速膨大，转眼就快把衣服撑破了，现在乍一看已经认不出他来。

"要是做不出成绩，今后就不能跟圭在一起了，所以我很想变强。因为我、因为我……啊，啊啊！"

"别说话了！没关系，我会一直跟你在一起。我们是一家人啊。我绝对会救你的！"

我紧紧抱着不断变化的让治，不知如何是好，只能拼命呼唤他的名字。

由于过度慌乱，我丝毫没有发现——

那个悄声从背后靠近的人影。

直到后脑勺传来炸裂的冲击。

背叛

裏切り

* 一楼 · 不木的套房（刚力京）第三天，下午四时三十分

我好像靠在沙发上睡着了。

时钟显示现在是下午四点半，聚集在房间里的人酝酿着比刚才更沉重的气氛。

"对不起。"

"没关系，外面还没有动静。"

叶村君对我说。

大约二十分钟前，KAIDO 传来消息，说外面已经准备好了救援队，叫我们冷静等待。然而园内依旧充斥着喧嚣的音乐和游乐设施的噪声，并没有催促游客离开的通知。这怎么想都不像警方出动了。

"我们会不会被骗了？"

猫头鹰开了句玩笑，但实在无法否定这个可能性，所以谁也没接话。

阿波根坐在卧室床上，已经彻底安静下来，完全没有了刚才狂乱的样子。

　　只有里井在我睡着之前不断出入房间，跟昨天一样给我们准备了饭团，还挨个儿关心我们的身体情况。尽管很对不起他，但我已经身心俱疲，快受不了如此频繁的关心了。其他人恐怕也一样。

　　将近两天没睡，我们的疲劳已经到达顶峰。因为不知道谁才是"生还者"，聚集在这里的人不约而同地选择了先让一个人闭目小憩，醒来后再让另一个人休息。

　　这时，一直抱臂沉思的叶村君做了个提议。

　　"不如我们把地下室的楼梯堵住吧。"

　　面对大家的目光，他打着手势解释道：

　　"也许救援要等到即将日落的时刻。我们可以把不需要的家具堆积起来，尽量拖慢巨人上来的脚步。"

　　杂贺的房间被玛丽亚占领了，但我们还有阿波根房间的家具、厨房的冰箱，以及这个房间的储物柜，等等。地下室的台阶很窄，只要有三十分钟，就能盖好足够结实的防御工事。

　　"我的腿已经这样了，你只能一个人干两个人的活儿。"

　　猫头鹰指着自己被绷带固定的腿说。

　　"请交给我吧。"

　　叶村君点头答应道。

　　"一旦封闭楼梯，就无法与剑崎同学会合了。这样真的好吗？"

　　里井担心地问。

　　"我知道。其实这是比留子同学刚才提出的方案。她说当务之急是尽量提升我们的生还率。"

　　真是的，那女孩怎么如此冷静。

听了他的话，老大彻底甩开刚才的尴尬，发出了指令。

"我和里井、叶村和刚力组队，一起去搬家具。里面有东西的尽量抽空再搬运。阿波根负责把家具里的东西搬到楼梯那边，猫头鹰负责把东西塞回去，尽量增重。"

原来如此，这跟搬家队差不多。我也能派上用场。

"要不要叫玛丽亚？"

"不管她答不答应，还是叫一声吧。"

说完，老大就走出了房间。以此为信号，我们马上展开了行动。

我们源源不断地从各个房间搬出家具，堆放在大厅通往地下主区的楼梯上。最让人惊讶的是老大和里井的运动量。老大就不用说了，跟他组队的里井竟也毫无怨言，一刻不停地搬运家具。那一队完成的工作搞不好是我跟叶村君的两倍。我感叹他这么瘦竟如此有力，他笑着说："别看我这样，其实做过很久的搬家兼职。"

直到最后，玛丽亚都没有出现。看来她不想帮我们。

搬完所有能搬的家具，我又走向不木的房间，寻找给家具增重的琐碎物品。

可能还有一小时就要日落了。

我们只能束手无策地咬着手指，眼看太阳漠视我们的命运滑落地平线。尽管如此，我的心情还是跟昨天很不一样。只要耐心等待，一定会有救援。

问题在那之后。

我杀了不木，肯定要受到法律的制裁。我不仅对剑崎同学，还对叶村君坦白了自己的罪行，因此不打算逃避。但我想知道，自己究竟要以什么身份接受制裁。

　　我闷闷不乐地走进不木的房间，里面只有阿波根一个人。

　　"我帮你吧。"

　　"啊，那太好了。那我弄弄这边……"

　　阿波根匆匆走进卧室，开始打扫搬出家具后留下的灰尘。这也许是她的习惯，明明房间主人已经死去，真是辛苦了。

　　我看向飘窗。窗外传来了这两天已经十分耳熟的游乐园背景音乐。

　　恐怕我以后再也不会想去游乐园了。

　　"刚力小姐。"

　　阿波根在卧室低声喊道。

　　"刚才剑崎同学说，她有话要跟你说。"

　　她怎么不早点告诉我呢？我随便应了一声，转身走向偏房。

　　即将跟剑崎同学单独谈话，我有点紧张。对方只不过是个刚刚成年的女孩，但我猜测，接受阎王的审判时，人们可能会有我现在的心情。

　　剑崎同学正靠在铁栏上呆呆地看着外面。光是这个动作，就美得像一幅画。

　　她看见我，马上挺直了身子。

　　"刚力小姐，你来得正好。"

　　来得正好？不是她叫我来的吗？

　　"我有事要求你。"

　　我下意识地绷紧了神经。昨天她就是在这种情况下威胁我的——

虽然那都是我自作自受。这次她又要对我下什么命令？

"只是保险起见……我要把拿钥匙的方法告诉你。"

我怀疑自己听错了。拿钥匙？

目前推测钥匙在钟楼。昨天为了这个，成岛被杀了。就算是剑崎同学的请求，我也不愿重蹈他的覆辙。

"别说傻话了，还是乖乖等救援吧。"

"话是这么说，但是你也看见了，游乐园内没有任何异常。如果我们中间有人等不及了，放下正门的吊桥。那么日落之后，巨人就会跑出去。"

的确有可能。

"我用不了这个办法，也不希望任何人用。可是一旦有人发现了这个方法，就需要有人协助。"

"为什么找我？"

"因为叶村君可能会用这个方法，我又不知道'生还者'有什么目的，因此不希望被那个人知道。我可以确定刚力小姐不是'生还者'。"

"你怎么确定？"

"因为大家都发现了。不木在日记上写着'那帮人里面'，因此'生还者'应该是成岛带来的人。而且……"

看到她锐利的目光，我意识到一切都被识破了。

那是揭露我罪行的目光。

她果然又——

"你并不是刚力智的妹妹。"

我深吸一口气，明知道自己已经落败，还是做了最后的挣扎。

"……你说什么呢？叶村君已经看过我的驾照了，照片也没错。我怎么就不是刚力智的妹妹了？"

"让我产生怀疑的是你找到刚力智先生的手机后，坦白自己来这里是为了搜寻他的时机。当时我们已经知道很多工作人员进入宅邸后没了消息，可你为什么一直没说自己在寻找刚力智先生呢？"

"因为我不想让别人知道自己有杀害不木的动机。"

"既然如此，那我无法理解你为何主动找出智先生的手机，还坦白了自己的身份。当时确实急需找到跟外界通信的手段，但他们发现了那么多手机，你大可以先观察情况，实在没办法了再站出来。因此我想，你当时已经不再需要隐瞒自己的身份了。"

剑崎同学举起了智的手机。

画面上显示着我跟智亲密合影的自拍。

我不禁后悔没有找到时间删除照片。

"你跟智先生的关系很特殊吧？"

剑崎同学没有逼问，而是用了确认的口吻。

要否定很容易，可是手机在她手上。既然她已经看见了我和智的照片，再隐瞒也没有用。

"没错，我们既是兄妹，也是相爱的关系。只是因为这种关系不好随便说出口，我才一直保持沉默。"

"我一开始看到照片时，还以为你们其实是夫妻，为了隐瞒这个事实才自称兄妹。毕竟你驾照上的姓确实是刚力。可是，你完全没必要对我们说这样的谎，因为这种事只要警察一查就知道了。"

没错，一查就知道，所以我才要小心行动。

"后来我突然想到，其实妻子或恋人的身份并没有问题，正因为是妹妹才有问题。最关键的线索就是你跟刚力智先生成对的挂绳。"

剑崎同学在窗那边晃了晃手机。天秤造型的橡胶挂绳随之摇晃了几下。

"从材质和造型来看，这个挂绳跟你借给叶村君的数码相机上的挂绳应该是同系列产品。"

"那又如何？恋人用同系列的产品很奇怪吗？"

"是不奇怪。问题在于两个挂绳的设计。最开始看到你的螃蟹挂绳，我以为你只是喜欢那个造型，或在哪里买的旅行纪念品。后来看到智先生的挂绳是天秤，我就改变了想法。螃蟹和天秤，二者存在共通点——它们都是星座造型。"

啊啊。

我知道剑崎同学发现了什么。

"假如你们只是买了各自星座的挂绳，那么拥有同系列不同造型的产品也就不奇怪了。可是刚力小姐，叶村君告诉我，你这个月满二十三岁了。三月出生的人，应该是双鱼座或白羊座。可你却挑选了六月到七月出生的巨蟹座的挂绳。为什么？因为你不是三月出生的人。你只是用刚力京的身份生活，还获得了驾驶证。但你也许觉得区区挂绳不会引起别人注意，在购买时就按照自己真正的生日选择了巨蟹座——你不是刚力京。"

糟糕了。这个少女竟看穿了我隐瞒多年的秘密。

那只是区区一条挂绳。但那是智专门为我挑选的，让我能在刚力京的身份之外拥有的唯一彰显了我自己的东西。

"既然你不是刚力京，就能解释你为何要隐瞒到这里来的目的了。你认为智先生很可能在这里遇害，却不知遗体被藏在何处、处在什么状态。万一警察发现了疑似智先生的遗体怎么办？通常遇到身份不明的遗体，警方会先对照牙医治疗记录。那么，假设遗体缺失了头盖骨，无法对照牙医记录怎么办？这种时候，如果牺牲者有个妹妹呢？自然会通过 DNA 鉴定，确认二者是否为血亲。"

一旦事情变成那样，很显然会暴露我们并非兄妹的事实。我必须想尽一切办法避免这种情况。

"避开 DNA 鉴定有两种办法。一是完全没有发现智先生的遗体和遗物。你只要不说出自己来这里的真实目的，就能实现这一点。另一个是找到智先生的头盖骨，对照牙医记录。我听叶村君说，你盯着首冢的头盖骨看得很认真？"

智有个很明显的特征，就是门牙有个缺口。可是首冢的头盖骨都没有这个特征，我只能一直隐瞒自己的目的，以免事情出现差错。

"今天，情况变得对你有利了。副区墙壁里发现的白骨遗体没有头盖骨，也没有衣服和随身物品。可以认为，其他遗体也遭到了同样的处置。"

也就是说，谁也无法判断哪具遗体是智。

虽然后来在杂贺房间发现了智的遗物，那也不成问题。

剑崎同学顺着我当时的思路侃侃而谈。

"今后若是找到了头盖骨，就可以对照牙医记录。若是找不到头盖骨，仅凭躯体提取的 DNA 得出与你没有血缘的结果，你也可以坚称那不是智先生的遗体。不必担心谎言败露之后，你终于能坦白自己来到这里的真正目的了。"

我发现自己不知何时握紧了拳头，于是刻意放松下来。

"听你的语气，应该掌握了证据？"

剑崎同学这时突然不好意思地压低了声音。

"很抱歉，我擅自请 KAIDO 调查了刚力兄妹。因为这部电话里留有旧熟人的号码，结果来得比我预想的还要快。这是刚力兄妹上学时的照片。"

手机屏幕上显示出疑似刚力兄妹毕业相册的照片。

她不到半天就能搞到这种东西？她有这么可靠的伙伴，太让人羡慕了。

不，不对。刚力智也是我完全信任的伙伴。

只是他并不依赖我。

"这是刚力智先生本人没错，但刚力京长得跟你完全不一样。还有一点，KAIDO 把你的相片发给提供毕业相册照片的智先生的老同学看，他表示很眼熟——'前田圭子'小姐。你是智先生的初中同学，对吧？"

好久没听见这个名字了，虽然它只会激起我不堪回首的记忆。

"既然已经追查到这里，你是'生还者'的可能性就为零了。因为前田圭子是可以追溯到儿时上学记录的普通人。那么，真正的刚力京去哪儿了？"

没错，智的妹妹刚力京并非虚构人物。

她是真实存在——曾经存在的女性。

我仰天长叹。眼前虽然不是天空，而是昭示着我的迷茫与不安的石制天花板，但应用在这个情景应该没错。

"你好厉害啊。"

智已经不在这个世上。反正我已经是孤身一人，让她知道了也无所谓。我横下了心。

"你说对了。我跟智是在初中认识的。我们俩都是不起眼的学生，也谈不上关系有多好，但我们都隐约猜到对方是自己的同类。"

我的家乡是个没有主要产业的乡下小镇，父母在我很小的时候就离异了。我跟父亲一起生活，而他是个整天不干活儿、赖在家里喝酒的人渣，我们不得不每天躲着房东和债主，也不知被停过多少次水电。唯一的安慰就是，我并没有亲密到可以邀请到家里来的朋友。

智则从小在放弃了育儿的家庭里长大，也受过不少苦。

初中毕业后，我没有升学，而是在当地一家超市工作。因为我想尽快离开那个没用的父亲。我领着微薄的薪水，每天拼命工作，两年后终于开始独立生活。然而好景不长，父亲不知从哪儿打听到我的住处，要把我带回去。他不厌其烦地来骚扰我，每次都大吵大闹，我不得不屡屡更换住处和工作。

就这样过了几年，那个废物一样的父亲始终束缚着我。他一定是想拉个人到地狱垫背吧。我才不要呢。我下了狠心，决定不择手段地切断自己与父亲的关系。

二十岁那年，我因为机缘巧合与智重逢。他当时已经离开了家，但从穿衣打扮上能看出还在受苦。

那是我第一次跟老同学到居酒屋聊天，因为我们俩都没有出席成人仪式。无论怎么努力，我们都没能找到快乐的话题，但还是不断推杯换盏，像在小心翼翼地试探彼此的距离。那短暂的时光，竟成了不可思议的内心休憩时间。

快到打烊时间，智突然对我说：

"我妹妹一直没回家。"

"离家出走了？"

他凝重地摇了摇头。

"三个月前，她留了一封好像遗书的信就失踪了。电话也打不通。"

"那可太糟糕了。"

我忍不住提高了音量，但他只是淡淡地呢喃："她太累了。"

"其实我也累了。但她可能太想休息了。每一天，她为了生存都拼尽了全力。我很想帮她，可是连自己都顾不上。"

原本一直低着头的他，突然对上了我的目光。

"你想不想要我妹的户籍？"

"你是说……"

"家里没有上报失踪，但我知道，她已经没命了。她的存折和保险证都没拿走。你要不要成为刚力京……成为我的家人再活一遍？"

那是我人生中遇见的第一道曙光。真名不过是把我束缚在父亲身旁的诅咒。如果我能变成另外一个人，那该多好啊。

我决心舍弃真名，舍弃现在的人生，成为智的妹妹。

我们去了一片陌生的土地，在廉价出租屋里开始了共同生活。在智的劝说下，我报了夜校上学，并通过在校期间的兼职，毕业后找到了记者的工作。后来，我又以刚力京的身份考取了驾驶证。

就这样过了五年多。虽然生活并不宽裕，但我第一次真实感受到了自己努力打开人生道路的快乐。

然而，我没有发现智的烦恼。

三年前，智不知从哪儿得到了消息，离开我们的出租屋开始在梦幻城工作。他每一份工作都做不长久，这次却格外投入，还因为涨工资兴高采烈。不仅如此，他还答应我下次过生日会送我礼物。可是一年前，智失踪了。

现在我怀疑，他明明有我这个家人，却被选为巨人的生祭，可能是因为发现了凶人馆的秘密。但他当初没有告诉我，也许是不希望刚找到人生乐趣的我为他担心。不木可能在工作人员中安插了间谍，为他寻找生祭。

可是智啊，你太过分了。

我们不是家人吗，你怎么不告诉我呢？

为什么不依赖我呢？

没想到我们竟以如此唏嘘的方式天人永别。

"我知道这不是正确的活法，但无论怎么想，我都不知道哪里出错了。"

供我们选择的道路总是很有限。我和智都只是从中选择了让我们更幸福一些的道路。

现在智死了，我也成了杀人犯。

复仇已经成功。然而，我成为智的妹妹后得到的平静人生，恐怕将不复存在。

剑崎同学悲伤地看着我。

"如果我有剑崎同学那么强大，智就会依赖我了吧？"

我还是想认为，智其实是需要我的。

剑崎同学张开嘴，正要说话。

那一刻，不木的房间传来了喊声。

阿波根怎么了？那声音不像惨叫，更像是怒吼。

"我去看看。"

我正要转身离开，却发现门被锁了。有人在不木房间那头上了锁。为什么？

我朝另一边大喊：

"快开门啊！出什么事了？！"

敲了一会儿门，对面传来了有人靠近的响动。

"对不起啊，刚力小姐。我不能让你们进来。"

阿波根的声音跟刚才的怒吼不一样，变得异常温柔。

还会出事——我脑中闪过老大的话。

"为什么？"

"救援快来了，我才不要跟杀人犯待在一起。我要一个人等。是你们不好，本来就不该来到这里。不过没关系，你们不是挺团结的嘛，可以互相帮助嘛。"

啊哈哈哈哈——门的另一头传来高亢的笑声。

就这样，我被阿波根锁在了不木的房间外面。

* 一楼·大厅（叶村让）第三天，下午五时二十分

我们勉强赶在时限前盖好了路障。

虽然不知道这对巨人是否有用，但我们尽力了。接下来只能等待救援。

没等我松口气，不木的套房那边就传来了猫头鹰的怒吼。他不是去向比留子同学询问救援队的情况了吗？到底怎么了？

旁边的老大和里井都惊讶地看了看彼此。

紧接着，我又听到了用力敲打金属的声音。

我正犹豫要不要过去查看情况，猫头鹰已经拎着拖把面目狰狞地回来了。

"阿波根反了，她反锁了金属门。"

瞬间的呆滞之后，我明白了此刻的情况。

路障已经盖好，去不了主区和副区。

要是进不了不木的套房，我们该躲到哪里去？

等到日落后巨人出来，将会是一片血海。

我们都来到不木的套房门前，果然如猫头鹰所说，金属门内侧插上了门闩，把我们彻底封锁在外。

"只有阿波根在里面吗？"

"不知道。刚力没在这里，可能跟她在一起。"

猫头鹰虽然这么说，但我不认为刚力会跟阿波根合谋。

"也许她被阿波根控制了。"

"我才不会做那么粗暴的事。我可文弱了。"

金属门另一头突然传来阿波根的声音，否定了里井的猜测。

"你们放心吧。刚力小姐刚才在跟剑崎同学谈话，我把她关在偏房了。那可以说是最安全的地方。"

我们轮番上阵，对金属门又拍又打，但门闩纹丝不动。不过这是能够挡住巨人攻击的定制大门，这个结果也只能说理所当然。

"你一开始就打算这么做吗？"

老大按捺住怒火问道。阿波根特别委屈地反驳：

"怎么会？我也想所有人都能获救，是你们妨碍我逃出去呀。所以没办法，我只能选择自保了。"

"是你杀了不木和杂贺吗？"

"胡说什么呢？杀人犯在你们中间。现在就看是救援先到，还是先出现新的牺牲者了，你们赶紧为命运祈祷吧。"

阿波根的脚步声渐渐远去。看来她不会改变主意了。

如果她没说谎，那就不需要担心刚力。可是这样一来，我就无法联系上比留子同学，也不知道救援行动究竟怎么样了。

老大看了一眼手表。

"距离日落还有四十分钟，没时间犹豫了。不想想办法，我们全都得没命。"

办法只有一个。

老大似乎做出了决定，开口说道：

"放下正门吊桥逃生，尽量疏散周围的游客。"

"你是认真的吗？"

猫头鹰的语气不像反对，更像是无奈。

"不走，死的就是我们四个人。可巨人一旦跑出去，就得死更多人。"

"只要救援队在日落前行动，就可能不会死人。如果要赌一把，我们就必须立即行动。"

"……没办法。"猫头鹰点头赞同道，"我们先行动起来，说不定能迫使救援队立即行动。"

于是，我们转头走向正门吊桥的机房。

老大拿起放在里面的钢丝钳，对准卡死的机轮和吊桥之间的其中一根铁链，用力钳下。然而吊桥足有数百公斤，甚至可能超过一吨，将其吊起的铁链也非常结实，一次无法剪断。

两次、三次、四次，老大怒吼着再次发力，铁链终于断了。接着他又剪断了另一根铁链，但吊桥没有就此落下。由于经年无人保养，桥板的五金件已经锈死，只能靠人力将它推倒。

确认时间，距离日落还有大约三十分钟。

老大看了我们一眼。

"吊桥放下来就没有退路了，我们必须抓紧疏散周围的游客，让他们离开游乐园。"

"也许我们会先被保安抓住。"

里井表达了不安后，单脚支撑着身体的猫头鹰气势汹汹地放言道：

"既然如此，那就干脆大闹一场。"

我们配合老大的口号，四个人全力撞向桥板。

桥板纹丝不动。没想到猫头鹰的伤竟在这时候拖了后腿。

由于太缺乏撼动的感觉，我不禁担心是不是还有其他地方被固定了。

"再来一次。"

我们听老大的指示放低了重心，背后突然传来声音。

"到底怎么回事？不木的套房怎么进不去？"

一直躲在杂贺房间的玛丽亚似乎等得不耐烦，出来查看情况了。

"阿波根反水了。"

老大说明了我们被关在外面，目前不清楚救援队情况的现状。玛丽亚先是震惊，但很快挤到了我和猫头鹰中间。

"我可没有相信你们。不是要疏散周围的人吗？抓紧时间吧！"

她那摧枯拉朽的强大语调，让我又充满了勇气。

这次换成五个人合力撞击。玛丽亚忍不住闷哼一声，可能胸口的伤被震到了。

过了一会儿，我们都累得大喘气时，地槽和铰链之间发出了细小的吱嘎声。桥板开始异常缓慢地倾斜，并且渐渐加速。

"离远点！"

巨大的吊桥抖落堆积了十五年的灰尘和霉菌，轰然倒了下去。桥板卷起的风吹动了庭院的树木，路上的游客爆发出惊叫。

玛丽亚第一个冲过桥去，对周围大声高喊。

"这里很危险，大家快离开游乐园！谁去叫保安过来？"

＊一楼·偏房（刚力京）

"开门啊！你在听吗？"

我停下拍得通红的手，不甘心地咬着下唇。

我一直在劝说阿波根，她却毫无反应。看来她是铁了心不让我出去。

窗外的阳光渐渐变红，每一刻都在加深。

"叶村君他们怎么办啊？"

我问了剑崎同学，可她正用手机向 KAIDO 报告这里的突发情况，没有回答我。

就在这时，我听见远处传来庞大的物体砸向地面的声音。

"救援队来了？"

我顿时满怀希望，但剑崎同学耳朵贴着手机，对我摇了摇头。

"救援行动还没开始。这也许是——正门吊桥落下的声音。"

怎么会这样？

他们剪断了正门吊桥的铁链，把桥放下来了？那桥就无法吊起，日落之后巨人就会跑出去。

大家的心情我理解。他们被锁在外面，如果不逃离宅邸，就只能等死。可是这样一来，难免会危及游客。

想到这里，我强迫自己抛开了谴责他们的意图。

"太卑鄙了。我比任何人都安全，不能这样说他们。"

那是他们为了生存做出的选择。

剑崎同学好像也失去了冷静，在那边来回踱步。她虽然两次揭穿了我的秘密，但是被困在别馆，也只能束手无策。她若要跟大家会合，必须先躲过巨人，再穿过这边的路障。若是巨人倒还好说，凭她的力量，实在是太困难了。

剑崎同学——叶村君最依赖的侦探，早在迎来最后一夜之前，就被排除到了事件之外。

"阿波根会不会是'生还者'？"

我正要悔恨自己的不注意，剑崎同学马上否定了那个猜测。

"阿波根女士第一天跟玛丽亚小姐在一起，昨晚又跟刚力小姐在一起，应该不是凶手。"

"那倒是。不过我们到最后都不知道谁有机会砍掉杂贺的脑袋呢。"

"不，其实有一个人可以，假设那个人是'生还者'。"

我怀疑自己听错了。难道她被困在那种地方，却又一次揭开了真相？

"怎么做？叶村君已经验证过利用巨人砍断脑袋或带走脑袋的方法，全都行不通啊。"

"你是说凶手与巨人分别负责转移菜刀和砍掉脑袋，对吧？我们虽然认为这种分段操作很困难，但设想本身是正确的。正如刚力小姐杀了不木，另外的凶手砍掉并带走他的脑袋，杂贺一案应该也存在这种困难的分段操作。"

说着，剑崎同学竖起了细长的手指。

"只不过，杂贺一案的操作并非分成了两段，而是三段。"

*外部·凶人馆门前（叶村让）

"这座建筑物里发现了炸弹！请尽快离开游乐园！"

我们无暇细品久违两天的户外，朝着游客不断高喊。

最积极疏散游客的人，是刚才还独自躲在房间里的玛丽亚。她之前一心想逃离凶人馆，现在却停留在门口并不离开，将外套捆在腰上，拼命劝说游客。听到她流畅的日语，游客们虽然感到困惑，却被她的气势压倒，毫无怨言地离开了。

猫头鹰也拄着充当拐杖的拖把，在另一边奋力劝说。他肯定很不擅长这种工作，现在却像个土生土长的日本人那样点头哈腰，声嘶力竭地呼喊。

有的好事者手持相机，想靠过来一睹传说中颇为骇人的凶人馆内部。

"叫你赶紧走，没听见吗？！"

里井突然爆发出前所未有的气焰，把他们都赶回去了。

刚才保安赶过来试图制止我们，但游乐场的保安自然敌不过身经百战的老大，一个个不是被扔开，就是被按住，或是被揪着领口一顿暴喝，于是那些保安只能爬到一边联系负责人，然后莫名其妙地加入了疏散游客的行动。

救援队呢？警察怎么还没来？

我无数次看向游乐园大门。夕阳已经落到山阴处隐去踪迹，天空渐渐发紫转蓝，园区里亮起了路灯。

巨人也许已经离开了别馆。

若真的是这样，谁也阻止不了他。

我早就知道了。

尽管如此，我还是……

侦探在这里派不上用场。

比留子同学的话语在我脑中盘旋。

不对。比留子同学，不是你派不上用场。

是我啊。我这个华生只能愣愣地站在这里，不知如何是好。

我这个……愚蠢的华生。

华生离开了福尔摩斯，究竟能做什么？！

我还在期待比留子同学的表现。我想期待她的表现。

一直以来，我都很讨厌这样，讨厌只能依赖她、期待她的自己。

可是，这个被我百般厌恶的角色，难道不是只有我才能扮演吗？

就算剑崎比留子放弃了自己，我也绝不会放弃她。

那个瞬间，灵感从天而降。

对啊！我的手机在车上！

比留子同学拿着刚力智的手机。我不知道她是否记住了我的号码，但她有可能联系我。

想到这里，我就朝着凶人馆跑了过去。货车停放在外面看不到的庭院大树底下。

我拾起地上的大石块，狠狠砸向驾驶席车窗。玻璃破碎的瞬间，货车响起了警报声，但我还是不管不顾地打开了车门。装有贵重物品的袋子放在副驾驶座下方。我拿出比留子同学的手机，立马开机。

我的手机没有陌生号码的未接来电和信息，她的手机则上了锁。

现在还不能放弃。我能不能查到刚力智的电话号码？

我拿着手机，走进凶人馆。

巨人的住处，我们刚刚逃离的地狱。

远远超越了我所知道的所有推理小说的杀戮之地。

凶人馆一片死寂。

我先走向不木的套房，站在紧闭的金属门前，大声请阿波根给刚力带话。可是无论我怎么叫喊，里面都没有回应。

不行，现在没时间说服阿波根。

我离开金属门，来到走廊途中的吊桥前。

即使放下吊桥，我的声音也无法传到偏房的刚力和比留子同学那里。

不仅如此，还会形成别馆到本馆的最短路线，让好不容易建成的路障变得毫无意义，并且遮挡首冢的光线，让巨人提前出来。

我真的什么都做不了吗？

就在那时，背后传来了人的气息。

我回过头，那里站着一个伙伴，右手的利刃发出寒光。

*一楼·偏房（刚力京）

"有三段？"

我不太明白剑崎同学的意思，忍不住重复了一遍。

她扳着指头解释起来。

"切断杂贺先生的脑袋需要凑齐好几个条件，实际不可能完成。

"第一，叶村君和猫头鹰整个晚上都没有离开尸体所在的副区。

"第二，主区出入口整个晚上都被老大监视着。

"第三，掉落在现场的中式菜刀是成岛先生从不木的套房里拿出去的。

"第四，尸体周围的血迹已经完全干涸，推测距离头部被切断已经过了将近九个小时。"

清晨时段，只有巨人进出过副区，并且已经验证无法从主区隔着窗户切断脑袋。凶手趁老大和叶村君不注意进出副区的方法全部被否定了。

"叶村君应该还想过，就算'生还者'拥有远胜人类的巨大力量，也不可能在黑暗中来去自由。"

"没错。"

剑崎同学先肯定了我的话，然后继续解释。

"我们出错的地方，在于把杂贺一案分成了'傍晚杀人'和'夜间砍头'两段。其实应该分为三段——'傍晚杀人'、'夜间设置伪装'和'清晨砍头'。而且，只有'生还者'能完成这三段操作。"

"那个'生还者'有我们不知道的特殊能力吗？"

"不。我们第一天晚上就熟知了'生还者'的能力。请你回忆一下，我们为何判断脑袋是晚上被切断的？"

"因为杂贺尸体周围的血完全干涸了。老大推测，血迹要经过九个小时才会干涸成那个状态。其他人都没有提出异议。剑崎同学不也看了照片吗？"

"是的，我赞同老大的推测。然而有证据证明那些是杂贺先生的血吗？"

那不是杂贺的血？

这句话宛如晴天霹雳，使我停止了思考。

"我们从一开始就目睹了超人研究的实验对象最有特征的能力。

"他们拥有远胜人类的惊人生命力和恢复能力。即使失去对常人来说足以致命的血量，也能保持活力。"

被老大他们打了无数枪，浑身是血还能继续发狂的巨人。

研究资料上记载的实验对象的超强自愈能力。

这些信息我们早就知道了，可是巨人实在过于狂暴，就像怪物一样，因此我们没往那个方向思考。

"听说资料上记载，羽田博士的实验对象也具有很强的恢复能力，所以我的猜测应该是正确的。凶手昨晚并不需要进入副区，只需从主区拉门房间的窗户伸手过去划开血管，对准遗体头部让血液滴落，然后再把中式菜刀扔到遗体旁边即可。"

原来中式菜刀上沾的是凶手自己的血吗？

如果只是淋血，也可以用动物的血，然而因为巨人的存在，宅邸中一只老鼠都看不见。其他的遗体都被砍了头，恐怕无法收集到足够的血液。如果要用，只能用凶手自己的血。

"如果是一般人，短时间内流失总血液量的百分之二十，就会发生失血性休克。即使是体重八十公斤的人，百分之二十的血量也只有一点三升左右。能在杂贺先生头部周围留下血泊的人，唯有恢复力惊人的'生还者'。

"凶手的血迹在第二天清晨之前完全干涸，仿佛有人在夜间切断了杂贺的脑袋。清晨五点左右，巨人进入副区，发现杂贺先生的尸体，出于习惯砍掉他的脑袋，并将其带走。"

"当时杂贺的脖子没流血吗？"

"杂贺先生的胸部和腹部有两处大量出血的伤口。假如心脏已经停跳，体内残留的血液又不多，那么脖子的出血量应该很少。"

怎么会如此巧妙？

不木被杀时，切断其头部伪装成巨人的行为。

到杂贺了则反过来，布下一个伪装成并非巨人切断头部的诡计。凶手把中式菜刀扔到遗体旁边，也是为了让人误以为有人用它在夜间砍了杂贺的脑袋。

"杂贺先生的尸体正好头朝窗户，也方便了凶手行事。由于巨人只有右臂，如果尸体头部朝向左侧，他可能会先将其移动到方便动手的位置。如此一来，凶手留下的血迹就会跟尸体位置错开。"

"这个凶手运气也太好了。"

明明是靠运气行凶，却能如此顺利，但是剑崎同学否定了我的说法。

"凶手在最关键的环节没有得到幸运的眷顾。请你想一想，凶手为何要先后砍掉不木和杂贺先生的脑袋？遗体失去头部，只有刚力小姐你能得到好处。由于你处在了很容易遭到怀疑的立场，凶手才不得不使用诡计。"

"骗人的吧？你是说凶手在保护我吗？"

"是的。不木被杀后，凶手趁你离开房间时切断了不木的头部。这个时机如此巧合，可以推测凶手应该听到了你和不木的对话。那么此时就有一个疑问。凶手若要保护刚力小姐，就不可能使用你的折叠刀行凶。可是事实为何会变成这样？也许凶手并不知道那是你的东西。"

"我在刀柄很显眼的地方刻了名字，捡到的人不可能看不见。"

"如果捡到折叠刀的人不是凶手，而是杂贺先生呢？凶手与杂贺先生发生争执，从杂贺先生手上夺走折叠刀将其刺杀；所以凶手才没有发现那是你的东西，直接把它留在了现场。"

假如真的是这样，我对众人表明那是自己的折叠刀时，凶手内心肯定很惊慌，因为自己的凶行反倒增加了我的嫌疑。

"凶手必须立刻想办法洗清你的嫌疑，同时不能让自己引起别人的怀疑。最后想出的诡计，就是通过血迹这个最可靠的物证，让人们错误判断砍头的时间。"

因为我发现了杂贺的遗体，所以不得不设置的诡计。由于事出突然，又没有时间充分计划，凶手应该是即兴而为，不得不依赖自己的运气，甚至无法保证巨人晚上是否会走到密道最深处。

尽管如此，凶手还是在最绝妙的时机巧妙地利用了现状。

先是杂贺遗体的位置，还有充斥现场的香水味。假如凶手杀死杂贺时注意到香水瓶摔破，可能会想到利用逐渐扩散的香气吸引巨人过去。

凶手的计划押中了一半，押错了一半。

巨人两次进入了副区，但是九点半那次并没有走进密道。等他凌晨五点砍掉遗体的脑袋时，凶手留下的血迹已经完全干涸，结果制造了不可能实现的情况。

能够布下诡计的人，是有机会隔着窗户放血的人物——也就是能在晚上在主区移动的人。

"阿波根女士和刚力小姐整晚都待在一起，叶村君和猫头鹰一直待在副区。有时间自由行动的人只有老大和玛丽亚小姐，再就是追着成岛先生离开房间五分钟的里井先生。”

“那三个人应该都有机会执行计划，该怎么确定谁是凶手？”

“这很简单。凶手还砍了不木的脑袋拿到首冢。第一天晚上，玛丽亚小姐一直跟杂贺先生和阿波根女士躲藏在一起。她没有机会砍掉不木的脑袋。”

真凶很快就要被揭露了。

我紧张得心脏隐隐作痛。

“要把不木的脑袋拿到首冢，必须等叶村君离开壁炉房间。但是老大跟叶村君会合后，被命令与杂贺先生一起收拾不木的遗体。其后，他又跟成岛先生一同调查不木的套房，没有时间去首冢，所以凶手也不是他。经过排除，凶手就是……”

我下意识地把手伸进裤子口袋，拿出了他给的名片。原来这个人就是让我们陷入混乱的“生还者”。

名片上的文字映入眼帘。

里井公太。

我们陷入沉默时，已经听了无数遍，令人烦躁不已的轻快音乐响了起来。

欢迎来到梦幻城，这里是现实与梦幻之间的乐园。
大家跟我一起快乐地跳舞吧。直到永夜迎来曙光。

Chap· 9

第九章

最后的诡计

最後の仕掛け

一阵剧烈的头痛将我拉出了沉睡的世界。

让治呢？

我慌忙坐起身子，顿时天旋地转，险些又倒下了。摸一把后脑勺，那里肿了起来，指尖还蹭到了血。我浑身发烫。

有人打了我。

最后好不容易站了起来，我却感到阵阵恶心，稳不住身子。我想起以前羽田老师说的，身体的动作都由大脑来指挥，所以一定要小心，别让头部受伤。

我觉得自己只昏过去一小会儿，研究室却变了模样。

架子上许多铁笼已经落在了地上，里面的猴子全都死了。有的身体部位异常发达，有的全身无毛，有的膨胀到跟我们这些孩子一样大，全都呈现出怪物的模样。地上还落着一把砍柴的大刀，那似乎就是杀死猴子的凶器。

我四处寻找计治，但他已经不在刚才倒地的地方。他去哪儿了？

我扶着架子迈出一步，疼痛而灼热的身体几乎不听使唤。

就在那时，一个脑袋被砸破、应该已经死去的猴子突然扭过头来。我吓得惨叫一声，它吱吱叫着朝我扑了过来。

我被猴子一撞，不受控制地倒在了地上，右手正好摸到那把大刀。

我举起大刀用力一砍，粗钝的刀刃击中了猴子的身体。

让我震惊的是，即使被砍成两段，那猴子还在挣扎。

脑中闪过某个人的话语——

为了保证死亡，只能切断头部。

"哇啊啊啊！"

我高喊着给自己打气，一把按住在地上爬动的猴子的上半身，对准它的脖子剁了下去。沉重而柔软的诡异手感——猴子终于不动了。我还是怕它再爬起来，便举着大刀死死盯住那颗头颅。

眼前闪过了焚化炉里的猴子脑袋。

呃，怎么办？

啊，脑子转不动。全身都好痛。

无法思考。

总而言之，最好把脑袋和身体分开一些。

让治说是他烧了猴子头。

他还说中庭挖出过古时候埋在地下的大量首级。

我在恍惚间决定，把脑袋拿到中庭。

我拿着猴子头走出房间，打开了走廊的窗户。

从这里扔下去，就是中庭了。

我伸手出去，松开猴头。咕咚，它落到了中庭。

这下没问题了。好，快去找让治吧。

快点，快点。

可是，我的想法太天真了。

刚在走廊上走出去几米，黑暗中就有两只发光的眼睛转了过来。

疑似从铁笼里逃出去的猴子发出刺耳的叫声朝我走过来。后面还有一只。

我惊呆了。

混乱并没有停留在研究室，而是蔓延到了整个研究所。

我竖起耳朵，听见猴子的叫声中混着人的惨叫。

仿佛嫌骚动还不够大，火警报警器震耳欲聋的响声笼罩了整座建筑。

这下不能假装什么都没发生过了。别说视察，羽田老师的研究恐怕再也无法继续。

那我们怎么办？

我拼命压抑着源源不断的不安。

没关系。我有让治和公太，有宝贵的家人，一定没问题。

我安慰着自己，朝前方的猴子扑了过去。

我打倒了一只猴子，却被另一只猴子咬了左臂。

它的咬合力十分惊人，根本不像猴子。

我大叫着用力扯开它，挥舞大刀将其斩首。

"……欸？"

我想把脑袋扔到中庭，却发现窗户不见了。好奇怪，这里应该也有窗户啊。

没办法，我只好抱着猴子脑袋向前走。曾经像家一样的研究所，已经成了地狱。

不知从哪儿冒出来许多猴子，一直阻挡我的行动。它们的身体虽然矮小，但有时会使用道具，还会抱团袭击我。

啊，被咬到的左臂好烫，而且动不了，太碍事了。我抬起右手一搂，听见扑哧扑哧的声音。

我负了伤，还是不断击退那些猴子，寻找让治和老师们。

我要保护他们，保护这个地方。

保护我们的家。

还有未来。

就在那时，走廊的扩音器响起了猴子叫声，混在震耳欲聋的警报声中。

连广播室都被猴子占领了吗？

声音传进因为休克和剧痛而意识朦胧的脑中，叫声发生了奇怪的转换。

欢■来到梦■城，这里■现实与■■之间的乐■。

大家跟我■起快■■跳舞吧。直到永夜迎来曙■。

＊一楼·内部吊桥前（叶村让）

"你在那里干什么？"

汗流浃背的里井站在走廊上，手里还攥着刚才在机房用过的钢丝钳。

"太阳下山了。附近的游客应该都已经被疏散，但救援队恐怕赶不过来。再这样下去……"

巨人就会跑到夜晚的梦幻城。到时候就算训练有素的机动队队员来了，也难免有人牺牲。

"我在想，如果能联系上比留子同学，说不定能做些什么。"

"你把赌注压在剑崎同学身上了啊。虽然现在不是感慨的时候，但我还是很羡慕你们的关系。"

里井淡淡笑着，摆弄了几下钢丝钳。他的目光落在吊桥旁边的机房门板上。

"里井先生，你要放下吊桥吗？为什么？"

"我要去找巨人。"

"你找他干什……"

"因为我就是'生还者'。"

里井一脸释然地说着，仿佛放下了背负多年的重担。

突如其来的自白让我惊得说不出话来，只能盯着他的脸。

"被你们称作巨人的怪物名叫圭，是以前跟我生活在同一个地方的家人，也是我暗恋的少女。"

少女？！

那肌肉隆起的庞大身体，凶狠野蛮的动作，我还以为巨人是个男人，没想到是女性。

里井压抑着感情，平淡地开口道：

"叶村同学已经知道，我们以前生活的地方发生了惨痛的事故，不仅是工作人员和实验对象，连很多前来视察的人都死在了那里。事实上，那是陷入精神错乱状态的圭制造的大规模凶杀。机构认为这件事很严重，不等彻底查出真相就废除了研究，我在记录上也成了死者之一。事后，不木和制造凶案的圭都不见了。"

听到"大规模凶杀"这个词，我想起了去年被卷入的旧真雁地区凶案。曾经从事过预言研究的人在笔记中提到了班目机构某研究所将会发生大规模凶杀的预言。没想到那个预言说的就是超人研究所。

"名叫羽田的研究者暗中救出了我，并抚养我长大。直到她五年前因癌症去世，我都想以普通人的身份走完整个人生。可是现在想来，实在太难了。"

里井盯着自己的双手，仿佛在回忆往昔。

他现在应该快五十岁了，外表却只有三十出头。显然，他的老化速度也比常人缓慢。

为了不让周围的人发现异常，他也许不得不数次编造履历，重新寻找生活场所，从零开始构筑人际关系。

"从结果来说，超人研究让很多人遭遇了不幸。连我这个存活的证人，也已经不想再把自己的身体交给任何研究者。然而，我还不能离开这个世界，因为我始终无法放弃一个猜测：圭可能还活着，被熟知超人研究秘密的不木带走了……只是没想到，她竟会变成这个样子。"

里井混入成岛集团，是因为他从羽田那里听说，这个企业曾是班目机构的投资方。他很肯定，成岛陶次在集团的继承人战争中趋于败北，必然会对班目机构留下的东西感兴趣。

这个执念终于有了回报。他查出了不木的所在地。

"我的目的是救出圭，制裁不木。所以刚力小姐先于我对不木下手时，我惊呆了。"

里井自嘲地坦白道。

"你砍掉不木的脑袋，果然是为了保护刚力小姐吗？"

"是的。第一天晚上，我真的躲进了仓库里，并听见了不木和刚力小姐的谈话。她知道这里的情况。如果我能早点阻止不木，她的哥哥就不会死，她也不用背负杀人的重罪了。"

如果我能……

原来里井这个能力远远高于常人的"幸存者"，也跟我有着同样的悔恨。

可是仅仅这样无法解释杂贺的死。

"你杀了杂贺先生，是因为他替不木做事吗？"

"那只是次要的原因。我只想遵守自己和圭的约定，无论发生什么事，都要在一起。这虽然有点孩子气，但对我来说是无可替代的约定。"

什么意思？

约定在一起为什么会联系到杀人？

"说来惭愧。来到这里之前，那个约定只是尘封的回忆，但是我错了。"

"错了？"

"那家伙——圭，她可能一个人都没有杀。"

我不懂里井的意思。那怎么可能？来到这里之后，已经有那么多人死于巨人之手啊。

里井似乎看透了我的想法，因为他摇了摇头。

"我有个很大的误解。圭不是发狂杀人的怪物，而是因为不木给她接种的病毒，导致大脑感觉区域出现了很大的问题。简单来说，就是她一直被幻听和幻视纠缠。

"在她眼中，人类就是不木制造的猴子怪物。"

里井说：事件发生那天，不木忌妒羽田的成就，给两个孩子接种了未经研究所审批的不明病毒。其中那个叫圭的女孩因此精神错乱，在研究所内见人杀人。

来到这座宅邸后，其实有很多线索。

第一天晚上，不木在工作人员的头盖骨前喊出的话语。

不是因为疯了才杀人。正因为疯狂中的理智，才把这帮人杀了！他们不是人！杀猴子不正是理智的证据吗？！

坚持砍头的巨人。

看到剩下的研究资料，里井确定了一件事。

"受到满月的影响，圭的精神会变得不稳定，因此回忆起可怕的过去，并重复体验那一晚的惨剧。这座宅邸也复刻了研究所的环境，减少圭的记忆与眼前光景的矛盾之处。

"剑崎同学之所以能保持安全，是因为她待的地方对应了禁止女生出入的男生宿舍。圭是个守规矩的好孩子。

"她把遗体的脑袋拿到首冢，恐怕是因为听了研究所地下曾发掘出大量头盖骨，以及得知我把动物的尸体拿到中庭的焚化炉，并混淆了两种记忆。

"发现这件事时，我不禁愕然。

"圭还停留在那一夜，还在继续战斗！

"她孤身一人，为了保护大家，为了大家能在一起！"

巨人——圭并没有袭击入侵者。

她是在驱赶猴子怪物，保护孩子和研究所的工作人员，遵守"无论发生什么事，都要在一起"的约定，不断重复着那段噩梦。

我该如何理解这个事实？

小小少女变成无法思考的巨人之后，依旧怀抱着"我要保护重要的人"这一愿望，夺走了无数人的性命。

我难以想象里井知道真相后，该有多么绝望。

"圭在没有主观意识的情况下犯了杀人的大罪。我无法眼睁睁看着她这样，所以决定主动实践她送给我的那句话——'无论发生什么事，我们都要在一起'。"

"里井先生，难道你……"

这个发现令我惊恐万分。

他决定背负跟圭一样的杀人大罪，可是他本来要杀害的不木，却被刚力先下手了。

"难道你为了背负杀人的大罪，杀死了杂贺先生？"

里井看了一眼窗外，稍微加快了语速，也许是察觉时间不多了。

"我必须杀死一个人。如果能阻止圭的狂乱当然最好，可我现在不是她的对手。那样只会加重她的罪孽。听到刚力小姐说杂贺先生是通缉犯时，我知道机会来了。"

"你说什……"

过于强烈的打击让我一时间忘记了言语。

"那不一定是真的，也可能是别人啊。"

"你说得没错。如果弄错了人，那就是无可挽回的悲剧。而且因为如此任性的理由害人性命，我跟不木又有什么区别？当我迟迟无法下手，正在烦恼时，叶村君，是你给了我提示。"

我给了提示？什么意思？

"是你说出了剑崎同学的阴暗面。"

就算有个人踏上了毁灭的道路，也不主动伸出援手。

"那就像一则天启。既然我不能恣意夺走他人性命，那就让他自己踏上毁灭的道路吧。"

听明白那句话后，我震惊了。

杀害杂贺为何用到了刚力的折叠刀。现场为何是只有杂贺才知晓的密道深处。这些竟都因为我说的一句话！

"原来事实反过来了，是杂贺先生攻击了你。或者说，是你故意引他发起了攻击，为了判断杂贺先生究竟是不是值得杀掉的人。"

"正是如此。我在杂贺先生面前假装已经发现他是通缉犯，如果他什么都不做，那我就放弃。但是，如果他真的穷凶极恶地来封我的口——"

"你就展开正当防卫。如此一来，你就能堂堂正正地杀人了……"

那么现场的状态也能解释了。

　　杂贺发现自己的真实身份暴露，把里井骗到了没有透露给任何人的密道，拿着他捡到的刚力的折叠刀试图将其刺杀。然而，他当然不可能斗得过"生还者"里井，最后被夺刀反杀。里井为了展示反击的正当性，故意连凶器都没带。

　　"我按照计划杀了杂贺先生，因此背上杀人的重罪。但是，我很快就发现了意想不到的事实。我竟没注意到那是刚力小姐的刀子。正因为这样，她再次遭到了怀疑。"

　　一会儿包庇刚力，一会儿又让她陷入危机。凶手乍一看自相矛盾的行为，完全出自里井扭曲的意图。

　　"你肯定不能理解吧？再怎么讲道理，杀人就是杀人。我的所作所为不过是为了自我满足的任性妄为。尽管如此，我也不能袖手旁观坐等这一切结束。哪怕是为了无辜受难的圭。"

　　里井疲惫地叹了口气，露出与常人无异的虚弱笑容。

　　"我们究竟做错了什么？那一夜，圭是不是死了更好？还是说，我们就不该梦想'家人'和未来？如果圭能忘掉一切，可能会更轻松。如果……如果圭没有因为她跟我的约定，变成了那样的怪物。

　　"她的痛苦都是我造成的。"

　　我很想放声大吼。

　　为何会有如此徒劳的事情？！

　　一个少女被自私的大人剥夺了未来，却坚持要保护同伴，四十多午来一直在独自对抗恐怖的幻影，却得到了这样的结果。

　　她变成了不成人形的怪物，连好不容易找到她的同伴也无法与其沟通，直到最后仍不愿抛弃的人性反而成了虐杀的导火索，并且马上会被葬送在黑暗中。

她的人生真的没有一点意义，得不到任何救赎吗？

里井摇摇头抛开感伤，重新看向机房大门。

"回忆到此为止吧。切断杂贺先生脑袋的真相，剑崎同学应该已经知道了。我不想再说什么。"

里井跑进机房，不等我阻止，就剪断了两根铁索。

内部吊桥与正门吊桥不一样，无须我们施加外力，就缓缓倒下了。

透过吊桥与墙壁的缝隙，我看到了首冢上空的磨砂天窗。

窗外的夕照几乎消失殆尽，首冢的永夜正式到来。

"你想干什么？"

"这是我刚想到的主意，只能赌一把了。"

说着，里井转过身，双手搭着我的肩膀。

"叶村同学，我有最后一个请求。我抛下至亲的人独活了四十多年，到最后都没能拯救她，还为了自私的偿赎犯下重罪。促使我做出决定的人是剑崎同学。从现在起，无论发生什么，都请你不要责怪她。"

"你说什……"

"还有，无论你多么痛恨自己的无力，也不要放弃伸出援手。如果不够强，那就变强。希望你能超越我和圭，完成我们都没能做到的事情——我很看好你。"

没等我回过神来，里井就转身跑上了还未完全放平的吊桥。

他一口气冲过大约十五米长的桥板，朝着一楼别馆狭窄的门边缝隙纵身一跃，经过一段让人瞠目结舌的滞空，平安落在了入口处。接着，他头也不回地打开门，消失在左侧钟楼方向。

我不知该不该追上去。

就在这时，桥的另一头猛然现出巨大的影子。

是巨人——圭！

她可能在地下室听见内部吊桥倒下的声音，找到楼上来了。

我有点担心她会不会冲过来，可是仅存的余晖似乎都会让她痛苦不堪，她并没有走向吊桥，而是朝钟楼方向去了。

不好，她听见里井跑上钟楼的脚步声了。

再这样下去，他就会像科奇曼和成岛那样丧命。

我竭尽全力大喊：

"里井先生，快逃！"

我的警告不知有无作用，圭低吼一声，朝钟楼猛冲过去。

＊钟楼·最上层（里井公太）

我穿过布满浮尘的空气，全力冲上旋梯，黑暗中浮现出两个俯伏在地的人影。

他们都没有脑袋。是科奇曼和成岛。

楼下，圭的脚步声渐渐逼近。

我连忙伸手摸索科奇曼的遗体。

接着，只能相信剩下的人了。

追赶的脚步声已经近在咫尺。

我回过头，圭已经出现在视野中。她早已没有了往日的影子，巨大的身体凶悍无比。但我还是忍不住在套头袋中露出的眼眸里寻找她的蛛丝马迹。这也许是我一厢情愿的感伤。

"好久不见。是我，是公太啊。"

我感慨万千，圭却没有回应。

在她耳中，我的声音会不会也是烦人的猴子叫？

其实在临死前，我很想抱紧她，向她道歉。

为那一夜道歉，为漫长的等待道歉。

我还想感谢她。

感谢她，为了我们这些家人不断奋战。

可是，如果我的存在会让她痛苦不堪，那就算了吧。

因为不久之后，我们一定会重聚。

尽管相差好几级台阶，圭的视线已经与我平行。

"对不起，如果我能坦率地说出烦恼，事情就不会变成这样。我太孩子气、太逞强了。正因为我很珍视那个地方，才不愿意展现出自己的软弱。"

我想，让治一定也是这样。

我们性格完全相反，却有着同样的烦恼。我万万没想到，让治竟会主动成为不木的实验对象。

火灾后，我从现场情况看出，你最先杀死的是让治，顿时感到愕然。

这种事你不需要知道，因为这不是你的错。

在那场事故中，孩子们都死了，只有我还活着。这也许算是一种惩罚。

那一夜，我溜出宿舍去找羽田老师了。其实在那之前，羽田老师就一直是我唯一的倾诉对象。正确来说，我在向她发泄自己比别人差的不满。我对老师说过很过分的话，怪她在我身上做的实验没有成功。老师一直诚恳地听我倾诉，还答应我不告诉任何人，所以我经常在晚上跑到老师的房间。

而且我知道，我跟羽田老师去世的孩子很像。

只有我们两个人时，羽田老师很疼我。我感觉自己独占了老师，只有那一刻能够沉浸在优越感中。

让治没有人倾诉烦恼，最后走上了歧途。圭一直在担心我们。

对不起，真的对不起。

我应该鼓起勇气对你诉说。我应该好好跟你商量。

我不应该借口不够强大而把一切憋在心里。

羽田老师也一直一直在后悔。

她的心都碎了，一直说自己又害死了亲爱的孩子。

我陪着老师生活，就像一对真正的母子。但我还是很内疚……

不过，这下终于能结束了。

圭来到我面前，低头看着我。她的右手攥着夺取了无数人性命的大刀。

好了，这就是最后了。

我把手伸向头顶的大钟，攥住金属钟舌奋力摇晃起来。

钟声轰鸣。

片刻之后，圭的大刀斩断了我五十五年的生命。

晚安了。大家，还有妈妈。

我在那边等你，圭。

*一楼·偏房（刚力京）

我突然听见了滑车转动的声音。

"那是什么？"

音源很近，只能是机房。

我看向剑崎同学，她似乎也有同样的想法。

"应该是连接别馆的吊桥放下来了。"

"为什么？救援队来了吗？"

"那 KAIDO 应该会联系我。究竟是谁……"

剑崎同学表情严肃地说。

是不是叶村君要去救她？

我们正在等待救援，没必要冒着遇到巨人的危险进入别馆。而且吊桥一旦遮挡了首冢上方，巨人还能提前出来。这对谁都没好处。

不，有个例外。

"生还者"——里井先生。

如果他是巨人的伙伴，会在最后一刻与我们为敌也毫不奇怪。

虽然我并不认为他乐于牺牲无辜的人命。

就在那时——

咚……咚……咚……

上方响起洪亮的钟声。

那是第一天夜里，科奇曼死前敲响的钟。

放下吊桥的人去了钟楼？

我疑惑不解。

"他难道要把巨人引到钟楼，方便剑崎同学趁机逃生？连自己的命都不要了？"

我看向窗户另一边，剑崎同学的表情变了。

她先是瞪大了眼睛，但很快便皱起眉，右手紧紧握住了垂在脸侧的头发。

"这……可是……"

惊讶、焦虑、迷惘，以及恐惧。

她的喃喃声中似乎混杂着许多感情。

我第一次看到她如此明显地流露感情。无论何时，她都保持着冷静。就连威胁我的时候，也没有一丝犹豫。

我懂了。

我感觉自己终于触碰到了剑崎同学的内心一角。她现在一定想到了叶村君，所以她才会迷惘，才会焦虑。她害怕自己的思考和行动会伤害叶村君。她也许在想，如果变成那样，她情愿独自承受一切。

想到这里，我忍不住大喊。

"你可以依赖他！"

剑崎同学吃惊地看着我。

"看看我吧！你们不能变成这样！一个人烦恼，不敢逾越，擅自放弃，这根本不叫为对方着想。分享彼此的失败和不幸，比那要幸福得多。"

我到底在说什么。如此感情用事，太丢人了。

然而只有我——不，只有我们才能说服她。

"你们都还活着啊。能向对方示弱，能提出自己的不满，能依赖对方，这多好啊！——你别小看了他！"

我不太自信自己表达了正确的心意。

这也许是身为被抛弃在人间独活的人，对能够活下去的人发出的无端怒气。

尽管如此，剑崎同学还是微微点了一下头，转身跑了出去。

太好了。

一旦放下心来，我就再也支撑不住自己。

内心反刍着刚才说的话，眼前浮现出智羞涩的笑容，我压低声音哭泣起来。

* 一楼·内部吊桥前（叶村让）

"为什么——为了不再出现牺牲者，我们已经这么努力了。"

钟声的残响渐渐消散，我忍不住抱怨起里井。

我知道他想从只有悔恨的人生中解脱，也知道他很难活在这个世界上，但我还是希望他活下来。

连续响了三天的轻快音乐不知何时停了下来，变成了敦促游客避险的广播。

里井走得太突然，我的情绪来不及反应，但我不能一直待在这里。只要穿过眼前的吊桥，就能去找比留子同学。可是这种时候把她带出来反倒更危险。我得把吊桥被放倒的事情告诉外面的人，让他们赶紧离开。

我朝里井消失的方向鞠了一躬，转身跑向大厅。

"喂，叶村！你到哪儿去了？"

猫头鹰从外面跑进来大喊，像是在找我。

"救援队的人总算到达大门了！我们的任务结束了。"

"太阳也下山了，快点！"

玛丽亚在外面高举双手催促道。

我跟随他们跑向正门。就在这时——

我的手机响了。

拿出来一看，有陌生号码给我发了短信。

"在大厅。"

我并没有猜测那是谁。

"喂，你干什么？"

我没有理睬玛丽亚焦急的吼叫，再次返回凶人馆。

来到大厅四下张望，我发现了意想不到的光景。

"比、比留子同学？！"

她在这两天一直被封锁的，通往副区台阶的铁栏另一头。

被困在别馆的比留子同学，出现在了那里。

她趁巨人追赶里井的时候跑出来了？但这也太危险了。

我来不及发出疑问，她就从铁栏缝隙间扔了个东西过来。

"叶村君，用这个开启操作面板！"

那东西发出一串金属碰撞的声音，落在我脚下。是形状怪异的钥匙。

难道！

我连忙拾起钥匙，冲向墙边的操作面板。

插进钥匙一拧，绿色的电源灯亮了起来。

"开了！"

我拨下两个朝上的开关，一阵低沉的马达轰鸣响起，通往主区及不木套房的铁栏缓缓下降。看到铁栏有响动后，我又抬起了比留子同学所在通道的铁栏。刚空出一米的缝隙，她就爬进大厅，大声喊道：

"好了，快关上！"

我再次拨下开关，所有铁栏就此关闭，巨人应该出不来了。

我刚放下心来，要朝比留子同学跑过去——

那个瞬间，大走廊的另一头，内部吊桥方向传来了沉重的脚步声。

"快跑！"

比留子同学高喊的同时，巨人的身影出现在通道另一头。

铁栏还有几十厘米才完全到位。

巨人猛冲过来，不带减速地狠狠撞上铁栏。宛如交通事故的剧烈冲击摇撼了整座宅邸，我吓得直往后退，脚下一绊，摔倒在比留子同学面前。

受到巨人的全力撞击，铁栏依旧毫发无损。

"……赶上了。"

我们跌作一团，比留子同学不可思议地看着我。

"叶村君，你来得也太快了吧？"

我还想问你怎么在这里呢。长出一口气后，我已经不想再追究这个问题，只对她苦笑一下。

巨人还在试图破坏铁栏，但是突然停下了动作。

她高举着大刀，左右扭动脖子，完全没有了方才的凶煞。

"……怎么了？"

巨人——被称作圭的少女似乎想起了什么。她背过身去，摇摇晃晃地走开了。

她的背影似乎没有了对噩梦的恐惧。

像是心怀紧张与期待，去寻找朋友的孩子。

"不知道。也许她终于找到了家人。"

那就是我们最后一次看到她。

我跟比留子同学走出屋外，正好遇上救援队到达。他们头戴装有护目镜的头盔，配备自动步枪，想必是什么特殊部队。

他们看到我俩，一时间有点反应不过来。我简单说明了里面的情况并交出钥匙，队伍立刻井然有序地进入了宅邸。

剩下的队员把我们领到了待命的巴士上。得知我们没有受伤，就发了水和毛巾，吩咐我们在那里等候负责人。

老大他们好像在另一辆巴士上。不知道还能不能跟那几个人说上话。

"为什么比留子同学有钥匙？"

我提出了内心最大的疑问。

　　里井朝着钟楼方向跑了。就算比留子同学在同一时间行动，也不可能拿到钥匙。他们只会被巨人双双杀死。

　　"我听见内部吊桥倒下时，猜测可能有人想到了跟我一样的主意。虽然时机很紧迫，但值得一试。"

　　"别卖关子了，快告诉我吧。"

　　比留子同学抱歉地笑了笑，用毛巾擦拭着满是灰尘的头发，开始对我解释。

　　"内部吊桥倒下后不久，钟就响了，对不对？那是里井先生提示自己已经找到科奇曼先生的遗体，同时引来了巨人的信号。"

　　虽然时间很紧，但比留子同学还是得到了在别馆内部自由行动的机会。

　　想到这里，我突然产生了疑问。

　　她怎么知道放倒吊桥的人是里井？

　　也有可能是我或老大。莫非她看见冲向钟楼的里井了？

　　比留子同学并没有理睬我的疑惑，继续解释道：

　　"听见钟声后，我马上离开藏身之地，跑向首冢。"

　　"首冢？你没去吊桥那边？"

　　"因为我的目的不是逃脱，而是藏在首冢。那里不是有个充当焚化炉的铁桶吗？我就躲在里面，然后给你发了短信。"

　　她既没有去帮助里井，也没有逃脱。那她的行动有什么意义？

　　"我藏在那里等了几十秒钟。果然，里井先生带来了钥匙。"

　　"不可能！里井先生应该已经被巨人杀了。"

　　"没错。巨人杀了里井，砍掉他的头，带进了首冢。钥匙就在他嘴里。我等巨人离开首冢后，从他嘴里取出了钥匙。"

那句话宛如晴天霹雳。

若是去拿钥匙，必定会被巨人杀害，然后砍下脑袋。

既然巨人一定会砍头，只需让她送钥匙就好。

里井和比留子同学都想到了这个献身之策吗？这个办法如此离谱，里井却抱着莫大的觉悟实践了。我惊得说不出话来。

难怪比留子同学知道是里井放倒了吊桥。

因为她看见了里井的脑袋。

比留子同学还说，里井为了防止巨人砍头时弄掉钥匙，还把钥匙圈卡进了牙缝里。

"计划成功的关键是放下内部吊桥，因为首冢有阳光时巨人无法进入。放下吊桥后，首冢顶部就被遮挡，变得漆黑一片。"

当时放下吊桥不是为了前往别馆，而是为了让巨人能够进入首冢。

"拿到钥匙后，你竟然没碰到巨人吗？"

"很简单。我只需要躲在铁桶里，听清楚巨人从哪扇门离开了首冢。如果巨人走进主区或副区，我就跑上别馆的楼梯，从吊桥过来。然后可以趁巨人被路障阻挡的间隙，用钥匙打开操作面板放下铁栏。但巨人实际上返回了别馆，所以我就从副区楼梯上来了。"

她说，本来应该早点实施这个计划，但是出于某个理由而未能实施。

"这个办法的缺点就是必须牺牲一个人，所以我早就做好了乖乖等候救援的准备。"

然而就在日落前，阿波根背叛了我们。再加上救援来迟，我们不得不在阳光完全消失前离开凶人馆。几个问题交织在一起，造就了不得不与时间赛跑的结局。

"比留子同学什么时候想到了这个主意？"

"昨天计划失败后，我就想到了这个最后手段。"

她一直没有告诉我们，是因为心里很清楚不能强迫任何一个人成为牺牲品。

牺牲者必须在吊桥放倒后先于巨人冲上钟楼。唯独比留子同学无法通过巨人所在的地方完成这个任务，所以充当不了那个角色。她身为提议人，却不得不把牺牲者的角色推给他人。谁又能开口说出这种方案呢？

也许，她也害怕我会主动承担那个角色。我当然不想死，但如果比留子同学的办法能解救其他人，我确实有可能瞒着她毛遂自荐。

总之，里井和比留子同学都想到了这个脱离常规的办法，只能说是奇迹。

想到这里，我突然记起了里井说过的话。

"里井先生说这是他'刚想到的主意'。那他为什么没告诉我呢？与其把机会赌在没有事先沟通的比留子同学身上，不如让我去首冢等待，成功的机会更大呀。"

"如果我和你同时去了首冢，不就没有人在大厅接应钥匙了吗？"

对啊。大厅连接地下的两段楼梯分别被铁栏和路障阻挡，若没有人在大厅接应，就无法操作面板。所以我不能去首冢拿钥匙，必须是比留子同学去。

我正要接受这个答案，又有了别的疑问。

那他为何不干脆说"你在大厅等剑崎同学"呢？如果我没有在最后一刻返回大厅，他就白白牺牲了。

这时，我又想起了里井最后的话。

"啊！"

"怎么了？"

"……里井先生对我说，无论发生什么，都不要责怪比留子同学。原来他的意思是，就算比留子同学没有执行计划，自己白白牺牲了，也不要责怪你。"

比留子同学没有行动，里井白白丢掉性命，因此制造更多牺牲者——这个可能性确实存在。

所以他才没有告诉我计划的详细内容。

如果我事先知道了内容，在计划失败时必然会意识到那是因为比留子同学。

里井不希望结果变成那样，才没有告诉我。

堪称疯狂的自我牺牲。

里井就是凶手。他用各种计谋扰乱我们，为了一己私欲杀人。可是他为了拯救更多的人，不惜牺牲自己的性命把希望寄托在侦探身上，侦探也做出了回应。二人甚至从未交流过彼此的想法。

凶手真的是侦探的敌人吗？

曾经的疑问突然有了超乎想象的复杂意义。

"我们被侦探和凶手联手拯救了啊。"

"那不对。"比留子同学严厉地指着我，"是叶村君读懂了我的短信，计划才顺利完成。我叫你只想着自己如何获救，你却完全不听我的忠告。而且，你是否取回了手机也关系到计划的成败。"

她轻笑起来。

"里井先生、我，还有叶村君。也许正因为有了你——我才得以拯救他人的性命。"

我惊讶地看着她，她却像害羞似的瘫倒在座位上闭起了眼睛。她的面色很憔悴，但也充满了得救的释然。

我看见她的样子，顿觉浑身放松下来。

比留子同学此前解决了不少案件，却始终因为无法阻止杀人而痛苦不堪。

所以她才会优先选择保住自己和我的性命，有时甚至不惜诱导凶手走向灭亡。

可是今天，比留子同学第一次阻止了大量的死亡。

当然，包括里井在内，好几个人牺牲在凶人馆的事实并不会消失，而且人命也不能用数字来衡量。尽管如此，比留子同学直到最后都没有放弃思考，坚持面对困难，并且成功了。

揭穿诡计，指认凶手，这种福尔摩斯的角色对她来说不过是一种手段。

那我也不会再犹豫了。

只要待在她身边，就会遇到各种各样的事件，生命也可能受到威胁。也许这次我只是碰巧起到了作用，下次反倒会拖她的后腿，导致一场徒劳。她甚至可能推开我，把我抛在身后。

可是，那又如何？

"我不会放弃华生的角色。"

我感到比留子同学流露出疑惑的表情，但并没有看向她，而是继续宣称：

"正因为我是华生，所以要待在比留子同学身边。为了你今后也能活下去，我选择成为华生。管他什么体质还是因缘，我们只需要不断挣扎，得到结果就好。我可没有那么知足，因为我一个人的安稳就放弃你。"

"……是嘛。"

听比留子同学的声音，我知道她在微笑。

"那我也继续当这个福尔摩斯，争取我想要的未来吧。"

比留子同学没有看我，却向我伸出了右手。我握住了她的手。我们的握手虽然力道含糊，却格外温暖。

不久之后，我听见巴士外面传来好几个人的说话声。

宅邸内的救援活动有进展了吗？

一个人走上车来。他穿着黑西装，没有任何装备，显然不是救援队队员。看他的年龄在五十岁上下，身材中等，没什么特征，但举手投足、一颦一蹙都显示出极大的控制力，给人无机可乘的印象。他在我们旁边坐下，不做自我介绍就开口说话了。

"两位就是剑崎比留子和叶村让吧。我知道你们应该很累了，但还是想请两位去解释一下情况。"

"刚力小姐……里面的人会怎么样？"

男人用一句"请放心"回答了她的问题。

"托你的福，计划进展顺利。现在决定先带两位离开。"

我猜不出接下来究竟会怎样，只得默默叹了口气。

此前我也在事件解决后接受过警察和公安的问讯，可是跟班目机构相关的事件已经是第三起，这次还是我们主动找上门的。就算有剑崎家做后盾，恐怕也不是配合问讯就能解决的问题。

"KAIDO 呢？"

"他跟我们在目的地碰头。老实说吧，我们真不知该如何处置你们两位。哦，还有——"

那人转头看向入口，又有一个人走了上来。

后来的人同样身穿西装。我没怎么仔细打量他就要收回目光，可就在这时，脑中的记忆被激活了。

"嗯？哎哎哎？"

最先发出惊呼的是比留子同学。

他似乎比记忆中瘦了一些。尽管很久没见，他还是露出了闷闷不乐的表情。

我喊出了那个越看越不适合穿西装的，叫人怀念的丰满青年的名字。

"重元先生，你怎么在这里？"